桜散る日に

宮内婦貴子シナリオ作品集

出陣学徒の交響楽〃第九〃歓喜の歌

ミツイパブリッシング

宮内婦貴子シナリオ作品集

桜 散る日に　出陣学徒の交響楽〝第九〟歓喜の歌

目次

Ⅱ　私の脚本人生　329

Ⅲ　静岡新聞「窓辺」より　425

Ⅳ　寄稿　451

Ⅰ　シナリオ作品

同行二人

放送日　一九八三年十一月六日

製作著作　毎日放送
プロデューサー　信太　正行
企画　山田　尚
演出　鈴木　晴之

〈登場人物〉
山岡時夫　萱原　文太
山岡ふく　北林　谷栄
新井克二　下條アトム
山岡久子　中原ひとみ
山岡　弘　白川　明彦
山岡雪子　笠間一寿美

○瀬戸内海

瀬戸内特有の穏やかな海面が、いま真夏の陽光を受けて、油照りしたようにきらめいている。その光る海面に、タイトル「同行二人」以下スタッフ・キャストのタイトルが流れる。

○航跡を残して、フェリーがいく

○同・売店のあるロビー

その船を足にして、本州と四国を往き来する人たちが数人、物慣れた感じで、新聞を読んだり、牛乳を飲んだり、ゲームをしたりしながら、時間を潰している。その中で、山岡時夫がせかせかと弁当を食べている。一見してサラリーマンと解る時夫は旅行者にも見えないし、この船の利用者にも見えない。場違いな感じで、ただせかせかと弁当を食べ終わると、それが習慣のように、箱にへばりついた飯粒を箸で一粒ずつ拾って口に入れていく。船内アナウンスが流れる。

アナウンスの声「長らくのご乗船お疲れさまでした。本船はまもなく徳島港に入港致します。ドライバーの方はお車にお戻りの上、ご上陸のお仕度をお願い致します。一般の方も……」

時夫は弁当箱を丸めて屑籠に捨てる。

○徳島港

時夫が下船してくる。時夫は時計を見てバスの時刻表を見る。妻の久子の声がかぶる。

久子の声「おばあちゃんがいないんだけど」

○山岡家・玄関（時夫の回想）

出勤姿で靴ベラを使っている時夫が久子に、

時夫「外に出すなって言っただろう」

久子「老人クラブかしら」

時夫「連れ戻してこい」

出ていきかけるが、

時夫「当分の間、家から一歩も出すなよ」

言って出ていこうとするのを、

久子「（呼び止める）ねえ……」

時夫「（久子を見る）――」

久子「おばあちゃん、気にしているのよ。帰ったら言葉、かけてあげて……」

時夫は答えないで、むすっとした顔で出ていく。

○御堂筋

サラリーマンが出勤していく。その群れの中に時夫がいる。時夫は苦虫を噛み潰したような、憂うつな顔で出勤していく。タイトルが終わる。

○丸星食品株式会社・総務部

時夫が出勤してくる。時夫はどこがどうというわけではないが、なんとなく空々しいものを部下たちに感じる。時夫は周囲の雰囲気を感じながら課長の席に座る。女子社員が時夫の席にきて、

女子社員「課長、部長がお呼びです」

時夫はどきんとして女子社員を見るが、

時夫「解った」

立ち上がり、部長室へ向かう。その時夫に、「南無大師遍照金剛　南無大師遍照金剛」と、遍路たちの大合唱がかぶる。

○一番札所・霊山寺・本堂（現実）

遍路たちの団体が線香の煙の立ち昇る本堂にびっしり座って、「南無大師遍照金剛　南無大師遍照金剛　南無大師遍照金剛　南無大師遍照金剛」と一心に唱えている。その大合唱。時夫が入口に立っ

て覗いている。

○山岡家・居間（時夫の回想）

夜。

雪子「おばあちゃん、巡礼に出たんだって」

時夫「巡礼？」

いま帰ってきたばかりの時夫が驚く。台所から飛んできた久子が、

久子「こんな時間迄なにしてたの？」

時夫「こんな時間って、まだ八時じゃないか」

久子「会社に電話したら、お昼で帰ったって言ったわ」

時夫「（の眼が泳ぐ。が、ごまかして）ばあさん、どうかしたのか」

久子「それなのよ。老人クラブにもいってないし、あっちこっち探してもどこにもいないのよ。仲良くしている内藤さんのおばあちゃんに聞いたら、四国にお遍路さんに出たんじゃないかって言うのよ。前からいきたがっていたから」

食卓の前でテレビを見ながら食事の仕度を待っていた雪子が、

雪子「お父さん、言い過ぎたのよ」

時夫「（久子に）だから外に出すなって言っただろ」

弘が二階から降りてくる。

時夫「そのうち帰ってくるよ。四国迄一人でいけるわけないだろ」

久子「そう思ったのよ、あたしも。だけど気になるから、悪いと思ったけどおばあちゃんの部屋を調べたのよ。そうしたらおばあちゃんが大事にしていた、笈摺《おいづる》とか金剛杖とか、お遍路さんの一式がなくなっているのよ」

時夫「(嫌な予感がして、久子を見る) ——」

久子「おばあちゃんが前に、老人クラブでいったとき、弘が交通事故にあっちゃって、途中で帰ってきて貰ったことがあったでしょ。途中だったことをいつも気にして、死ぬ迄にどうしても八十八ヶ所だけは巡《まわ》りたいって……」

弘「じゃあ、おばあちゃん、死ぬつもりなのかよ」

時夫「(の顔がどきんとする) ——」

久子「(も、不安になる。その不安が強い言葉になって) ばかなことを言わないでちょうだい」

弘「だって責任とるって言ったじゃないか」

時夫「(さすがに慌てて) 金は? オフクロ金は持っていたのか」

久子「年金を貯めていたようだったけど……」

時夫「——」

○霊山寺・山門（現実）

「四国霊場第一番札所・竺和山・霊山寺」と書かれた山号。タクシーが止まって、お遍路さんが四人降りる。笈摺を着たタクシーの運転手新井克二が、お遍路さんを送る。

克二「ご苦労さんでした。お気をつけて」

山門の下で時夫と立ち話をしていた住職が、克二を呼ぶ。

住職「新井君」

克二が住職と時夫の前にきて、

克二「和尚さん、いまの人たち、結願《けちがん》して、お礼参りですよ。気持ちがいいや、お礼参りの人を乗せるのは……」

住職「（微笑して）こちらが、お遍路さんに出たお母さんを探しておられるんだ。相談に乗ってやってくれんか。（時夫に）お遍路タクシーの中でもベテランの一人だから、私より、お役に立つと思いますよ」

時夫「ありがとうございます。（克二に）お願いします」

克二「（会釈して）――」

○四番札所・大日寺・山門の前

タクシーが止まって、克二が時夫を待っている。

○同・境内

時夫が、参詣する遍路の人たちの中に母のふくを探し求めている。大師堂の前で読経する遍路。

（摩訶般若波羅蜜多心経《まかはんにゃはらみたしんぎょう》）
観自在菩薩《かんじざいぼさつ》　行深般若波羅蜜多時《ぎょうじんはんにゃはらみたじ》　照見五蘊皆空《しょうけんごおんかいくう》　度一切苦厄《どいっさいくやく》　舎利子《しゃりし》　色不異空《しきふいくう》　空不異色《くうふいしき》
色即是空《しきそくぜくう》　空即是色《くうそくぜしき》　受想行識《じゅそうぎょうしき》　亦復如是《やくぶにょぜ》　舎利子《しゃりし》……。

時夫がきて、真剣な面持ちでその遍路の顔を覗く。ふくではない。時夫は探す。納札箱に札を納める遍路。時夫は覗く。ふくではない。

○堂・山門

時夫が出てくる。克二が時夫を迎えて、

克二「お客さん、おばあちゃん、この前きたとき、何番まで打ったか解りませんか」

時夫「何番って……？」

克二「お遍路さんは皆納経帳を持って入るんですよ。ここにお参りして、お経をお納めさせていただきました、ってしるしにご本尊の名前とお寺の名前を書いて貰って、ご朱印をいただくんです。一冊の帳面になっていまして、八十八ヶ所巡った証明になるんですよ。だから、おばあちゃんはこの前きたとき、巡ったお札所には寄らないで、次のお札所から始めているんじゃないかと思いましてね」

時夫「（成程という顔）――」

○雑貨屋

西日が射している。その奥にテーブルがあって、一隅が食堂になっている。克二がかき氷を食べている。テーブルでは時夫が電話をかけている。（一緒にいった横山さんのおばあちゃんは去年亡くなったんですって。島田さんのおじいちゃんはぼけちゃって……）声にはならないが、電話の向こうで久子はそう言っている。

時夫の声「そうか、だめか。……二日目？　それは間違いないのか……」

時夫「解った……（電話を切ろうとするが）連絡はなかったか……会社から、……そうか、多分まだないと思うが、もしあったら、……（ちょっと考えて）腰痛で医者にいっているって言っといてくれ。じゃあ」

言って切る。克二が顔を上げる。

克二「お先にいただいてます」

時夫「どうぞ」

テーブルに着く。

克二「解りましたか」

時夫「当時一緒にきた仲間が、もう亡くなっていたり、ぼけちゃったりして、人のことまで憶えていないらしいんです。だけど家内が言うには、息子が交通事故にあったのは、母がこっちに向かって二日目だったから、三日目の朝には大阪に戻ったと言うんです」

克二「二日か。……そうするとやっぱり一番から打って、……恩山寺あたりかなあ」

時夫「(克二を見る) ――」

克二「(時計を見て) ともかく、今日はもう間に合いませんね。納経所が六時に閉まるものですからそれ以後は、お遍路さんはお寺に入らないんです。(かき氷をすすって) お客さんも、今夜は徳島に宿をとられたらいかがですか。明日、迎えにいきますよ」

時夫「そうして貰えますか」

スプーンをとって、溶けかかったかき氷をすする。その上に時夫の電話をかける声がかぶる。

時夫の声「遍路タクシーって言うんだそうだ。お遍路さんを乗せて、八《はっ》・九日《くにち》かけて八十八ヶ所巡るんだそうだが」

○ホテルの一室

いま着いたばかりという感じの時夫が電話をかけている。

時夫「……いや、おれの場合はおばあちゃんを見つけるまでだからそんなにはかからない。……うん。明日、キャッシュカードで降ろすつもりだ。あ、それから、会社からだが、（言いかけて）いやいい。またかける。じゃあ」

切る。時夫は煙草を点ける。その時夫の顔。企業から締め出されている時夫は、裸にされたように心もとない。

○走るタクシー

○十八番・恩山寺を示す古い石の道標

遍路姿の老夫婦が歩いていく。

○十八番・恩山寺

小仏地蔵の前で遍路たちが一円玉をそなえ、合唱している。中に、若い男女もいる。時夫がふくを探している。大師堂の前でご詠歌を歌っている遍路たち。時夫がその一人一人の顔を覗いている。ふくは見つからない。時夫は戻りかけるが、ふと合掌する。納経所から出てきた克二が、足を止めてそんな時夫を見る。合掌を終えてタクシーに戻ろうとする時夫に、克二が声をかける。

克二「いませんか？」
時夫「（頷く）——」
克二「納経帳を買ってきました」
　納経帳を出す。
時夫「？（の顔で克二を見る）」
克二「せっかくきたんですから、ご朱印を貰っていかれた方がいいと思いまして」
　時夫はそんな呑気なことを……と口まで出かかるが抑えて、納経帳を受け取る。
克二「（そんな時夫の気持ちを察して）お客さんがおばあちゃんを探している間に、私が貰ってきてあげますよ」
　二人はタクシーに戻っていく。克二が一人でしゃべっている。
克二「一つ貰うともっと貰いたくなってくる。会社の出張のついでにお参りした人や、観光できた人がそうですよ。一種の収集癖って言うんですかね。こういう人たちを、いま風にワッペン巡礼と言うんですが……だけど、不思議なことに、巡っていくうちに段々仏心《ぶっしん》に近づいていくんです。気がついたときには八十八ヶ所巡っているそうですよ。もっとも暇を見つけて何回かに分けてですがね」
　観光バスが着いて団体の巡礼がやってくる。

○走るタクシーの中

克二が運転し、時夫は助手席に乗っている。

時夫「(ぽつんと) 見つかるだろうか」

克二「四国を巡っているんなら見つかりますよ」

時夫「しかし、多いねえ。……ほんの僅かな、一握りの年寄りが巡っているのかと思っていたから、……驚いたね」

克二「みんな人に言えない悩みや、悲しみを持ってきているんです。お遍路さんを乗せていると、年のわりに、人生観が変わってきます」

時夫「(ふっと克二を見る) ――」

克二「お客さん、……さっき、大師堂の前で手を合わせていたでしょう。……不思議なもので、巡っているうちに、誰に言われなくても手を合わせるようになってくるんです」

時夫「そういうもんかね。……信仰には縁がなかったんだが……」

克二「こういう詩を知っていますか、……神さまや／仏さまが／ほんとにいらっしゃるかどうか――／でも　あの合掌したときの安らぎは／どこからくるのでしょう／右の手の悲しみを／左の手がささえ／左の手の決意を／右の手がうけとめる／その上を流れる静かな時間／こうした姿勢を教えて下さったのは／どなたでしょう……高田敏子という人の詩です」

時夫「ふーん」
タクシーは田園風景の中を走っていく。

○二十一番・太龍寺・納経所
納経帳に、墨痕鮮やかに記帳されるご本尊の名。克二が納経して貰っている。時夫がくる。

克二「どうでした」
時夫「いないね」
そのとき通りかかった遍路が紙札を落とす。
克二「（拾って）打ち札を落とされましたよ」
と遍路に渡してやる。
遍路「あ、すみません。大事なお札落としてしもうて、ありがとさんでした」
受け取っていく。
時夫「打ち札と言いましてね、住所、氏名を書き込んで、お堂の前の納札箱に納めていくんです。（突然思いつく）そうだ！　お客さん！　なんでこのことに気がつかなかったんだろ。おばあちゃんも入れてますよ」
時夫「?!」

○同・本堂の前

克二と時夫がきて、納札箱に紙札を入れているお遍路に、

克二「すみません、ちょっと探させてください。（時夫に）山岡さんでしたね」

時夫「山岡ふく」

二人は納札箱の中から紙札を出して、一枚一枚確かめ始める。

○二十二番・平等寺・大師堂の前

参詣を済ませた遍路が帰っていく。克二が時夫に説明しながら、納札箱の中の紙札を一枚一枚確かめている。時夫も確かめている。

克二「昔、衛門三郎という人が弘法大師を探して八十八ヶ所巡ったのが、遍路の始まりなんです。ところがお大師さんと往き違って、なかなか会えないものですから、自分の名前を書いた木札を打ちつけていったんです。だから、四国ではお参りすると言わないで、打つと言うんです。札所というのもそこからきているんですよ。いまは、こういう紙になっちゃいましたがね」

○二十三番・薬王寺・厄坂

遍路が急な階段を上っていく。

○同・大師堂の前

ご詠歌をあげる遍路たちの群れの中で、時夫と克二が納札箱の中の紙札を一枚一枚確かめている。ない。二人は紙札を納札箱に戻す。

克二「（つぶやく）高知に入っちゃったのかな……。（時夫に）ほんとに、三日目の朝戻ったんですか」

時夫「女房はそう言うんだけど、なにしろ八年も前のことだから……」

○落日の遍路道を走るタクシー

○同・中

克二と時夫。フロントガラス越しにすれ違う遍路。時夫は振り向く。背恰好がふくに似ている。

時夫「ちょっと、止めてくれないか」

克二はブレーキを踏む。時夫は飛び降りて、遍路を追う。

○道

時夫が遍路に追いついて、
時夫「おばあちゃん！」
遍路が振り向く。違う。
時夫「すみません」
遍路は落日に向かって去っていく。時夫の顔に失望の色が広がる。克二が車から降りてきて、
克二「似ていたんですか」
時夫「背恰好がね」
克二「立ち入ったことを聞いてもいいですか」
時夫「（克二を見る）――」
克二「おばあちゃん、なんで一人でお遍路に出たんですか」
時夫「――」

C・M

○海沿いの町にある一杯飲屋の赤提灯
夜。
克二の声「立ち入ったことを聞いてもいいですか」
時夫の声「――」

克二の声「おばあちゃん、なんで一人でお遍路に出たんですか」

○同・店の中

カウンターで時夫と克二がビールを飲んでいる。間。時夫は克二のグラスにビールを注いで、自分は手酌で飲む。その時夫の顔に、塩田専務の苛立った声がかぶる。

塩田「そんなことは言われなくたって解っている」

○丸星食品株式会社・専務室

塩田が電話に、

塩田「だから、調査中なんだよ、いま」

言うと電話を切る。塩田の前に時夫と平尾総務部長が座っている。時夫は蒼ざめている。

塩田「(平尾に)まだかね、吉川君は?」

平尾「九時四十五分に、テレビ局を出るという連絡がありましたから、まもなく戻ると思います」

塩田「営業が騒いでいるんだ。もし事実なら営業部として責任を追及すると言っている。まずいことに営業部長のかみさんがその番組を見ていたんだ」

時夫「申し訳ありません」

頭を下げる。ノックがあって、吉川宣伝課長が入ってくる。

吉川「遅くなりました。局からテープを借りて参りました」

塩田「すぐ見よう」

吉川「はい」

ビデオレコーダーにテープをセットする。時夫は滲む汗をハンカチで拭く。吉川がビデオのスイッチを入れる。画面に「あなたと共に」のタイトル。

アナウンサーの声「今日も、午後のひとときをあなたと共に過ごしましょう」

塩田「(苛立って)肝心なところだけでいい」

吉川「はい」

テープを早送りする。時夫が緊張した顔で、画面を見る。画面に、「××老人クラブ」の看板。その前に女性アナウンサーが立っている。

アナウンサー「(マイクを手に)今日は、主婦たちが生ゴミになるからといって、八百屋さんに捨てていくキャベツの葉っぱを、お漬物に再生しているという老人クラブを訪ねてみました」

画面にスーパーマーケットの中の八百屋。主婦が買ったキャベツの葉をむいて惜し気もなく、用意された箱に捨てていく。箱には捨てられたキャベツの葉が山のように積まれている。それを二人の老婆ふくとさわが、摑み出しては、大きなビニールの袋に入れている。

アナウンサーの声「おばあちゃんたちが拾っているこのキャベツの葉っぱは、持って帰ると生ゴミになるからといって、主婦たちが捨てていったものです」

時夫の顔がゆがむ。ふくは時夫の母である。画面は、老人クラブの厨房。同じ老人クラブの老婆Aがさわたちの運んできたキャベツの葉を選り分けている。選り分けられたキャベツの葉をさわが水でジャブジャブ洗い、老婆Bが洗った葉を大きな樽に、糠漬けしている。ふくはすでに漬け上がったキャベツを、器用に細切りしている。ふくは細切りしたキャベツを水切りし、大きなボールに入れる。ボールの中には細切りしたキャベツの漬物が山のように盛られている。

アナウンサー「本当に立派なお漬物になりましたね。ちょっとご馳走になっていいですか」

指でつまんで口に入れる。

アナウンサー「(食べて) おいしい。……でもこんなに沢山どうするんですか」

さわ「クラブの皆で茶菓子替わりに食べて、残ったのは家へ持って帰るんや」

アナウンサー「ご家族の方、喜んでいらっしゃるでしょう」

さわ「栄養あるしな、銭は一銭もかからへんしな。伜《せがれ》はこれで一杯やるのが楽しみや言うてますわ」

アナウンサー「息子さんはなんのご商売ですか」

さわ「うちは大工やけど、山岡さんとこは丸星食品の総務課長さんやで」

ふくがちょっと照れたように笑う。

アナウンサー「丸星食品って、あのお漬物で有名な？」
ふく「はい。（自慢気に）いま全国に出廻っています」
アナウンサー「課長さんも召し上がるんですか、このお漬物」
ふく「うちじゃあ、これに切りゴマを振りかけるんだけど、おいしいおいしいって。これ食べたら、添加物の入った会社の漬物なんかまずくて食べられんて……。おいしそうな色を出すために、いま、皆入れてるんですってね。添加物……」
そのなんとも言えない温かい顔がテレビの画面の中でストップする。見ている時夫の顔に、どっと汗が噴き出す。苦り切った塩田の顔。ビデオのスイッチを切った吉川が、執り成すように、
吉川「テレビ局がカットすべきだったんです。丸星食品という社名が出たんですから。このまま放送するなんて非常識です」
塩田「視聴率は？」
吉川「十二・一パーセントだそうです」
塩田「千二百万人の人が見たのか」
時夫「申し訳ありません」

○山岡家・居間

弘と雪子が豚の生姜焼で食事をしている。ふくが例のキャベツの漬物がたっぷり入った丼を食卓

に載せている。時夫が帰ってきた感じで、妻の久子の迎える声。
久子の声「お帰りなさい」
時夫の声「おばあちゃんいるか」
久子の声「いますよ。どうかしたの」
二人の声がもつれながら、時夫と久子が入ってくる。ふくは時夫を見て、
ふく「お帰り」
時夫「お帰りじゃないよ。なんでテレビなんかに出たんだ」
久子「(驚いて)おばあちゃん、テレビに出たの?」
ふく「出たわけじゃあないよ。テレビがきたんだよ」
時夫「余計なことしゃべって。(漬物の丼を指差して)こんなもの、(久子に)捨ててこい」
弘「なんだよ、食べようと思っていたのに」
久子「そうよ、あなただって好物じゃないの。このお漬物がないとご飯が進まないって」
時夫「いい、おれが捨ててくる!」
勢いよく取った拍子に手がすべって、丼が床に叩きつけられる。丼は割れ、漬物が床に散る。
久子「なにするの、あなた! どうかしているわよ」
時夫「お前たち、このキャベツのことを知っているのか! これは屑なんだぞ。人が捨てたものを拾ってきたんだぞ」

弘「（が、ふくを見る）――」
久子「だってこれ、老人クラブで漬けているって……ねえ、おばあちゃん」
ふくは畳に散った丼の破片を拾い漬物を拾っている。時夫はがっくり座って、
時夫「だから老人クラブの婆さん連中が皆で拾ってきているんだよ。だいたいそういうことを、あんたが気がつかなかったってことからしておかしいんだ」
雪子「ちょっと待ってよ。じゃああたしたち、毎日人が捨てた屑を食べてたってこと？（吐く真似）オェー」
ふく「屑じゃあないよ。……生ゴミになるからって、奥さんたちが買ったキャベツの皮を捨てていくんだよ。だけどまだ、こうして使えるんだもの、もったいないじゃないか」
弘「もったいないからって、人が捨てたものを拾ってくることないだろ」
雪子「そうよ、お金がないわけじゃないんだもの」
ふく「お金があるなしじゃないよ。まだ使えるものを無駄なく使って、お前たちに喜んで貰えば、それでいいじゃないか」
時夫「だからって、それをテレビに公表することはないだろ。伜は丸星食品の課長で、この漬物を食べたら、添加物の入った会社の漬物なんかまずくて食えないって言ってるなんて……」
久子「（さすがに慌てて）そんなこと言っちゃったの、おばあちゃん？」

時夫「おれの立場になってみろ。今日塩田専務に呼ばれて、そのビデオを見せられて、……停年まであと五年だぞ。その五年を難なく勤めあげて、チェーン店の店長ぐらいに収まれたらと思っていたんだ。……だけど、これでおしまいだ……」
弘「漫画だな」
時夫「（むかっと弘を見る）漫画だと？」
弘「だってそうじゃないか。年寄りがちょっと喋ったぐらいで、人生これでおしまいだなんて……」
時夫「お前になにが解る！　サラリーマンというのはそういうものなんだ。たとえ家族でも、会社の不利になることはしてはならないんだ」
弘「だったら、外で言われてまずいことは家でも言わなければいいじゃないか」
時夫「じゃあ、家に帰ってからも本音を吐くなって言うのか！」
弘「だいたい、お父さんは本音が多過ぎるんだよ。おれが二浪していることだって気に入らなくて、親戚にいって喚いているそうじゃないか。できの悪い息子を持って恥ずかしいって。そういうの、女々《めめ》しいって言うんだよ。漫画チックなんだよ」
時夫「それが親に向かって言うことか！　自分の無能を棚にあげて！」
　そのとき、漬物の丼を膝にかかえて体を小さくしていたふくが、
ふく「もういい、もういい、……おばあちゃんが悪いんだから……おばあちゃん、責任とるか

ら……社長さまのところへいってお詫びしてくるから……」

時夫「ばかなことを言うな」

久子「あなた……」

時夫をたしなめる。

時夫「――」

ふく「(泣く) ……社長さまのとこへいって、お詫びしてくるよ……」

○丸星食品株式会社・総務部

時夫が出勤してくる。時夫はどこがどうというわけではないが、なんとなく空々しいものを部下たちに感じる。時夫は周囲の雰囲気を感じながら課長の席に座る。女子社員が時夫の席にきて、

女子社員「課長、部長がお呼びです」

時夫はどきんとして女子社員を見るが、

時夫「解った」

立ち上がり、部長室へ向かう。

○同・部長室

平尾が時夫に煙草をすすめる。時夫は辞退する。平尾は煙草を点けて、

平尾「まあ、今度のことは不運としか言いようがない。悪気があってのことではないし、誰だって、家の中では、本音を吐く。その本音が世間に公表されるなんて、まさに青天の霹靂《へきれき》だよ」
時夫「――」
平尾「ただ、漬物部門は、我が社でも売り上げ伸び率が高いだけに、専務も営業部に執り成しようがないんだ」
時夫「――」
平尾「なにしろあの番組は全国ネットだ。しかも視聴率十二・一というんだから千二百万人の人間が、丸星食品の総務課長のきみが、丸星食品の漬物がまずくて食えない、と言ったことを聞いてしまったんだ」
時夫「申し訳ありません」
平尾「ともかく、謹慎の意味で、明日から自宅待機して貰う。処分が決まり次第、連絡するよ」
時夫「解りました。ご迷惑をかけました」
○海沿いの町にある一杯飲屋（現実）
　時夫と克二がビールを飲んでいる。間。
克二「（ぽつんと）そんなもんですかねえ、サラリーマンって」
時夫「そんなもんだ」

克二「しかし人間、いつどんな落とし穴があるか解らないもんですね」
時夫「……（飲んで）……（ぽつんと）……オフクロが、老人会で漬けてたそのキャベツの漬物、うまかったんだ……古漬でね、糸のように細く切ってあるんだけど……飯がすすんでね」
克二「（頷く）――」
時夫「しかし、まさか拾っていたなんて、思ってもみなかった」
飲む。
克二「……だけど、……私の母親にもそういうところがありますよ……いまだに、古くなったシャツや下着が捨てられなくて、きれいに洗って、刺子して雑布に使っています。（鞄の中から一枚出して）お遍路さんの役に立つかもしれないからって、（笑って）いつも二、三枚持たされるんです」
時夫はその縫いたての雑布を手にとって見る。時夫はいまさらのように、この豊饒の時代が突然訪れたものではないことを思う。母たちの苦しかった時代に支えられてあることを思う。時夫はこの雑布に母たちの息使いを感じる。時夫の胸にこみあげてくるものがある。時夫は雑布で、ぎゅっと怒ったように顔を拭く。

C・M

○海沿いの道をタクシーが走っていく

○二十四番・最御崎寺《ほつみさき》・太子堂

霧が深い。霧の中で遍路たちがお線香をあげている。時夫がきて、

時夫「すみません、ちょっと人を探しているもんですから」

と遍路たちに挨拶して納札箱の中の紙札を探し始める。そのとき、克二が時夫を呼ぶ声がする。

克二「山岡さん！　山岡さん！」

時夫は振り向く。本堂の納札箱を探していた克二が、

克二「ありましたよ。ありました」

と駈けてくる。

克二「（紙札を時夫に見せて）ほら、山岡ふく七十六歳、××市××町」

時夫は手に取って見て、

時夫「昨日の日付になっている」

克二「おばあちゃん、歩いていますね」

時夫「（克二を見る）――」

克二「三日前に出たんでしょ？　それで昨日ここへ着いたんなら、路線バスを乗りついで、ほとんど歩いていますよ」

時夫「（なにか胸をつかれるものがある）――」

○遍路道

遍路姿のふくが、金剛杖をつき、鈴をシャンシャン鳴らしながら歩いている。

○二十四番・最御崎寺・駐車場

ボンネットの上に地図を広げて、克二が見ている。公衆電話ボックスから時夫が出てきて、

時夫「きみの言う通り、夕べ国分寺に泊まっていたよ」

克二「そうすると、（地図を見ながら）追いつくのは竹林寺か、禅師峰寺あたりですね」

○走るバスの中

遍路姿のふくが乗っている。

○走るタクシー

○三十二番・禅師峰寺・本堂の前

ふくが大師堂にお灯明をあげ、お線香をあげ、読経を始める。

（懺悔文《ざんげのもん》）

我《が》借《しゃく》所《しょ》造《ぞう》諸《しょ》悪《あく》業《ごう》
皆《かい》由《ゆ》無《む》始《し》貪《とん》瞋《じん》癡《ち》
従《じょ》身《しん》語《ご》意《い》之《し》所《しょ》生《しょう》
一切《いっさい》我《が》今《こん》皆《かい》懺悔《さんげ》
（三帰《さんき》）
弟子《でし》某甲《むこう》　山岡ふく尽未来際《じんみらいさい》
帰依仏《きえぶつ》　帰依法《きえほう》　帰依僧《きえそう》

○同・山道

時夫が克二と登ってくる。

○同・本堂の前

時夫と克二が入ってくる。ふくは三竟《さんきょう》を唱えている。
（三竟《さんきょう》）
弟子《でし》某甲《むこう》　山岡ふく尽未来際《じんみらいさい》
帰依仏竟《きえぶつきょう》　帰依法竟《きえほうきょう》　帰依僧竟《きえそうきょう》
時夫はほっとしたようにふくを見て、

時夫「おばあちゃん」
　が、ふくは気がつかないで、三竟を唱え続ける。時夫は終わるのを待つ。ふくは唱え終わる。
時夫「おばあちゃん」
　ふくは時夫を見る。ふくは驚く。まさか息子がくるなんて思ってもいなかった。
ふく「――」
　時夫はほっとしたと同時に腹が立ってくる。
時夫「どうして黙って出たんだ」
ふく「――」
時夫「子供じゃないんだ。一言言っていけばいいじゃないか」
ふく「手紙、書くことは書いたんだけど……置かずにきた……」
時夫「どうして?」
ふく「――」
時夫「年寄りが、黙って出てみろ、家族は誰だって心配するんだ」
ふく「……お前には済まないことをしたと思ってるけど……一人になってみたかったんだ
……」
時夫「――」
ふく「……よく解ったな、ここが?」

時夫「だから探したんだよ」
ふく「（息子がここまできてくれたことがやっぱり嬉しい）――」
時夫「早く済ませちゃえ」
ふく「なにを？」
時夫「途中なんだろ、お経……」
ふく「うん」
　ふくは大師堂に向かって、合掌する。時夫も手を合わせる。

○遍路宿の一室
　夕方。ふくが荷物を整理している。まだ着換えも済ませない時夫が入ってくる。
時夫「暑いな」
ふく「お風呂は？」
時夫「運転手さんに先に入って貰った」
　時夫はふくの荷物の中に新しい笈摺が入っているのを見て、
時夫「なんだ、余裕じゃないか。新しい着換えまで用意して……」
ふく「これか？　これはお前のお父さんのだ」
時夫「親父の？」

時夫は一瞬ふくが惚けたのではないかと不安になる。

時夫「親父は、もうとっくに死んでるじゃないか」

ふく「――」

時夫「――」

ふく「戦争で亡くなったんだから、人に刃《やいば》突きつけたこともあったろう……霊場巡りして、身を洗い清める時代ではなかったしな。……あの世で肩身の狭い思いをしていると可哀想だと思って、……お父さんの分までお参りさせて貰って、私が逝くときのおみやげだ」

時夫「逝くなんて言葉、よくないよ」

荷物の中から小さなとうもろこしを出して、

ふく「食べるか。お接待でいただいたんだ」

時夫は受け取って、囓《かじ》る。

ふく「まさか、お前が探しにくるとは思わなかった」

時夫「――」

ふく「――」

時夫「八十八ヶ所巡るつもりだったのか」

ふく「年寄りが家を出ても、いくところ、ないしな……」

時夫「――」

ふく「それに、人間、永く生き過ぎると、人の役に立たないどころか、余計なことをしてしまう。お遍路させていただいていれば、人の害になることだけは避けられる……」
時夫「害になんかなっちゃあいないよ」
とうもろこしを食べる。食べ終えて、芯を卓の上に置く。
ふく「ほらまた、そんなところに置いて」
ふくは卓の上の芯をとると、それをちり紙にくるんで、屑籠に捨てる。
ふく「お前、勝子のこと、憶えているか」
時夫「(一瞬、思い出せない)――」
ふく「九つで死んだ、勝子だよ。妹のことも憶えていないのか」
時夫「(忘れていた)憶えている」
ふく「疎開先で、食べるものがなくて、……青梅食べて、……あたったんだ」
時夫「うん」
ふく「もう半年、我慢していれば終戦だった……」
時夫「――」
ふく「いまだにな、……青梅、見ると恨めしくなる。……ほんとうにもう半年、我慢していれば、腹いっぱい食べられる時代が、迎えられたもんな」
時夫「うん」

ふくは荷物の中からもう一枚の笈摺を出して、

ふく「勝子の分も持ってきたんだ」

時夫「(見る)――」

ふく「気がつかずに、大人のを作ってきてしまったんだけど……(呟く)子供のとき死んだら……向こうでも、まだ子供のまんまなんだろうか」

時夫はなにかたまらなくなってくる。涙が溢れそうになるのを避けるように、

時夫「もういいよ、死んだ者の話は……」

ふく「――」

ふくは笈摺をしまう。時夫はよせと言ったものの、

時夫「幾つだったんだ、親父?」

ふく「(時夫を見る)……死んだ者の話はするなって言ったくせに……」

時夫「うん」

ふく「……戦死したとき、三十九だった」

時夫「若いな」

ふく「お前、幾つになった?」

時夫「五十になった」

ふく「そんなになったか」

時夫「親父より、十一年多く生きたな」
ふく「――」
時夫「……（しみじみと）勝子が生きていたら、四十七か……」
ふく「――」
時夫「――」
ふく「やっぱり、悪いことをしてしまった……」
時夫「なにが？」
ふく「五十になる迄勤めあげた会社を、この手で棒にふらせてしまった……」
時夫「心配するな。……会社だって馬鹿じゃあない。あんなことぐらいどうってことはないんだ」
ふく「……また、転勤になるのか」
時夫「（ふっと笑って）転勤、転勤だったな」
ふく「やっと大阪に落ち着いたっていうのに……」
時夫「――」
ふく「（ふっと気がついて）お前、会社、休んできたのか」
時夫「休暇とったんだ」
ふく「こんな大事なときにか」

時夫「心配するなって。会社より、オフクロの方が大事だよ」
ふく「（驚いたように、時夫を見る）――」
時夫「どうしたんだ？」
ふくの顔がくしゃくしゃと歪む。ふくは眼頭を押さえて、
ふく「ありがとう。うれしいよ。……嘘でもいいよ」
時夫「嘘じゃあない。……オフクロを探して、お寺を巡っているうちに、本当にそんな気持ちになってきたんだ。（自分に言う）生きていくには、確かに会社は必要だ。家族を食べさせていかなければならないし、自分も生き延びるために、会社に滅私奉公しなければならない。……だけど、人間ってそれだけじゃあないような気がしてきたんだ。……魂の故郷《ふるさと》っていうんだろうか。……魂の帰り着くところというんだろうか……その方が大事だって、気がしてきたんだ」
ふく「だけど、そっちばかり大事にしてたら、家族養っていけないだろうしな」
時夫「（苦笑して）辛いところだな」
言うと立って窓の外を見る。思いがけない程近くに西日を受けた海が見える。
時夫「いい旅になった。……オフクロが家出しなかったらこんな旅はできなかったな」
ふく「家出じゃないよ」
時夫「黙って出れば家出だ」

○西日を受けた海

○遍路宿

夜。布団が二つ敷かれ、金剛杖を枕元に置いたふくが床の上に座っている。浴衣を着た時夫が入ってくる。

時夫「電話しといた。見つかったたって聞いて、みんなほっとしてた」

ふく「(てれたように微笑する)――」

時夫「それから、久子とも相談したんだが、あの遍路タクシーで八十八ヶ所巡ってきたらいい」

ふく「もったいない。歩いて巡るからいいんだよ」

時夫「若いのに、いい運転手なんだ。その方がおれたちも安心していられる」

ふく「ほんとに、いいったら」

時夫「産んで貰って、五十年、おれはなんにもしてやれなかったんだ。……そのくらいさせてくれ」

ふく「――」

時夫「寝るか」

と布団に入り、

時夫「しかし、オフクロとこんなに話したの、何十年振りかな」
ふく「（も、床に入って）何十年振りどころか、お前が生まれて、初めてのことだよ。……普段なんにも話してくれないんだもの」
時夫「そうか。……息子なんて、産むもんじゃあないな」
スタンドを消す。闇の中で、
ふく「やっぱり、産んどいて、よかった……」
間。カメラがふくの顔を捉える。ふくは泣いている。月光《つきあか》りがふくの涙でぐじょぐじょの顔を照らしている。ふくは声を殺して泣く。ふくは命のありがたさに泣いている。

○海沿いの道
朝。バス停の前にタクシーが止まって、時夫が降りる。克二が運転席から降りてくる。
克二「おばあちゃんは確かにお預かりしました」
時夫「お願いします。（窓越しに、ふくに向かって）立派に結願してきなさいよ」
ふく「（頷いて）お前も気をつけて」
時夫「（克二に）じゃあ、頼みます」
克二「（頷いて）お元気で」
車に戻る。走り出すタクシー。見送る時夫。タクシーは海沿いの道を遠ざかっていく。

○御堂筋

今日もサラリーマンが出勤していく。その群れの中に時夫がいる。時夫のぶつぶつ呟くような声が聞こえる。耳を澄ませると克二から教わった例の詩を呟いている。

時夫の声「……あの合掌したときの心の安らぎは／……右の手の悲しみを／左の手がささえ／左の手の決意を／右の手がうけとめる／その上を流れる静かな時間／こうした姿勢を……」

声は大都会の中に吸い込まれていく。

―完―

「桜　散る日に　出陣学徒の交響楽〝第九〟歓喜の歌」作者ノート

太平洋戦争が始まったのは、私が八歳のときであった。十一歳で学童疎開にいき、十二歳で終戦を迎えた。

その間に沢山のお兄さんたちが兵隊さんとなって、出征していった。その度《たび》に私たち小学生は、先生に引率されて、日の丸の小旗を振りながら駅まで送っていった。

戦前の日本には兵役の義務があったが、中学校（旧制）以上に在籍する者については徴兵が延期されていた。その結果、同年兵との年齢の差が出るため、実際には入営しないで済むことが多かった。けれども、戦局が急迫してきたため、一九四三年十月に法文経学生に対する徴兵猶予が取り消され、彼らは学生の身分のまま、ペンを捨てて剣をとることを余儀なくされた。これが「学徒出陣」である。

道ですれ違っていた大学生のお兄さんたちが、学帽をかぶり、学生服にゲートルを巻き、友人たちが寄せ書きをした日の丸の旗を襷にかけて、見送る私たちに慣れない手付きで敬礼する姿は、子供心にも辛いものがあった。引率の女の先生が泣き、見送る国防婦人会のおばさんたちが泣いた。

そして、やがて英霊となってお兄さんたちは帰ってきた。

英霊とは英雄の霊である。

戦死され、白木の箱に入ったお兄さんたちを私たちは弔旗を持って迎えにいった。

「あの箱の中には遺骨は入っていないそうだ」

大人たちが囁き合うのを耳にして、荒涼とした戦場にお兄さんたちのお骨が散らばっている風景を思い描いて、私は、お兄さんたちは寒いだろうな、と思った。

大人になってあのお兄さんたちを思い出す度に、戦争さえなかったら、あのお兄さんたちは生きて、人生を全うできたのに、あの時代に生まれたことを、さぞ無念に思われたことだろう。そう思うようになった。

あのとき、日の丸の小旗を振って見送った小学生が長じて、脚本家になったのである。

あのお兄さんたちの無念さを、あのお兄さんたちの犠牲の上に今の平和があることを、ドラマにして人々に訴えるのが私に与えられた使命ではないか。そう思うに至った。

が、ドラマには語り口というものがある。

お兄さんたちのあの無念を語るには、どんな語り口にしたらいいか。

それを模索していたとき、私は新聞のコラムで、東京帝国大学の学生が法文経二十五番教室に於いて出陣学徒壮行大音楽会を開催し、ベートーベン作曲交響楽「第九番」、歓喜の歌を聴いて出陣していったという実話と、その実話がアメリカの小学校の教科書に掲載されたという記事を眼にした。

これだ。これを語り口にしよう、と決めたのは十年ほど前のことであった。

だが、この企画の嫁入り先はなかった。

一九九五年が戦後五十年である。

この機会を逃したら、もう機会はないと私は思い、昨年、毎日放送の伊東雄三プロデューサーに話したところ、氏はしばらく考えていたが、

「その話、毎日放送主催の『一万人の第九』コンサートにジョイントできないもんやろか」

と言われた。

それはまさに天啓のように、私の発想に火を点けた。

戦時下の「第九」と平和な時代の「第九」を紡ぐことで、あのお兄さんたちの無念さが、悲愴さが、あの時代でぷつんと切れてしまったのではなく、あれから五十年を経た今日も尚、人の心の中に息づいている、それを語ることができるではないか。

企画が決まって年が明けた。

そして、一月十七日にあの阪神・淡路大震災が起きたのである。

被災地が毎日、テレビで放送された。

その風景は、私の記憶の中にある、空襲で焦土と化した五十年前の東京の焼け跡と重なった。

私は五十年前戦死した学徒兵最上陸郎の手記を、当時恋人であった吉野佐和子が五十年の歳

月を経て、阪神・淡路大震災の被災地で、倒壊した家屋の下から掘り起こすことに依って、ドラマを起こした。

奇しくも、帝大生が「出陣学徒壮行大音楽会」を開催した一九四四年八月六日は、私が学童疎開をするため山梨県に向かって東京を出発した翌々日のことだった。

私は学童疎開する小学生を登場させた。

この小学生はあの時代を生きた私の分身である。

恥ずかしい話だが、私は書きながら泣いた。

本当に悲しい時代が、この日本にはあったのだ。

そのことを戦争を知らない人たちに訴えてくれ、という、あのお兄さんたちの魂の叫びを聞きながら、私はこの作品を書き上げた。

幸い毎日放送が開局四十五周年記念番組として、総力を挙げて制作してくださることになり、「桜　散る日に」は十二月三日、大阪城ホールで「一万人の第九」コンサートを収録することで完成する。

今年の「一万人の第九」コンサートのテーマは、「震災で失われた多くの生命への鎮魂と、新しい暮らしへの再建と復興への祈り」だという。

五十年前の日本人もまた、一人一人の胸の中で、戦争で失われた多くの生命への鎮魂と、やっと迎えた平和に向かって、新たなる再建と復興を祈ったはずだ。

今年の「一万人の第九」コンサートには私も参加するつもりである。

尚、長年一緒にドラマを創ってきたディレクターの鈴木晴之氏（晴さんと多くの人に親しまれている）が、来年毎日放送を定年退職される。

晴さんとは、ときに喧嘩もしたが、二十数年来の友達である。このドラマが、その晴さんの毎日放送に於ける社員としての最後の作品となったことは、感慨深いものがある。

時が駈け抜けていく、感がする。


（『ドラマ』一月号、一九九六年）

桜　散る日に

出陣学徒の交響楽〝第九〟歓喜の歌

放送日　一九九五年十二月二十四日

製作著作　毎日放送
プロデューサー　伊東　雄三
　　　　　　　　登坂　琢磨
監督　鈴木　晴之
音楽監督　丸谷　晴彦

〈登場人物〉
（昭和十九年）
最上陸郎　筒井　道隆
吉野佐和子　戸田　菜穂
最上重一郎　芦田　伸介
最上菊子　吉野由樹子
最上徹郎　鶴見　辰吾
南条一彦　袴田　吉彦
原口幸文　宮下　直紀
木崎茂　田中　龍
有馬大五郎　米倉斉加年
吉野繁三　下元　勉
吉野勝利　安藤　壮洋
高木初江　山本　陽子
（平成七年）
竹内佐和子　加藤　治子
竹内和夫　岸部　一徳
竹内佳江　藤田　弓子
竹内結衣　大路　恵美
竹内真　芦田昌太郎

○阪神大震災・被災地

スーパー「一九九五年一月十七日、マグニチュード七・二の大地震が阪神地方を襲う」

ベートーベンの交響曲第九番ニ短調作品一二五「合唱」、第四楽章が湧き出る。

○シーガルホール入口（現実）

「二万人の『第九』コーラス練習所」の立看板。第九・第四楽章・歓喜の歌のコーラスが聞こえる。

"Freude, schöner Götterfunken, Tochter aus Elysium, wir betreten feuertrunken, Himmlische, dein Heiligtum!"

○同・ホール

一隅で二十五人ぐらいの女性がコーラスの練習をしている。中に、竹内佐和子がいる。孫の結衣もいる。

○レストラン「マシュミエール」（現実）

ポートアイランドに建つ、ビルの高層にある明るいレストラン。神戸の街が一望できる。結衣が佐和子とならんで、サラダバーのサラダを皿に盛っている。

結衣「おばあちゃん、遠慮しなくていいのよ。これは食べ放題なんだから」
佐和子「そんなに食べられないわよ」
結衣「あたし、お腹、ペコペコ、歌うと空《す》くのよね」
二人はサラダを盛った皿を持って、テーブルへ。結衣は食べながら、
結衣「相馬先生が讃《ほ》めていた、おばあちゃんのことを。さすが音大出だけあって、お年を召してもお声に衰えがないって」
佐和子「（微笑して）お願いして仲間に入れていただいたんだもの。皆さんの足手まといにならないように必死なのよ」
結衣「おばあちゃん、昔はソプラノで歌っていたの？」
佐和子「そう。……昔、……昔ね……でも、もうソプラノでは歌えないわ。アルトがせいいっぱい……」
結衣「ねえ、おばあちゃん、聞こうと思っていたんだけど、あのとき、お棺の中まで持っていきたいものがあるって、言ったでしょ？　あれ、なんなの？」
佐和子「（の、フォークを持つ手が止まる）――」
結衣「すごく、興味がある。教えて？」
佐和子「（結衣を見る）――」

○セントラルマンション・竹内家・表（十日前）

夜。

スーパー「一九九五年八月」

佐和子の息子の竹内和夫が帰ってくる。

○同・ダイニングルーム

さわらの西京漬に、とう瓜のそぼろあんかけと、冷ややっこ、茄子のしぎ焼、浅利のすまし汁で、和夫の妻の佳江と結衣と佐和子が食卓を囲んでいる。真がきて、

真「なんだ、また和食かよ。おばあちゃんがきてから和食ばかりじゃないか」

言いながら食卓につく。

佳江「さっぱりしていて、夏はこういうおかずが一番いいのよ」

佐和子「あたしはいいのよ。子供たちの好みに合わせてちょうだい……」

佳江「いいんですよ、お姑《かあ》さん……」

手酌で晩酌のビールを飲んでいた和夫が、

和夫「お母さんで思い出したが、今日灘区役所から連絡があって、明日から泉通二丁目の倒壊家屋の取り除き作業を始めるそうだよ」

佐和子「（咄嗟に意味が飲み込めない）……」
和夫「おばあちゃんの倒れた家を片付ける作業が始まるんだそうだ」
佐和子「（慌てて）じゃあ、明日いってこなければ……」
和夫「大丈夫だよ。おばあちゃんがいかなくても、区がちゃんとやってくれるから」
佐和子「でも……」
真「おばあちゃん、最後に見たいんじゃないの、自分が住んでいた家を」
結衣「だって、潰れて跡形もないんだよ。（佐和子に）いかない方がいいよ、おばあちゃん。
　悲しくなるだけだと思うよ」
佐和子「持ってこなければならないものがあるのよ」
和夫「なにを?」
佐和子「あの下に、大事なものが入っているのよ」
和夫「預金通帳は再発行を申請してあるし、現金はないって言っていたじゃないか」
佐和子「あるのよ。……（小さく）大事なものが……」
和夫「（苛立って）だから、なんだって、聞いているじゃないか」
佳江「あなた……」
　と抑える。
佐和子「皆には、つまらないものだと思うけど、……お棺の中まで持っていかなければならないものが、……あそこに埋まっているのよ……」

一同は顔を見合わせ、和夫がなにか言おうとするのを、佳江が抑えて、

佳江「じゃあお姑さん、明日、あたしの車でいってきましょう」

和夫「しかし、危なくないか。なにがあるんだか知らないが、瓦礫の下に埋まっているんだろ？　年寄りが取り出すなんて、怪我でもしたらどうするんだ？」

佳江「作業員に相談してみるから大丈夫よ」

○荒涼とした被災地

クレーン車が倒壊した家屋の取り除き作業を行っている。バリッ、バリッと剝がされ、運び出されていく屋根。埃が舞い散る。作業員が、クレーン車を操作している男に手を上げて作業を中止させ、離れた場所で眺めている佳江と佐和子に駆け寄って、

作業員「本当にあそこにあるんですね？」

佐和子「(頷いて)お茶の間の押し入れの中なんです」

作業員「じゃあ、我々は向こうを先に片付けます。三十分程で戻りますから、その間に済ませてください。(佐和子に)怪我をされないように気をつけてください」

佐和子「(頷いて)ありがとうございます」

作業員は去っていく。クレーン車も移動する。佐和子は瓦礫の中に足を踏み入れる。佳江も続いて、

佳江「おばあちゃん、気をつけて……」

倒壊し、屋根をむしり取られた家屋の残骸。それでも佐和子の愛用していたテーブルが見え、柱時計がへし折れた柱にしがみつき、潰れた押し入れから蒲団袋がずり落ちて、あの日までの生活の姿を覗かせている。

佐和子「ここよ、この押し入れの中にあるのよ」

佐和子はしゃがんで、潰れた押し入れの空間に手を入れる。

佳江「おばあちゃん、あたしがやるわ。文箱なんでしょ？」

佳江が替わって、探し始める。佐和子が真剣な眼で見つめている。佳江は隙間に首を突っ込み、狭い空間をあちこち探す。やがて、埃だらけになった佳江が、

佳江「おばあちゃん、これじゃない？」

と、木製の文箱を取り出す。

佐和子「そう。それ……その中に入っているのよ」

佳江は佐和子に渡してやる。

佐和子「ありがとう……」

受け取ると、ほっとしたように腰を降ろし、蓋を開ける。中には古びた一冊の大学ノートが入っている。佐和子はそのノートを手にとって、

佐和子「よかった……」

と埃を払い、しみじみと見つめる。

○レストラン「マシュミエール」（現実）

結衣と佐和子。二人はコンソメスープを飲んでいる。

結衣「お母さんが、あのノートになにが書いてあるか聞きたかったけど、あのときのおばあちゃんは気軽に声をかけられる雰囲気ではなかったって……そう言ってた……」

と佐和子を見る。佐和子はそれには答えないで、心にあることを言う。

佐和子「あのノートは、五十年も前に、陸郎さんのお祖父さんからいただいたのよ」

○荒涼とした被災地（八月）

瓦礫の中で、佐和子が大学ノートを見つめている。佳江はいない。

佐和子の声「あのときも、周りは瓦礫の山だった……」

画面は五十年前の風景に入っていく。

○空襲を受けて、荒涼とした焼跡（五十年前）

スーパー「一九四五年五月」

空襲を受けて瓦礫の山と化した焼跡で、モンペ姿の十九歳の佐和子が、国民服にゲートルを巻き、鉄かぶとを背中に背負った最上重一郎と向かい合って立っている。重一郎は佐和子に頭を下げて去っていく。大学ノートを胸に抱きしめ、重一郎を見送る佐和子の眼から涙がこぼれる。佐和子はノートを開く。ノートに書かれた陸郎の文字。陸郎の声がかぶる。

陸郎の声「一九四三年十月、法文経の学生に対する徴兵猶予が取り消され、多くの学生が、学生の身分のまま、ペンを捨てて剣をとることを余儀なくされた」

○明治神宮外苑競技場（実写フィルム）

スーパー「一九四三年十月二十一日」

雨の中を分列行進する学生たち。

陸郎の声「一九四三年十月二十一日。文部省と学校報国団の共催による『出陣学徒壮行会』が明治神宮外苑競技場に於いて行われた。午前九時二十分、東京、神奈川、千葉、埼玉、各県下七十七校からの出陣学徒が東京帝国大学を先頭に、分列行進を開始すると、スタンドを埋めた我々、在学生、中学生、女子学生合わせて六万五千人の学生が見送った。岡部長景文相が宣戦の詔書を朗読、続いて東条首相が『諸君が敵米英の学徒と戦場に相対し、彼等を圧倒することを信じて疑わぬ』と激励する間、立ち尽くす学徒たちの上に、冷たい秋雨が降り続いた……」

壇上の岡部文相。東条首相。分列行進する学生たち。

○スタンドで見送る学生たち

帝大在校生の中に、陸郎がいる。女子学生の中に黒いモンペ、白いブラウスを着た佐和子がいる。

二人はそれぞれの場所で雨に濡れている。

○明治神宮外苑・競技場・表

競技場から陸郎が飛び出してくる。モノクロの画面から飛び出してきたような感じで画面はカラーとなる。と出合い頭に、佐和子とぶつかり、佐和子は手に持っていた小さな風呂敷包みを飛ばす。

風呂敷包みは容赦なく水溜まりの中に落ちる。

陸郎「すみません」

慌てて拾う。赤い鹿の子絞りの風呂敷包みは、無残に泥をかぶっている。

陸郎「申し訳ありません」

佐和子「いいんです」

佐和子は陸郎から受け取り、二人は見合う。

陸郎「あの、……弁償します、風呂敷……」

佐和子「ほんとに、いいんです……」

言うと、陸郎に頭を下げて雨の中へ消えていく。

陸郎「あの……」

追おうとするが追えない。雨の中に立ち尽くす。その陸郎を残して、帰っていく学生たち。

陸郎の声「妙な出会いだったが、印象に残った。……これが吉野佐和子との出会いだった……」

雨が陸郎を濡らす。

○最上家・門

降りしきる秋雨。陸郎が帰ってくる。

○同・玄関

陸郎が入ってくる。陸軍将校が履く長靴《ちょうか》がある。母の菊子が迎えて、

菊子「お帰りなさい」

陸郎「ただいま」

菊子「まあ、ずいぶん濡れて……」

陸郎「(長靴を見て)兄さんが見えているんですか?」

菊子「ええ。あなたのお帰りを待っていらっしゃるのよ」

陸郎は上がっていく。その背に、

菊子「風邪をひくわ。着替えてからになさいね」
陸郎は振り向いて、
陸郎「大丈夫です」
言って、手拭いで学生服を拭く。

○同・座敷

上座に和服を着た祖父の重一郎、向かい合って陸軍中尉の軍服を着た兄の徹郎が正座している。
二人ともぴーんと背筋が通っている。陸郎が入ってきて、
陸郎「ただいま帰りました」
と挨拶する。
徹郎「どうだった、神宮外苑に於ける壮行会は？」
陸郎「悲愴なものを感じました。学生が卒業を半ばにして戦場に向かうんですから、勇ましさなんて微塵もありません。悲愴なだけです」
徹郎「軟弱なことを言うな」
陸郎「(怒ったように) しかし、学生は兵隊ではありません」
徹郎「兵隊でなければ、兵隊になるのだ！　この国難に立ち向かうには、日本男児はすべからく兵士とならねばならないのだ！」

陸郎「――」

徹郎「お前も、徴兵猶予の取り消し時期を座して待つより、潔く志願したらどうだ？」

陸郎「――」

重一郎「（ぽつんと）……何も死に急ぐことはあるまい……」

徹郎「お祖父様は陸郎に甘すぎます」

重一郎「陸郎だけではない。お前にも言いたいのだよ。父母から与えられた命を粗末にしてはならん。そんなことは自明の理じゃあないのか」

徹郎「お言葉を返すようですが、それは平和時であればの話です。戦時下にあっては、命は国家に捧げてこそ意義があるのです。命を惜しんで後れをとってはならんのです」

重一郎「――」

陸郎「――」

○同・二階・陸郎の部屋

洋間。机、椅子、本箱が整然と配置されている。窓ガラスには爆風除けの切り紙が貼ってある。Yシャツの上に紺のセーターを着た陸郎が蓄音機にレコード盤をかける。バッハの管弦楽組曲第二番が流れる。

陸郎の声「兄のように、戦意高揚の気分にはなれない。兄は軍人で、ぼくは学生だからという、それだけの理由ではない。……今、国をあげて闘っているこの戦争が、軍が言うように、アジアを西欧諸国の圧迫から守るための聖なる闘い、聖戦だとはどうしても思えないのだ……」

陸郎はバッハの管弦楽組曲第二番に耳を傾ける。

○東京帝国大学・構内

桜が咲き誇っている。

スーパー「昭和十九年・春」

○同・構内

法学部から陸郎が出てくる。南条一彦が追いかけてくる。

南条「最上！」

陸郎「（振り向く）？」

南条「『無法松の一生』を観たか？」

陸郎「いや、まだだ」

南条「人生座でやっているんだ、観にいかないか？」

陸郎「ぼくも観たいと思っていたんだ。軍の命令で戦争映画ばかり作らされている映画界が、久々に生んだ名画だって評判なんだろ？」

南条「去年の映画だからな、今、観ておかないと観そこなう」

陸郎「時間はどうなんだ？」

南条「今からだと夜の部になるから、（時計を見て）まだあるな」

陸郎「途中から観るのはいやだから、菩提樹で時間を潰していくか」

○喫茶店「菩提樹」・中

落第横丁にある帝大生が通う喫茶店。陸郎と南条の前にマダムの高木初江がコーヒーカップを置く。陸郎はコーヒーの香りを楽しむように匂いを嗅いで、

陸郎「なにをブレンドしたんですか？　モカとキリマン？」

初江「皮肉は言いっこなしよ」

陸郎「皮肉じゃないですよ。心頭を滅却すれば火もまた涼しで、代用コーヒーでもモカとキリマンジャロのブレンドに思えないことはないですよ」

初江「そう言って貰えればほっとするけど、こうなんにもないんじゃあ店を開けるのにも気がひけて……」

南条「いいって、いいって。白湯《さゆ》が出てきても文句は言わないって。開けて貰っているだけで充分だよな。最上？」

陸郎「そう。ここはぼくたちのオアシスだもんな」
初江「涙が出ちゃう。そんな風に言って貰うと……」
そこへ、絣のモンペに、リボンのないセーラー服を着たお河童の尾形亮子（小学四年生）が、回覧板を持ってくる。
亮子「回覧板です」
初江「ご苦労さま」
受け取って、
初江「（亮子に）お父さんからお便りある？」
亮子「ないんです」
初江「そう。でもきっとお元気でいらっしゃるわ」
亮子「はい。（と頷いて）さようなら」
と帰っていく。
南条「あの子、この間出征していった角の仕立屋さんの子でしょ？」
初江「そうなの。お母さんと二人きりになってしまって……」
そこへ原口幸文が入ってきて、陸郎と南条を見つけ、
原口「やっぱりここにいたのか」
南条「まあ、座れよ」

原口は座って、

原口「木崎が海軍航空隊に志願したのを知っているか?」

南条「(驚く) いや、知らん」

陸郎「(衝撃を受けている) いつのことだ?」

原口「おれもさっき聞いたんで詳しいことは解らんが、本籍のある高知へ帰って、疎開されているご両親のもとから入隊するそうだ。それで明日の晩、壮行会という話になった」

南条「どこでやるんだ?」

原口「篠崎たちがけとばし屋と交渉している」

南条「よし! 二次会はここの二階だ。マダム、頼みます」

初江「いいけど、……辛いわね、この間、あなたたちの先輩を送ったばかりだっていうのに。歯が欠けるみたいにいなくなっていくんだもの……」

○帝大前・落第横丁

夜。木崎を囲んで、陸郎、南条、原口が「一高寮歌」を歌いながら、「菩提樹」に向かってやってくる。

〽鳴呼《ああ》玉杯に花うけて……

四人はかなり酔っている。

○喫茶店「菩提樹」・二階

六畳一間。古畳の上に卓袱台が置かれ、盃と一合徳利が四本並んでいる。四人はまだ歌っている。

〽栄華の巷低く見て……

（「一高寮歌　嗚呼玉杯に花うけて」）

歌い終わったところへ初江が大豆の入った小丼を持ってくる。

初江「馬肉のすき焼きだったっていうから、おつまみに大豆を炒ってきたんだけど……」

陸郎「すみません」

初江「あなたたちは府立一中から一高に入って、帝大も同じ法学部だったのよね。それなのに、木崎さん、なんで一足先に征《い》ってしまうの？」

木崎「秋には、いずれ征かなければならないんです。いつ征っても同じですよ」

初江「そんなことないわ。一日でも長く、学生でいるべきよ」

原口「おれもそう思う。ペンを銃に替えるのは遅ければ遅いほどいい」

木崎「しかし、国を守るのはおれたちの義務だ。戦局が厳しくなってきた今、のほほんと大学へ通ってはいられんよ」

南条「のほほんなんて言い方はよせ。そんな言い方をされたらおれたちの立つ瀬がないじゃないか」

陸郎「なんで航空隊を志願したんだ？　メカニズムに一番弱いはずの法学部が」

木崎「散るときに、一番潔《いさぎよ》いのが飛行機乗りだと思ってな」

原口「（怒ったように）死に急ぐな！　木崎」

初江「そうよ。死んじゃあいけないわよ」

木崎は拳を振り上げ、突然歌い出す。

〽花もつぼみの若ざくら

陸郎「（怒ったように）よせよ、そんな歌を歌うのは！」

だが木崎は続ける。

〽五尺の生命ひっさげて

国の大事に殉ずるは

我ら学徒の面目ぞ

ああ紅の血は燃ゆる

（「ああ紅の血は燃ゆる」）

一同の胸に、暗い、重い、思いが溢れる。

○山間《やまあい》を機関車・D51が走っていく

○狩野川の見える山沿いの道

角帽、制服、ゲートルを巻いた十数人の帝大生がいく。陸郎も南条も原口もいる。

陸郎の声「春休みになると我々学生は、出征して男手を失った農村に、人手不足を補うための勤労奉仕として、援農にいかされた」

○山間の畑

陸郎と南条と原口を含んだ帝大生十数人が開墾している。

陸郎の声「……ぼくたちが向かった先は伊豆の農村であった……」

○吉野家・表の道

陸郎と南条が畑から帰ってくる。

陸郎の声「そして、ぼくと南条の寄宿先となったのは、この土地の旧家である吉野家であった」

○同・土間

陸郎と南条が黒光りのする板敷に座って、鱒の塩焼と里芋と人参の煮付けと沢庵と菜っ葉の澄まし汁と麦飯の載った箱膳で食事をしている。この家の繁三、勝利、佐和子、しま、登代子も並んで膳を囲んでいる。

繁三「着いた早々、畑に出されてくたびれましたでしょう?」

南条「いえ、そんなことはありません」

陸郎は食べながら、ちょうど向かい合っている佐和子と眼が合ってドギマギする。絣のモンペの上着の下に白いブラウスを着て、白い衿を覗かせた佐和子は、実に初々しい。

陸郎の声「ぼくは、東京高等音楽学院に通う長女の佐和子さんだと紹介されたこの家《うち》の娘が、気になってならない」

○神宮外苑・競技場・表（陸郎の記憶）

出合い頭に佐和子とぶつかる陸郎。

陸郎「すみません」

佐和子の水溜まりに落ちた風呂敷包みを拾う。

陸郎「申し訳ありません」

佐和子「いいんです」

二人は見合う。

陸郎「あの、……弁償します、風呂敷……」

佐和子「ほんとに、いいんです……」

頭を下げて、雨の中へ消えていく。

陸郎「あの……」

追おうとして立ち尽くす。

○吉野家・土間（現実）

陸郎は食事を続ける。

陸郎の声「あのときの人のように思えてならないのだが、……まさか、そんな偶然がある筈が……」

ふと視線を感じて、佐和子を見ると、佐和子が陸郎を見て、微笑している。陸郎は赤くなって、少しだけ微笑を返す。佐和子はほんの少し、頭を下げる。が、陸郎の他には誰も気がつかない。

陸郎の声「奇蹟だ。……やっぱりあのときの……しかもぼくを憶えていてくれたとは……」

○山間の畑

陸郎と南条と原口と帝大生たちが開墾している。佐和子と登代子と村の女房が二人、薬缶を下げたり、蒸した薩摩芋の入ったざるを手に三時のおやつを運んでくる。勝利をはじめ子供たちがついてくる。

登代子「ご苦労さまです。おやつを持ってきましたから、お三時にしてください」

学生たちは鍬を持つ手を止めて、汗を拭う。女房たちは風呂敷包みを開いて、蒸した薩摩芋と湯呑茶碗を出す。佐和子がお茶を注ぐ。

学生たち「いただきます」

学生たちは美味そうに食べる。陸郎も南条も原口も食べる。佐和子がお茶を運んできて、

佐和子「どうぞ」

とお盆を出す。

陸郎「ありがとう」

南条「いただきます」

原口「いただきます」

とお盆の上の茶碗を取る。

南条「(佐和子に) いつまでこちらにいらっしゃるんですか?」

佐和子「皆さんがお帰りになるまでいようと思っています」

言って、ちらっと陸郎を見る。陸郎は赤くなる。なにか言わなければと思う。

陸郎「いいですね、ここは。……ここは平和です」

勝利「海軍にいっているお父さんは今日も闘っているんです。戦時下の日本に平和などありません」

原口「勇ましいな、坊主は」

陸郎「そうか、きみのお父さんは巡洋艦に乗っておられるんだったね」
勝利「はい、海軍少尉です」
原口は芋を食べ終えて、伸びをして、
原口「芋もうまいが、ここは空気もうまい」
女房イ「おしんこも美味しいですよ」
と漬物を盛った皿を出す。
原口「わあー、これは大好物だ。日本人にとっておしんこは切り離せない食べ物ですね」
とつまむ。陸郎たちにも皿が廻って——皆は美味しそうに漬物を食べる。佐和子がお茶を注いで廻る。

○狩野川沿いの道
夕方。空《から》の薬缶を下げた佐和子が陸郎と話しながら歩いていく。
佐和子「最上さんをお見かけしたとき、あたくし、本当に驚きました」
陸郎「ぼくだって、びっくりしましたよ。まさか、吉野さんのお宅があなたのお宅だなんて思ってもいませんでしたから……」
佐和子「でも、お会いできて、……よかったです……」
その後を少し遅れて勝利が歩いていく。その後をまた少し遅れて、南条と原口が歩いていく。

原口「なんだ、あの二人、話が弾んでいるようじゃないか」
南条「壮行会の日、神宮外苑で出会ったんだそうだ」
原口「（驚く）ほんとうか⁉」
南条「うん」
原口「そんな偶然があるのかな」
南条「あったんだな……」
原口「なんで陸郎だけがそんな幸運を射止めたんだ。神は不公平じゃないか」
南条「（笑って）ほんとだな」
原口「おい！　陸郎！」
と声をかけるのを南条が制して、
南条「よせ！　人の恋路を邪魔する奴は犬に食われて死んじまえ、と言うじゃあないか」
原口「恋路か。……ますます嫉妬のほむらが燃え立つな」
川辺に立ち止まって、川に向かって石を投げる。南条も立ち止まって、川に向かって石を飛ばす。
勝利が戻ってきて二人に倣う。陸郎と佐和子はなにを話しているのか談笑しながら遠ざかっていく。

○狩野川辺り

ゆったりと流れる川面を眺めながら、陸郎と佐和子が草むらに腰を降ろして話している。

陸郎「ご両親がよく、東京の音楽学校へ出してくれましたね」
佐和子「二人とも絶対にだめだって猛反対だったんです。でも、音楽の先生になって村の小学校に戻ってくるって言ったら、祖父が『村のためになることだ、いかしてやれ』って、それが鶴の一声になったんです」
陸郎「じゃあ先生になって、ここへ戻ってくるんですね」
佐和子「約束ですから。……でも、この先どうなるんでしょう？　……戦争は勝つんでしょうか？」
陸郎「（答えられない）――」
佐和子「そんなことを言ったら叱られてしまいますね。絶対に勝つという必勝の信念を持たなければ……」
陸郎「（弾んでいた気持ちが、しぼんでいく）――」

○吉野家・座敷
夜。布団が二つ敷いてある。湯上がりの陸郎が縁側で団扇を使っている。南条が湯から上がってくる。
南条「あー、いい湯だった。飯はうまいし、和《のど》かだし、ここにいると戦争のことを忘れてしまうな」
陸郎「うん」

南条は枕元にある水差しの水をコップに注いで飲む。
陸郎「きみはこの戦争をどう思っている?」
南条「なんだ、藪から棒に」
陸郎「勝てると思っているのか?」
南条「物量に於いて言えば危険極まりないものがあるが、勝てると思わなければやってはおれんだろう」
陸郎「だからといって、現実から眼をそらすことはできないよ。イタリーが無条件降伏したように、同盟国のドイツも危ういし、日本が負ける可能性は充分にあり得るんだから」
南条「――」
陸郎「日本国中が勝つ、勝つ、勝つに決まっている。勝たねばならないのだという必勝の信念を抱かされているが、これは信念というより、一種の信仰のようなものだよ」
南条「――」
陸郎「もし本当に日本が勝つと決まっているなら、ぼくたち学生が、大学から軍隊へ移行することはないじゃないか」
南条「どうかしたのか?」
陸郎「どうして?」
南条「きみにしてはいやに饒舌だからさ」

陸郎「――」
南条「佐和子さんに会って、臆病風に吹かれたのか？」
陸郎「（むきになって）なにを言うんだ」
南条「冗談だよ。……白状すると、ニューヨークで銀行の支店長をしていた叔父が開戦直後帰国して、『この戦争は日米野球決戦に似ている。こちらがまず二、三点とっても、あとでディマジオのような長距離打者のパワーにやられる』そう言っていたのを聞いてから、日本と米英では子供と大人の喧嘩だと思っている。……子供が大人を倒したためしはないものな……」
陸郎「――」
南条「ただ、『神国日本に神風が吹くなんて言うけど、蒙古来襲のときに吹いた風はたまたま台風シーズンだっただけのことだ』そう言っただけで、袋叩きにあった男がいたばかりだ。うかつなことは言えんよ」
陸郎「南条とぼくの仲でもか」
南条「……きみには言うさ、本音を……」
陸郎「――」
南条「――」
陸郎「……本音が言えるなら、……ぼくは……戦場へいくのが恐くてならない……」

南条「誰だって恐いさ。……死ぬのが恐くない人間なんて、いやあしないよ」

陸郎「……死ぬのも恐い。……だけどそれだけじゃあない。……実際にアメリカやイギリスの兵士と向かい合って、彼らを殺せるだろうか、……東条首相は、『諸君が敵米英の学徒と戦場に相対し、彼らを圧倒することを信じて疑わぬ』と簡単に言うが、彼らにだって、親もあれば、友だちもいるだろう。……恋人だっているかもしれない……国こそ違え、同じ人間じゃないか」

南条「うん。……まさしく、きみの言う通りだよ。……しかし、そこまで考えたら、戦場には立てんよ……」

陸郎「――」

二人はそれぞれの思いに沈む。間。

南条「(ぽつんと)……きみは、……佐和子さんが好きなのか?」

陸郎「(詰まる)……なんでそんなことを聞くんだ」

南条「羨ましいんだよ。……同じ死ぬなら、人を好きになって、熱いものを抱いて、死んでいきたいじゃないか……」

陸郎「――」

○狩野川沿いの道

土手の上を「祝出征・田村剛君」と書いた幟を先頭に、国民服に日の丸旗を襷掛けにした出征兵士がいく。小旗を振って、家族と国防婦人会の人たちと子供たちが、

〽天に代わりて不義を討つ
　忠勇無双の我が兵は
　歓呼の声に送られて
　今ぞ出で立つ父母の国
　勝たずば生きて還らじと
　誓う心の勇ましさ

（「日本陸軍」）

と歌いながら送っていく。少し離れた川辺で、陸郎と佐和子がその一団を見送っている。遠ざかっていく出征兵士たち。

佐和子「最上さんも学徒出陣なさるんですの？」
陸郎「ええ」
佐和子「いつ？」
陸郎「徴兵検査が七月頃だと思いますから、令状がくるのはそれからです」
佐和子「またお会いできるでしょうか」
陸郎「東京へ帰ったら手紙を書きます」

佐和子「……女性の名前で出してください。……寄宿舎なものですから舎監がやかましいんです」

陸郎「（微笑して、頷く）――」

○帝大・グラウンド

木銃を持った帝大生が配属将校の指揮のもとに銃剣術の軍事教練を受けている。陸郎も、南条も、原口もいる。だが、文科系の学生はひ弱で配属将校の叱責を買う。学生たちに気合いを入れる配属将校。

○雑炊食堂

食堂を取り巻いて長蛇の列。その列の中ほどに陸郎がいる。陸郎は岩波文庫を読みながら順番のくるのを待っている。

陸郎の声「胃袋には伸び縮みがあるらしい。恥ずかしい話だが、伊豆で美味しいものを沢山食べたせいか、胃袋の許容量が増えてしまった。……特に軍事教練の後はお腹が空いてならない」

「おい！　お前なにをやっているんだ！」の声に、陸郎が顔を上げると、前の列で眼鏡をかけた四十代後半の男が初老の男を怒鳴っている。

眼鏡の男「割り込むなよ！」
初老の男「——」
眼鏡の男「皆、こうやって一時間近くも並んでいるんだぞ！　後へつけ！　後へ！」
初老の男「——」
眼鏡の男「聞いているのかよ！」
と初老の男を突き飛ばす。初老の男はすごすご去っていく。
眼鏡の男「全く図々しいんだから、油断もすきもありゃしない」

○同・中

粗末な木のテーブルで痩せた男たちが、子供をおぶった女たちが、雑炊をすすっている。陸郎がいる。陸郎の前に雑炊の丼が運ばれてくる。丼の中には、水っぽい三分粥のようなものに、青味を失ったしなびた大根の葉っぱが浮いている。陸郎は雑炊をすする。

陸郎の声「雑炊は米粒が少なく水のようで、食べるというより、すする状態であった。それでも一時間余りの時間をかけて並び、胃の腑に流し込む自分を思うと、ぼくは厭世的《えんせいてき》な気分になってしまう」

○最上家・表

夜。警戒警報のサイレンが鳴っている。

○同・居間

ラジオから東部軍管区情報が流れている。

ラジオの声「東部軍管区情報、敵Ｂ29三機、伊豆八丈島付近に接近警戒を要す……」

ズボンにゲートルを巻いた陸郎が二階から降りてくる。電気のかさに風呂敷を巻きつけて、灯りが外に洩れないようにしているその下で、ラジオを聞いていた菊子が、不安そうに陸郎を見て、

菊子「大丈夫かしら?」

陸郎「お祖父さんは?」

菊子「起きておいでだけれど、防空壕にお入りいただいた方がいいんじゃないかしら」

陸郎「いってみます」

座敷へ。

○同・重一郎の部屋

陸郎がくる。国民服を着た重一郎が正座している。電気は消してある。

陸郎「母さんが心配しています。防空壕にお入りになりませんか」

開け放した窓から、「警戒警報発令!　警戒警報発令!」とメガホンで叫んでいる隣組長の声が聞

こえる。

重一郎「和かじゃないか。あんな風に、警戒警報発令などと叫んでいられるうちは大丈夫だよ」

陸郎は重一郎の前に座る。

重一郎「そのうち、ドカンドカンと始まるだろう。サイパンが落ちて、硫黄島がやられるようになったら、日本へはひと飛びでこられるからね。……ばかな戦争をしたものだよ」

陸郎「――」

陸郎の声「結局、B29は東京上空には至らなかった。……だがこの夜、別なB29編隊が、北九州の八幡製鉄所を爆撃した。……ぼくは……」

○同・陸郎の部屋

陸郎が灯りが外に洩れないように、かさに黒い模造紙をかぶせたスタンドの下で、手紙を書いている。

陸郎の声「同じ東京の空の下に住む佐和子さんの身を案じて手紙を書いた。……抵抗はあったが、差出人を女名前にした……」

○洗足池のほとり

陸郎がくる。待っている佐和子。二人は再会する。二人の弾む心。

陸郎の声「佐和子さんから返事がきて、ぼくたちは洗足池のほとりで待ち合わせをした」
二人は談笑しながら歩いていく。
佐和子「最上さんは東京の方なんですか？」
陸郎「祖父は九州の出身ですが、兄とぼくは東京で生まれました」
佐和子「いいですね、東京育ちの方は……」
陸郎「どうしてですか？」
佐和子「文化の香りがします」
陸郎「（笑って）そんなことないですよ。ぼくは海や川のある伊豆の方がずっと好きです」
たわいない会話だが、二人の心は弾んでいる。

○洗足池の見える道
陸軍のサイドカーが走ってくる。乗っている陸軍将校が運転している従兵に声をかける。「止《と》めてくれんか！」徹郎である。急停車するサイドカー。徹郎の視線は遠景ではあるが、古木越しに、談笑しながら歩いていく陸郎と佐和子を捉えている。
×　×　×
陸郎と佐和子は徹郎の視界に入っていることなど全く気付かず、屈託のない談笑を続けながら歩いていく。

佐和子「男性のようなしっかりした字を書く方ですね、って言われたので、叔母は武道をやっておりますから男性的なんですって、言ってやりました」
陸郎「（笑って）叔母さんにされてしまったんですか」
佐和子「すごいうるさい舎監で、映画の『格子なき牢獄』そのままだって皆で言っているんです」
陸郎「でも寮生活というのは楽しいことが多いでしょ？　ぼくは東京に家《うち》があるおかげで寮生活は一高時代に、一年だけしか経験しませんでしたが、いまだに忘れられない思い出が沢山あります」

×　×　×

徹郎は視界から遠ざかっていく陸郎と佐和子の後ろ姿から視線を外して、前方を向いたまま不動の姿勢でハンドルを握っている従兵に、
徹郎「いってくれ！」
サイドカーは走り去る。

×　×　×

陸郎と佐和子はなにも知らずに談笑しながら歩いていく。

○最上家・表
陸郎が帰ってくる。

○同・玄関

陸郎が、

陸郎「ただいま」

と弾んだ声で入ってくる。菊子が出てきて、

菊子「お帰りなさい。お兄さんがお待ちですよ」

陸郎は初めて、脱いである長靴に気がつく。

○同・座敷

陸郎が入ってくる。徹郎が待っている。

陸郎「お帰りなさい」

徹郎の前に座る。

徹郎「あの女性は誰だ？」

陸郎「？（兄を見る）」

徹郎「一緒に歩いていた女性だ」

陸郎「東京高等音楽学院に在学している吉野佐和子さんです」

徹郎「お前とはどういう関係なんだ？」

陸郎「(むっとして) 関係だなんて、たとえ兄さんでもそんな言い方をされるのは不愉快です。……ただ、勤労奉仕にいった先でお世話になったお宅のお嬢さんというだけのことです」
徹郎「それだけなら、逢い引きの真似などしなくてもよかろう。日本国民が総力を挙げて闘っているときに不謹慎だとは思わんか!」
陸郎「(思わない) ――」
徹郎「そんな浮かれた気持ちでいるから敵に侮《あなど》られ、空爆などを受ける隙を与えてしまうのだ!」
陸郎「(ついに爆発する) そんな。屁理屈ですよ。敵に乗《じょう》じられるのは、日本が弱体だからじゃありませんか」
徹郎「なにィ」
陸郎「(もう抑えられない) 昨日まで自分たちが渡っていた橋の手摺や公園の鉄柵や寺の鐘までが工場に運ばれて、鋼鉄用に溶かされている有様《ありさま》じゃないですか。そんなもので飛行機一機造れるんですか! いまや日本は空き缶を集めて戦争しているようなものですよ。その弱体を軍部は覆い隠して、精神力で補えなんて土台無理な話じゃないですか!」
徹郎「黙れ! それでも貴様、日本男児《にっぽんだんじ》か!」
陸郎「眼を見開いて、真実を見極め、事の実体を明らかにしていくことも、勇気ある男の姿勢です!」

徹郎「貴様ッ、叩き直してやる！　庭へ出ろ‼」
陸郎「（挑むように見る）――」
徹郎「仕度をして庭に出ろと言っているのだ‼」
と立ち上がる。

○同・庭

剣道着に着替え、面をつけた陸郎が、同じく剣道着をつけた徹郎に、強烈な面打ちを食らう。よろける陸郎。容赦なく打ち込む徹郎。倒れる陸郎。

徹郎「立て！」

陸郎は立ち上がり、徹郎に挑んでいく。二人の男がぶつかる。が、陸郎は徹郎にはかなわない。打って、打って、打って、打ちまくられる。

○同・陸郎の部屋

陸郎が、擦り剝いた肘にヨードチンキを塗っている。ノックがあって、徹郎が入ってくる。徹郎は陸郎の傷を覗いて、
徹郎「痛むか？」
陸郎「大丈夫です」

徹郎は陸郎の部屋を見廻しているが、

徹郎「（ぽつんと）おれは明日の未明、南方に向かって発つ」

陸郎「（驚いて、兄を見る）――」

徹郎「いく先は軍の機密なので、南方としか言えんが、もう帰ってはこれんだろう」

陸郎「（兄を見つめる）――」

徹郎「恐らく、これがお前との今生《こんじょう》の別れとなるだろう。おれたち兄弟は幼くして父と死別した後、祖父の手によって育てられた。祖父への……恩愛は深い。……祖父と母を頼む」

陸郎「兄さん……」

徹郎「その祖父と母への何よりの孝養は、二人が住んでおられるこの祖国を守るために、敵米英と闘うことだと心得ろ。たしかにお前の言う通り、戦局は悪化している。だからこそ身命を賭《と》して闘わねばならんのだ。それが、この時代に、この日本国に生まれ出た男子の使命なのだ」

陸郎「――」

徹郎「それからもう一つ言っておく。女性と付き合ってはならん」

陸郎「（徹郎を見る）――」

徹郎「いつ散るか解らない身で、女性の心に影を落とすとは、悪戯《いたずら》に女性を悲しませるに他ならん」

陸郎「――」
徹郎「解ったな、陸郎」
陸郎「(兄を見つめる。悲しい)――」
徹郎「よし！　解ればいい。(と、弟を見つめ)陸郎……さらばだ」
その凜然《りんぜん》とした徹郎の顔。
陸郎「……兄さん……」
陸郎は限りなく悲しい。徹郎は踵を返すと部屋を出ていく。陸郎の眼に、じわっと涙がふくらんでいく。

○同・表

夕闇。徹郎が出てきて、送ってきた菊子に、
徹郎「母さん……」
と愛情のこもった眼で母を見つめ、その思いを断ち切るように、凜然と、
徹郎「征ってまいります」
と、挙手の礼。菊子の眼に涙が噴き出す。徹郎は挙手の礼を終えると立ち去っていく。遠ざかっていく徹郎の背に、
菊子「(万感の思いをこめて、小さく)……徹郎……」

言うと菊子は、こらえ切れずに嗚咽する。

○同・重一郎の部屋

重一郎が正座して瞑黙している。重一郎も、徹郎との別離を噛みしめているのだ。

○落第横丁

泥酔した学生が七、八人肩を組んで、輪になってぐるぐる廻りながら、歌っている。歌というより、悲鳴に近い。

〽貴様とおれとは同期の桜
同じ兵学校の庭に咲く
咲いた花なら散るのは覚悟
みごと散りましょう国のため

貴様とおれとは同期の桜
同じ兵学校の庭に咲く
血肉分けたる仲ではないが
なぜか気が合うて別れられぬ

陸郎が通っていく。陸郎は「菩提樹」に入っていく。

○同・「菩提樹」

陸郎が入ってくる。南条と原口がきている。ここにも歌が聞こえている。

〽貴様とおれとは同期の桜
離れ離れに散ろうとも
花の都の靖国神社
春の梢に咲いて会おう
（「同期の桜」）

「万歳！」「万歳！」「万歳！」学生たちの叫び声。

南条「辛いな。……去年の十月のように、学徒出陣で一斉に出ていったときとは違って、召集令状がきた順に、一人ずつ欠けていくんだからな」
原口「今度はおれの番だよ」
陸郎「いや、ぼくかもしれない」
原口「お前はまだ徴兵検査が済んでないだろ」
陸郎「一昨日《おととい》、甲種合格した」
原口「なんで黙っていたんだ」

陸郎「自慢することでもないからさ」
南条「そうか。ついに三人共、徴兵検査に合格。赤紙へのスタートラインに並んだわけだ」
原口「おれはこのレースで、ビリになるのだけは厭だ」
南条「ビリの方がいいじゃないか。それだけ娑婆に長くいられるんだ」
原口「お前たちがいなくなったら、誰が壮行会をしてくれるんだ?」
陸郎「(笑う)壮行会のために学徒出陣していくわけじゃないだろ?」
南条「壮行会といえば、酒を飲んで、軍歌を歌って、……あれはたまらんな」
陸郎「そうだね。なにか、大学生らしい壮行会はできないものかな」
原口「おれはベートーベンを聴いていきたいな。軍歌はいらん」
南条「うん、ぼくも至高の名曲、第九交響楽を故国で聴く最後の音楽としたいな」
陸郎「(思いつく)そうか……第九か……」
南条「なんだ?」
陸郎「演奏会を開こう」
原口「演奏会?」
陸郎「第九にはシラーの詩『歓喜』による終末合唱があるだろ? シラーはあの詩をフランス革命直前の一七八五年に書いたんだが、彼はドイツの封建的な政治形態と専制主義的な君主制に苦労してきただけに、この詩の中で人類愛と何百万の人たちの団結による人間解放を理想にかかげ、それを高らかに歌ったんだ」

南条「相変わらず博識だな、きみは」

陸郎「初めシラーはこの詩に『自由に寄《よ》す』という題名を付けようとしたが、当時の官憲のきびしさから、『自由』を『歓喜』に替えたんだそうだ」

原口「それが演奏会とどう繋がるんだ？」

陸郎「日本交響楽団を呼んで、安田講堂で東京帝国大学、出陣学徒壮行大音楽会を開催するんだよ。『第九』こそ、我々出陣学徒に最もふさわしい壮行の歌じゃないか」

南条「なるほど……しかも、こんな素晴らしい意味が含まれていながら、『第九』の演奏が、公に認められているのは、ベートーベンもシラーも、同盟国、ドイツの国民だからというわけか。……愉快じゃないか。実に愉快だよ」

原口「だけど演奏会なんてできるのか？」

陸郎「できるかできないか、やってみようよ。もしできれば出陣学徒にとって、素晴らしい思い出になることは間違いないんだ。こうやって、令状のくるのを悶々と待っているより、遥かに意義のあることじゃないか」

南条「よし！　やろう」

○帝大・自治会室

陸郎と南条と原口が机を囲んで自治会の村野秀治たち四、五人と話し合っている。

陸郎の声「ぼくたちは自治会と話し合って、東京帝国大学出陣学徒壮行大音楽会開催準備委員会を組織した。そして言い出しっぺのぼくが、日本交響楽団に話を持ち込むことになった」

○日本交響楽団・事務長室

陸郎の話を聞き終えた有馬大五郎事務長が、

有馬「ご趣旨はよく解りました」

スーパー「日本交響楽団事務長・有馬大五郎」

有馬「しかし、ご存じのように、第九の演奏時間は、第一楽章から第四楽章まで、全七十分という楽団員にとって一番骨の折れる演奏です。食糧のない現状で、栄養不足の体力では、完奏することは不可能だと思います。ましてや八月といえば暑い盛りですからね」

陸郎「そこをなんとかお願いできないでしょうか。母校で聞いた第九交響楽を胸に抱いて出陣していくことは、死と向かい合っている戦場で、どれだけ学徒兵の支えになるか知れないのです」

有馬「……やはり第九は無理ですよ。……しかし、（考えて）……その替わりに、第三の英雄か、第五の運命交響曲ではどうですか。……あれなら演奏できると思いますよ」

陸郎「お言葉を返すようですが、第三の第二楽章に葬送行進曲があって不吉な感を免れませんし、第五の『運命はかく扉を叩く』の序章は、出陣学徒には向いておりません。我が儘を申しますが、なんとか第九を演奏していただけないでしょうか」

有馬「それを言われるなら、第九の歓喜の歌には『歓喜よ、すべての人類は汝の優しき翼の下、友達たれ』という歌詞がありますよ。これから戦場に臨もうとする人たちには、ふさわしくないのではありませんか」

陸郎は有馬を真っ直ぐ見る。陸郎は胸にあることを、思い切って言う。

陸郎「だからこそ第九を聴いていきたいんです。人類はすべて友達であるのに、友達を相手に戦争をしているこの矛盾を、せめて学徒兵だけでも一人一人が胸にたたんで戦場に赴いていくべきだと思うのです」

有馬は陸郎を見つめる。この時代に、この言葉を、公の場で口に出すことは大変危険であり、勇気のあることなのだ。二人は見合う。息詰まるように見合う。やがて、有馬の眼にじわっと涙が滲む。有馬もまた、この戦争に対して陸郎と同じ考えを抱いていた。

有馬「解りました。……全力を尽くしましょう」

陸郎「お願いします」

頭を下げる。

○帝大・教授室

陸郎と南条が教授に奉加帳を出している。

陸郎の声「それから資金集めが始まった。ぼくたちは奉加帳を持って、先輩たちを訪ね、寄附を依頼して歩いた」

○最上家・表の道

朝。国民服にゲートル、鉄カブトを背負った男が出勤していく。

○同・居間

菊子が薩摩芋の入った白粥をお椀によそっている。陸郎が膳に向かっている。重一郎が入ってきて、膳に着くと、

重一郎「すでに退官の身では些少なことしかできんが、わたしも帝国大学の卒業生としてお前たちの先輩には違いない。足しにしてくれないか」

祝儀袋を出す。

陸郎「(感動する) お祖父さん……」

重一郎「うん」

陸郎「ありがとうございます」

押しいただく。

重一郎「しかし情けない話だな。日響の奏者ともあろう者が、栄養失調で演奏しきる体力がないとは……」

菊子「でもお義父さま、こう物資がなくては、力を出しきれないと言われるのも無理のないことですわ」

重一郎「芋粥でも、まだこうして米粒が入っているだけ恵まれているというわけか」

三人は芋粥をすする。

○帝大・構内

銀杏並木の下を陸郎がいく。

○同・自治会室

陸郎が南条と村野の前に重一郎の寄越した祝儀袋を出す。

村野「いただいていいんですか？」

陸郎「どうぞ」

南条「感激だな。きみのお祖父さんに寄附をいただけるなんて、感激だよ」

そこへ原口が入ってくる。

原口「帝都物産の北野社長から百円いただいたよ」

陸郎「そうか。思ったより、順調に運んでいるじゃないか」

○日本交響楽団・事務長室

陸郎がソファーに座っている。

有馬が入ってくる。

陸郎の声「一週間経って有馬事務長に呼ばれた」

有馬「お待たせしました。ご希望通り、独唱者には武岡鶴代、川崎静子、木下保、矢田部勁吉を、指揮は尾高尚忠、コーラスは東京高等音楽学院の生徒さんにも協力を依頼しました」

陸郎「（ほっとする）ありがとうございました」

有馬「ただし、皆とも相談したのですが、栄養不足に加えて、この暑さです。第九の全曲を演奏するのはどう考えても無理です。第三、第四楽章で我慢してください」

陸郎「（一瞬答えに詰まる）――」

有馬「これが今の日響にできる精一杯の演奏なのです」

陸郎「解りました。それでお願い致します」

有馬「その替わり、三宅春恵に軽いドイツ民謡を一曲歌わせましょう」

陸郎「そうしていただければ助かります」

有馬「八月六日、午後二時開演、場所は帝大、安田講堂ということでよろしいですね」

陸郎「はい。灯火管制下では夜の演奏は不可能なため、暑い最中《さなか》となりますが、よろしくお願い致します」

有馬「あとは警報がないことを祈るだけです」

陸郎「はい。……色々ご配慮いただきましてありがとうございました」

一礼して、

陸郎「失礼致します」

と出ていくのを、

有馬「(呼び止める) 最上さん」

陸郎「(振り向く) ――」

有馬「戦場に赴いたら、卑怯者と呼ばれてもいい。敵も殺さず、自分も死なず、きっと帰っていらっしゃい」

二人は見合う。陸郎の胸に熱いものがこみ上げてくる。それを飲み込んで陸郎は、

陸郎「はい」

有馬「(頷く) ――」

陸郎はもう一度頭を下げて部屋を出ていく。有馬は見送る。

○洗足池のほとり

盛夏。樹木の間から聞こえる蝉時雨。その蝉時雨の下を陸郎がくる。待っていた佐和子が手を振る。
陸郎は駈け寄る。

陸郎「すみません。だいぶ待たれましたか？」
佐和子「そんなでもありませんけど、差し上げたお手紙が間に合わなくて、今日はきていただけないのかと思って心配していたんです」
陸郎「手紙は昨日いただきました。驚きましたよ。東京高等音楽学院の生徒にコーラスの協力をいただくことは、日響の有馬事務長から伺っていましたけれど、まさか佐和子さんがその中にいるとは思いませんでしたから」
佐和子「わたくしも、日響が帝大の出陣学徒壮行音楽会で第九を演奏するからそのコーラス隊にと、学校から人選されたときは、本当にびっくりしました」
陸郎「奇遇ですね」
佐和子「もう練習が始まっているんです」
陸郎「佐和子さんはソプラノですか？」
佐和子「ええ、……（陸郎を見つめ）わたくし、最上さんのために一生懸命歌います」
それは佐和子の陸郎への熱い想いを告げる言葉なのだ。その想いは陸郎の胸にも伝わって、
陸郎「（佐和子を見つめて）……ありがとう」
二人の胸に熱いものが交《かよ》い合う。若い二人は、こみ上げてくる熱い思いに、息苦しくなって、ど

ちらからともなく歩き出す。

×　×　×

陸郎と佐和子がきてベンチに座る。佐和子は手提げ袋(当時流行っていた、木製の手のついた布袋)から新聞紙で包んだ芋切り干しを出して、

佐和子「伊豆から送ってきた薩摩芋の切り干しですけど、召し上がりませんか?」

陸郎「あ、いただきます」

一つ取って食べる。

佐和子「それから、これは狩野川で漁《と》れた鮎を干したものですけど、お母さまにお出汁《だし》に使っていただいてください」

と、もう一つの新聞紙で包んだ包みを出して、陸郎に渡す。

陸郎「ありがとう。母が喜びます」

佐和子「こんなものでお恥ずかしいんですけど、本当にこの世の中から食べるものがなくなってしまって……」

陸郎「本当ですね。米がない。砂糖がない、油がない……」

佐和子「チョコレートも、アイスクリームも、ケーキも、お饅頭も、あんみつも」

陸郎「カツレツも、すき焼きも、うな丼も、カレーライスも」

佐和子「ハヤシライスも、サンドイッチも」

陸郎「みんな消えてしまった」
で、二人は顔を見合わせて笑ってしまう。こんな会話でも二人は楽しい。

○帝大・自治会室

今日も暑い。手拭いで汗を拭きながら南条が村野たち、準備委員会の学生と話している。

南条「なんで今頃になって、こんな重大な手落ちが出たんだ」

村野「借りられると思い込んでいたので、総長の承認が得られないなんて考えてもいなかったんです」

学生イ「なんとかならないのか」

そこへ陸郎が入ってくる。

陸郎「なにを喧々囂々《けんけんごうごう》やっているんだ?」

村野「難問が持ち上がったんですよ」

陸郎「難問?」

学生ロ「安田講堂が使えないんです」

陸郎「なんでまた⁉」

南条「内田総長が、安田財閥から講堂を寄附されたときの条件に、講堂内での歌舞音曲は一切禁止という項目があるから、安田講堂を演奏会場にすることはできないと言われるんだ」

陸郎「そんな。それじゃあ演奏は不可能じゃないか」

原口が入ってくる。

原口「だめだ。法学部長の末弘教授が再度交渉してくださったが、総長が約束は約束だからと言われて、頑として譲らないそうだ」

村野「(陸郎に) どうします?」

原口「それで末弘先生が法文経の二十五番教室を使ったらどうかと仰有ってくださるんだ」

南条「しかし、いくら二十五番教室の教壇が広いといっても、二百人近い出演者を収容するのは不可能だろ」

陸郎「席を潰して、舞台を前に広げるしかないな」

南条「どうやって舞台を広げるんだ?」

陸郎は黒板に図を記しながら、

陸郎「ここに仮設舞台を作って、前面、両翼に合唱団が張り出し、この仮設の中央部と、奥まった本物の教壇にオーケストラに座って貰う」

原口「おいおい、第九の演奏には例を見ない奇妙な配置だぞ」

陸郎「仕方がないさ。こうでもしなければ、演奏会は開催できないんだから」

南条「そうだな。しかし、時局柄、いかにもぼくらの壮行会らしくていいじゃないか」

○同・構内・図書館入口

一週間後。法学部の学生が「出陣学徒壮行大音楽会」の立看板を建てている。

○同・構内イ

経済学部の学生が掲示板にポスターを貼っている。

陸郎の声「この音楽壮行会は経済学部、文学部の自治会にも共催を呼びかけ、帝大生には無料開放することに話がまとまり、多くの学生たちの協力が得られた」

○同・構内ロ

文学部の学生が往来する学生にビラを配っている。

○喫茶店「菩提樹」・中

陸郎と南条と原口の前に初江が代用コーヒーを出しながら、

初江「会場に氷柱を立ててるんですって?」

原口「そうなんだ。この暑さでは声も出ないから、せめて舞台のあちこちに氷柱を立ててくれって、日響からのたっての頼みなんだ」

初江「いくらたって《ヽヽヽ》の頼みと言われても、氷は手に入らないでしょ？　入院患者のいる病院なら別でしょうけれど」
陸郎「その点は抜け目ないんですよ。医学部に頼んで、帝大の附属病院用の氷を譲って貰うことにしたんです」
初江「さすが帝大生だけあるわね。恐れ入りました」
そこへ、絣のモンぺに、リボンのない夏のセーラー服に、リュックを背負い、防空頭巾を肩にかけた亮子が、母親の妙子と入ってくる。
亮子「（初江に）おばさん、いってまいります」
初江「（驚いて、妙子を見る）――」
妙子「学童疎開が今日なんです。これから小学校の校庭に集合して、七時の夜行に乗るんです」
初江「そうだったの……」
亮子「おばさん、お母さんが一人になってしまうから、……お願いします」
初江「お母さんのことなら大丈夫よ。それより、……亮子ちゃん、病気しちゃあだめよ。元気で……」
こみ上げてくる涙に、声が詰まってしまう。
妙子「お父さんが戦争に取られたと思ったら、今度はこんな小さな子供まで疎開だなんて……」

と、眼頭を押さえる。

亮子「お母さん、泣かないで、……（初江に）おばさん、いってまいります」

二人は頭をさげて出ていく。

初江「（見送って、溢れる涙を指先で拭いながら）戦争なんて、ほんとに厭だわ。……あっちを向いても……こっちを向いても、辛い話ばっかり……」

陸郎たちも胸が詰まる思い。

初江「（その陸郎たちに）せめて、あなたたちの『第九』だけは成功させてね。あたし、祈ってる……」

○帝大・構内

陸郎の声「間際になって、また難問が持ち上がった……」

陸郎が駈けていく。

○同・事務局

庶務課長が電話をかけている。その前に座っている陸郎と南条。

陸郎の声「日響が、練習所から会場まで楽器を運ぶトラックのガソリンがないのでなんとかしてくれ、と言ってきたので、それなら大学のトラックを借りようと軽く請負って、事務局に交渉したのだが、ここでもガソリンの配給がなく、トラックは動かないのだ」

庶務課長は電話を切って、

庶務課長「東京都庁の営繕課に話しておいたので、陳情にいったらどうですか。都庁には先輩も多いですから、力になってくれると思いますよ」

陸郎「解りました」

○夏の空

○太陽に向かって咲く向日葵

陸郎の声「一九四四年、八月六日は晴れていたが猛烈に暑い日だった」

滝のような汗を流しながら、陸郎が大八車を曳いている。大八車には楽器ケースが山のように積まれている。もう一台の大八車は南条が曳いている。二台の大八車はギラギラと照りつける太陽の下を、喘ぎながら進んでいく。

陸郎の声「結局、東京都庁にもガソリンがなくて、動く車は一台もなかった……」

陸郎たちの後を、学生たちの曳く楽器を積んだリヤカーが続いていく。

○帝大・正門

二台の大八車と二台のリヤカーが構内に入ってくる。原口が自治会の学生六、七人と一緒に、法文科の校舎から飛び出してくる。

原口「ご苦労さん、ご苦労さん」

陸郎は大八車を停めて、

陸郎「そっちの用意はできたのか？」

原口「仮設舞台は出来上がった」

自治会員たちは楽器を中へ運んでいく。南条も大八車を離れて、

南条「どうだ、人は集まりそうか？」

原口「気の早い連中はもう並んで待っているよ」

南条「(時計を見て）まだ十二時前じゃないか」

大八車から楽器を降ろしていた自治会の学生イが、聞きかじって、

学生ロ「交響楽の生演奏など久しく聴いていませんからね。皆、興奮しているんですよ」

言って、楽器を運んでいく。

原口「ところで、開会の挨拶は陸郎がすることになったぞ」

陸郎「え？　ぼくが……」

南条「どこで誰が聞いているか解らないんだ。あんまり本音を喋るなよ」

陸郎「解ってる」

○同・銀杏並木

帝大生たちが、演奏会会場に向かって、三々五々集まってくる。

○法文経・二十五番教室

二時前には超満員となっている。黒いズボンに白いYシャツの学生たちが通路を二重三重に取り巻き立錐の余地もない。仮設舞台一杯に奏者、独唱者、合唱者が並ぶ。彼らはタキシードではなく国民服、女性はすべて、独唱者に至るまで皆モンペの上下を着用している。陸郎が壇上に上がって、

陸郎「これより東京帝国大学出陣学徒壮行大音楽会を開催致します。開催に当たってご厚志をお寄せいただきました諸先輩方、並びにご協力くださいました各先生方、そして演奏してくださる日本交響楽団の皆様、合唱に参加してくださる東京高等音楽学院と玉川学園の生徒の皆様にこの場をお借り致しまして厚くお礼を申し上げます」

この間に、独唱者のそばに、演奏者の間に、合唱者の中に、学生たちが氷柱を据えていく。カメラは陸郎に戻って――。

陸郎「私共出陣学徒は、今日、この場に於いて演奏されますベートーベン作曲、交響曲九番ニ短調作品一二五『合唱』、第三楽章、第四楽章を母校の思い出として、心に抱いて、戦場に赴こうと思います。……（一同を見廻して）友よ！（感情を込めて）出来得《う》れば、生きて再

び会いまみえんことを！」

同意の拍手が、学生たちの間から、仮設舞台の上から、粛々《しゅくしゅく》と湧き上がる。陸郎に替わって、南条が立ち、
南条「帝大、出陣学徒壮行大音楽会を開催するに当たって、すでに戦場にて銃をとっている先輩、同窓の学徒兵、そしてあとに続く我々の武運長久を祈って、一分間の黙禱を致します。黙禱！」

全員が黙禱する。

陸郎の声「ついで、末弘法学部部長からはなむけの言葉をいただき、演奏は始まった」

○同・法文経・二十五番教室

奏者たちの間に置いてある氷柱がだいぶ溶けている。第四楽章バリトンソロの前奏が始まる。
スーパー「指揮者・尾高尚忠」
陸郎の声「そして、第四楽章のバリトンソロが始まったときだった」
ドア近くに立っている陸郎を探して、学生たちをかき分けながら村野がやってくる。
村野「最上さん、ご家族の方が見えています」
陸郎「（驚く）ぼくのですか？」
村野「（頷く）――」
陸郎は学生たちの間を縫って、外へ出ていく。

○同・廊下

バリトンソロはここにも流れている。陸郎がくる。立っている重一郎。

陸郎「お祖父さん……」

重一郎「盛況だね」

陸郎「聴きにいらしたんですか。どうぞ、混んでいますけど……」

重一郎「いや、そうじゃあない。聴きにきたんではないんだよ。（陸郎を見て）お前に入営命令書がきた」

陸郎「（衝撃を受ける）――」

重一郎はポケットから令状を出して、陸郎に渡す。陸郎は受け取って見る。

重一郎「早く知らせた方がいいのか、お前が帰ってきてからにした方がいいのか、随分迷ったんだが、……令状を受け取ってから聴く、この第九は、知らないで聴く第九よりも、遥かに意義深いものとなるだろうと思ってね……」

陸郎「（胸に迫る）お祖父さん……」

重一郎「じゃあ、わたしは帰る」

言うと、帰っていく。陸郎はその後ろ姿に、

陸郎「……ありがとう、……お祖父さん……」

朗々と歌う矢田部勁吉のバリトンソロ。

○同・法文経・二十五番教室

仮設舞台で矢田部勁吉がバリトンで朗々と歌っている。

スーパー「矢田部勁吉」

合唱が入る。

○同・構内

銀杏並木の下を重一郎が帰っていく。手塩に掛けて育んだ孫を戦場に送らなければならない辛さに、重一郎は肩を落として帰っていく。ここにも「第九」第四楽章の合唱が聞こえる。

○同・廊下

合唱が嵐のように聞こえてくる中で、陸郎が入営命令書を見つめている。

○同・法文経・二十五番教室

陸郎が入ってくる。ソプラノで高らかに歌う。

スーパー「武岡鶴代」

氷柱は溶けて、もうやせ細っている。合唱が入る。合唱する女生徒たちは、狭い仮設舞台の上で押し潰されそうになって、歌っている。聴く学生たち。陸郎がいる。南条がいる。原口がいる。
村野がいる。それぞれの思い。歌う合唱団。合唱する佐和子たち。

×　×　×

川崎静子がアルトで独唱する。
スーパー「川崎静子」
合唱が続く。

×　×　×

テノールで独唱する木下保。
スーパー「木下保」
合唱が続く。

×　×　×

演奏はクライマックスへ。上気して聴く学生たち。学生たちの胸にこみ上げてくる思い。演奏する者の胸にも熱い思いがこみ上げる。送る者、送られる者の心が一つになって、演奏は高まり、大合唱となっていく。

○同・三四郎池

静かな水面。その水面の辺《ほとり》で佐和子が陸郎を待っている。こない。遠くを学生が通っていく。

○同・法文経・二十五番教室

仮設舞台を片付けている自治会の学生たちの中に陸郎も南条も原口もいる。陸郎は佐和子が気になる。時計を見る。南条が気がついて、小声で、

南条「佐和子さんが、待っているんだろ？　いけよ」

陸郎「しかし、言い出しっぺのぼくが後片付けを抜けるわけにはいかないだろ」

南条「律儀なことを言っている場合か？　令状がきてしまったんだ。今日会っておかなければもういつ会えるか解らないんだぞ。いってこいよ」

陸郎「済まない。じゃあ、後は頼む」

言うと教室を出ていく。

○同・構内

陸郎が三四郎池に向かって駈けていく。

○同・三四郎池

陸郎が駈けてくる。佐和子の姿はない。陸郎は焦燥感が隠せない。佐和子を探す。探す。陸郎は

ようやく、岩陰にしゃがんで池の鯉を見ていた佐和子を見つける。

陸郎「佐和子さん……」

佐和子「（振り向く）——」

陸郎「もう帰ってしまったのかと思いました」

佐和子「（怒ったように）そんな……お会いしないで帰ったりなんかしません」

陸郎「すみません。後片付けが長引いたものですから」

佐和子「（改まって）おめでとうございます。大成功でしたね」

陸郎「ありがとう」

佐和子「歌いながら泣けて、泣けて、しょうがありませんでした。……こうして聴いてくださっている皆さんが、戦場に向かわれてしまうと思うと、辛くて……」

陸郎「——」

佐和子「最上さんは、まだまだ先のことですよね」

陸郎「佐和子さん……さっき祖父が、届いたばかりの召集令状を持ってきてくれました」

佐和子「（驚く）——」

陸郎「入隊は明後日です」

佐和子「（陸郎を見つめる）帰ってきてくださいますよね」

陸郎「（佐和子を見つめる）——」

佐和子「必ず帰ってくると約束してくださいますよね」
陸郎「（詰まる）――」
佐和子「なぜ黙ってらっしゃるんですか。なぜ、必ず帰ってくるから、待っていろと仰有ってくださらないんですか」
陸郎「佐和子さん……」
佐和子「（の眼から涙が溢れる）あたくしは待っています。最上さんが帰ってきてくださるのをいつまでも待っています」
言って、陸郎の胸に身をもたせかけるのを、陸郎の腕が抱き止める。陸郎は佐和子を抱きしめる。
佐和子は陸郎の胸の中で泣く。

○焼跡
爆撃を受け焦土と化した焼跡を重一郎が探しながらやってくる。
スーパー「一九四五年五月」
後片付けをしている女性に、
重一郎「伺いますが、この辺りに東京高等音楽学院の女子寮があったはずですが？」
女性「若葉寮なら、あそこですよ」
と一方を指す。少し離れた焼跡で、モンペをはいた女生徒たちが片付けているのが見える。

重一郎「ありがとう」

礼を言って、歩き出す。

×　×　×

重一郎がきて女生徒たちに声をかける。

重一郎「伺いますが、皆さんの中に、吉野佐和子さんと言われる生徒さんはおられますか？」

生徒イ「吉野さん？」

生徒ロ「吉野さんならあちらです」

と佐和子を指して、

生徒ロ「（呼ぶ）吉野さん！」

佐和子「（振り向く）――」

生徒ロ「お客さまがお見えですよ」

佐和子が訝《いぶか》し気な顔でやってきて、重一郎の前に立つ。

重一郎「吉野佐和子さんですね」

佐和子「はい」

重一郎「わたしは最上陸郎の祖父です」

佐和子「（驚いて重一郎を見る）――」

重一郎「（も、佐和子を見て）陸郎が戦死しました」

佐和子は衝撃を受ける。声が出ない。

佐和子「……（かすれた声で）いつですか？」

重一郎「今月の初め、沖縄戦でした」

佐和子「――」

重一郎「あなたにお知らせに上がったのは、陸郎の遺品の中に日記めいたものを書き留めたノートがありまして、その最後のページにあなた宛の文章がありましたので、これはあなたにお届けするのが一番いいのではないかと判断したからです」

鞄の中から大学ノートを出して、

重一郎「受け取っていただけますか？」

佐和子「（頷いて）いただきます」

受け取る。重一郎は周囲を見廻して、

重一郎「一昨日の空襲ですか？」

佐和子「はい」

重一郎「（嘆息する）――」

佐和子「最上さんは、……（自分に言い聞かせるように）もう帰っていらっしゃらないんですね」

重一郎「あれは、なにか、あなたに約束をしたんでしょうか？」

佐和子「いいえ。……なにも約束してはくださいませんでした」

重一郎「(ほっとしたように) そうですか」

佐和子「南方にいらしたと伺いましたお兄さまは、ご健在ですか?」

重一郎「徹郎は今年の二月硫黄島で玉砕しました。……わたしはこの戦争で、かけがえのない孫を二人失いました……」

佐和子「(辛い) ――」

重一郎「……いや、お手間をとらせました。失礼します」

と去ろうとする重一郎を、

佐和子「(呼び止める) お祖父さま……」

重一郎「(佐和子を見る) ――」

佐和子「このノート、大切にさせていただきます」

佐和子の眼に涙が溢れる。

重一郎「ありがとう」

重一郎は佐和子に頭を下げて去っていく。大学ノートを胸に抱きしめ重一郎を見送る佐和子の眼から涙がこぼれる。佐和子はノートを開く。ノートに書かれた陸郎の文字。

○最上家・陸郎の部屋

陸郎が机に向かって、ノートに書いている。

陸郎の声「佐和子さん、明日八月八日、ぼくは東部六連隊に入隊致します。その後《あと》、どこに向かうのか、今は計り知ることができません。しかし……」

○激戦のニュースフィルム

陸郎の声「戦局がここに至っては、いずこに向かうとも激戦地であることは間違いありません。必ず帰ってきます。だから待っていてください、と喉元まで出かかって、ついに声にすることができなかったのは、自信がなかったからです」

○最上家・陸郎の部屋

陸郎が書いている。

陸郎の声「友よ、出来得れば、生きて再び会いまみえんことを！　そう言っておきながら、あなたに約束できないのは、あなたが女子で、ぼくが男子だからです。無責任な約束ができないのです」

○同・表

陸郎、入隊の日。角帽、学生服にゲートルを巻いた陸郎が、寄せ書きした日の丸を襷にかけ、小旗を持って見送りにきた近所の人々に挨拶している。重一郎が菊子が、南条が原口がいる。

陸郎の声「ぼくは心底平和な時代に生まれたかったと思っております。平和な時代に生まれていたら、あなたと共に人生を築くことができたのではないかと思うと、この時代に生まれたことが無念でなりません」

見送りの人々が、「最上陸郎君！　万歳！」と叫ぶ。「万歳！」「万歳！」「万歳！」陸郎は人々に向かって挙手の礼をする。

陸郎の声「さようなら。吉野佐和子さん。そして、祖父よ、母よ、友よ……さらば」

○焼跡

陸郎のノートを読む佐和子。泣いている。しゃくり上げ、声を殺して泣いている。

○レストラン「マシュミエール」（現実）

佐和子が結衣に話している。

佐和子「あと、三カ月生きていてくれたら。本当に、たった三カ月よ。三カ月後の八月十五日に戦争は終わったんですもの。……そうしたら陸郎さんは死なないで済んだのよ」

結衣「でもそうしたら、パパは生まれてこなかったわけだし、孫のあたしもこの世にいなかったってことになるわね」

佐和子「そんな風に考えると、あの戦争で亡くなっていった方たちがよけい哀れに思えてくるわ」

結衣「そうね。そういう言い方をしたら失礼かもしれない……」

佐和子「……五十年っていうと、大変な時間の量だけど、あのノートを開くと、あの日のことが、昨日のように思い出されてならないのよ。……帝大の二十五番教室の暑かったこと、……合唱しながら、悲しくて、悲しくてならなかったこと……」

結衣「だからおばあちゃん、もう一度第九を歌う気になったのね？」

佐和子「亡くなった人は五十回忌を済ますと、仏様から神様になるって言うでしょ。……第九は陸郎さんへの鎮魂の歌……天に向かって歌いたいのよ」

結衣「今年の一万人の『第九』コンサートのテーマは震災で失われた多くの生命《せいめい》への鎮魂と、新しい暮らしへの再建と復興への祈り、なんですって……戦争で亡くなった人たちへも……、震災で亡くなった人たちへも……、届け……、第九ね」

○阪神大震災・被災地A

一九九五年、「第十三回サントリー一万人の第九」コンサートで歌う、ベートーベン、交響曲第九番ニ短調・作品一二五「合唱」、第四楽章「歓喜の歌」の独唱が流れる。朗々としたバリトン。

○同・B

合唱が流れる。

○同・C

ここにも流れる「歓喜の歌」。

○大阪城ホール

「第十三回サントリー一万人の第九」コンサートが開催されている。あの帝大法文経二十五番教室で演奏された「第九」とは異って、そのホールの立派さ、音響の良さ、しかも奏者と男声合唱団はタキシードを、女声合唱団は白いブラウスに黒のロングスカートを着用。圧倒されるほど豊かになっている。

ソプラノの独唱。合唱。メゾソプラノの独唱。合唱。合唱団の中に佐和子がいる。結衣がいる。万感の思いを込めて佐和子は歌う。流れる「歓喜の歌」。テロップが流れる。「帝大生が、『第九』を聴いて学徒出陣していった実話は、一九八〇年にアメリカテキサス州に於いて、小学校の教科書に掲載された」。「歓喜の歌」はクライマックスを迎えて――。スタッフ・キャストのタイトルが流れる。

―完―

「ディア・ゴースト」作者ノート

今年は戦後五十五周年である。

五十五年前、この国は戦争をしていた。

そのために沢山の人が命を失った。

沢山の子供たちが、辛い、悲しい思いをした。

その頃、この国は飢えていた。

その頃、この国は焼野原だった。

だがその頃、この国には礼節という文化があった。

それを語りたいのだが、「もうそんな古い話、見る人はいないよ」と言われてしまえばそれまで、だったら、ゴーストにでも出てきて貰って、ゴーストに語って貰うという手はどうだろう。

そう思って、戦艦大和と共に海底に沈んだ海軍中尉と、昭和二十年三月十日の東京大空襲で爆死した五人の子供のゴーストを設定した。

ちょっと恐くて、可笑しくて、それでいて何やら胸が詰まってきて、見終わったとき、背筋がぴんと伸びている、そういうドラマができたらと思っている。

幸い、演出の山本実氏が力のある人なので、仕上がりが楽しみである。
（『ドラマ』九月号、二〇〇〇年）

ディア・ゴースト

放送日　二〇〇〇年
第三話　八月三十日
第十六話　九月十八日
第二十四話　九月二十八日
第二十五話　九月二十九日

製作著作	毎日放送
制作	伊東　雄三
プロデューサー・演出	山本　実
音楽	丸谷　晴彦
制作協力	MBS企画

〈登場人物〉

三枝胡桃	菊池麻衣子
三枝　悟	林　泰文
木村里美	円城寺あや
時任行彦	猪野　学
木村弘人	米田　良
園田紫音	木島由利加
中井　翼	窪田　翔太
岡野真先	横田　佳祐
広岡　純	石野慎一郎
春山芽衣	柳生　美結
辻　拓郎	粉川　裕一
塩崎悦子	白木　友理
中島勇吉	真栄田和之
福島昭一	小倉　昌史
星野久米子	石川　夢
高井　強	福田　賢二
田口みどり	楠見　薫
中野かおり	車田　妙子
見山若菜	新屋　英子
来宮白菊（回想）	菊池麻衣子
来宮白菊（現実）	津島　道子
光の声	篠田　三郎
榊　圭吾	尾藤イサオ
榊　竜子	塩沢　とき

胡桃の説明

三十分二十五回という長編ドラマのうち四本だけ掲載させていただきますので、ちょっと補足説明をさせていただきます。私が小学生のとき、母と離婚した父はスタンド・レストラン「ダディーズ・キッチン」を経営し、もと小学校長の祖母はその二階で、シングルマザーやワーキングマザーを持つ子供たちの託児所のつもりでディナー付きの塾をやっているのですが、このドラマはその塾の子たちがゴーストの子供を見てしまったことから始まります。

第三話

○空き家・表の道

風が吹き抜けていく。

○同・座敷

人気のない座敷。ゴーストの海軍中尉・時任行彦がほとんど影のような透明感で、スーッと部屋を通り過ぎていく。ゴーストの子供たちが、これも影のような透明感で時任を追っていく。風がガラス戸を叩く。それが一層恐怖を呼んで――。

胡桃の声「あたしたち夫婦は、その家のことを何も知らずに……」

○木村不動産・表

胡桃の声「その月の大安吉日」

○同・中

悟が土地・家屋の売買契約書に署名している。圭吾と胡桃が付き添い、大家の時田もきている。

その四人に、里美が冷たい麦茶を出している。

胡桃の声「頭金を催促なしの無利子で貸してくれるという父の厚意に甘えて、ちょっと古いけど、三十六坪の土地付きで建坪二十一坪の家を三千二百万円で購入できる満足感に胸を弾ませながら、売買契約書を大家さんの時田さんと取り交わした……」

悟が捺印する。

○空き家（今日から三枝家）・表の道

引っ越しセンターの男が二人、梱包した洋服タンスを運んできて、中へ入っていく。見ているシノンとヒロトとツバサ。

胡桃の声「そして、同じ月の友引という吉日の日曜日を選んで、あたしたちは引っ越しをした」
タイトル「ディア・ゴースト」

○三枝家・表

胡桃が出てきて、鍵をかけると急ぎ出かけていく。

○都電が陽炎の立つ路面を、ゆらゆらと走っていく

○木村不動産・表

胡桃がきて、入っていく。

胡桃「お早うございます」
ドアが開いて、居間から里美が出てくる。
里美「あら、胡桃さんじゃないの。どうでした？　新居の住み心地は？」
胡桃「(曖昧に）ええ。……あの、ヒロト君います？」
里美「今日は荒川まで夏休みの宿題のお絵かきにいったんですけど。(気になる）ヒロトに何か？」
胡桃「(言い澱んで）……シノンちゃんも一緒なのかしら？」

里美「ええ、竜子先生の引率で塾の子たち全員がいくって言ってましたよ」
胡桃「そう。じゃあ、またきます」
言って帰っていく。見送る里美。
里美の心の声「やっぱり胡桃さんも見たのかしら……」

○木村不動産・中（里美の回想）
昨日。里美がコップにミルクを注いで、ハンバーガーを食べているヒロトの前に置きながら、
里美「あんたが変なことを言うから、ママだって気を遣って引っ越しを手伝いにいったり、引っ越しそばを届けたりしているんだよ」
ヒロト「やっぱり気になってるんだ」
里美「そうじゃないけど……ともかく、あなたたちが霊が出るだの、何だのって、変なことを言うんだもの。そういういいかげんなことは言うもんじゃないよ」
ヒロト「だってぼくたち、見たんだもの。胡桃さんだって、今に絶対見るよ。そのときママは何て言うんだよ」
里美「そんなことママの責任じゃありませんよ」
ヒロト「知っててあの家をすすめたんだろ。責任あるじゃないか」
里美「知ってるわけないでしょ。ママは見たわけじゃないんだから」

ヒロト「だから、ぼくたちが言ってるのに、ママは聞こうとしなかったじゃないか」
里美「そんな子供の言うことをいちいち真に受けていられますか」
ヒロト「ぼくたちだけじゃないだろ！　あの大家さんだって言ってたじゃないか。気味の悪い家だから安く売るって」

○木村不動産・中（現実）

　里美が我に返って、
里美「ヒロトの言う通り、あの家には何かあるのかしら……（はっと気がついて）そういう場合、不動産屋の責任はどうなるんだろ」
　言って、机の引き出しから不動産組合が出している注意書を出して、読み始める。

○「ダディーズ・キッチン」・中

　圭吾がカレーのルーを煮ながら、カウンターに座ってぼんやりコーヒーを飲んでいる胡桃に、
圭吾「どうしたんだ、さっきからぼんやり考え込んで……」
胡桃「別に考え込んでなんかいないよ」
圭吾「引っ越した翌日だろ。片付けものとかあるんじゃないのか？」
胡桃「（ごまかして）昨日で疲れちゃったから、今日は少し、のんびりしようと思って……」

言って、コーヒーを飲む。

胡桃の心の声「家を買うために、催促なしの無利子で頭金を貸してくれたパパに、あの家に何かがいるなんて、……言えないよ……」

圭吾「あれからすぐ寝たのか？」

胡桃「うん」

圭吾「あそこは静かだから、よく眠れただろ」

胡桃「寝坊して、サトちゃんが遅刻しそうになった」

圭吾「(笑って) そんなにぐっすり眠ったのか。それで疲れていたんじゃしようがないな」

胡桃「(も微笑する) ――」

胡桃の心の声「本当は恐くて明け方まで眠れなかったんだけど……」

胡桃はコーヒーを飲み終えて、

胡桃「おいしかった、ご馳走さま」

圭吾「もう一杯淹れようか？」

胡桃「もういい。それより、おばあちゃんたち何時頃、帰ってくるんだろ？」

圭吾「炎天下じゃあ写生はできないから、朝のうちにって、早く出たんだから午前中で帰ってくるだろ。ヒロトに何の用？」

胡桃「ちょっと聞きたいことがあって」

携帯のベル。胡桃はバッグから携帯を出して、

胡桃「もしもし」

悟の声「おれだけど、どうしてる？」

胡桃「今、ダディーズ・キッチンにきてる」

悟の声「そんなことだと思ったよ」

胡桃「（圭吾を気にして）だって、一人でいるの……ちょっと……」

○オアシス・トラベル・表

ガラス越しに悟が電話しているのが見える。

悟の声「気のせいだって言っただろ。来年、二十一世紀を迎えようって時代に、妙なこと言ってると笑われるぞ」

強が出先から戻ってきて、中へ入っていく。

○同・中

強が入ってくる。悟が電話に、

悟「ともかく、早く帰るから、そっちも家に戻ってろよ。……じゃあ」

言って切る。

強「どうでした？　新居の寝心地は？」

悟「まだ落ち着かないよ。それより、昨日はありがとう」

強「いえ、たいした手伝いもしないで、ご馳走にだけなっちゃって」

女子事務員の田口みどりが、

みどり「（強に）寿老人会の日帰りパックツアーはセットできたの？」

強「まだ交渉中。バスの中でのおやつあり、温泉に浸かって、新鮮な海の幸の昼食付きで、値段はヨイフロ、四一二〇円でやれって言うんだからきついですよ」

悟「何人？」

強「五十人」

悟「ばらせばできるだろ」

強「ばらすって？」

悟「おやつはディスカウントショップで買う。温泉は入浴のみの所を使って、昼食は海辺の食堂と交渉。バス会社の次の約束をして拝み倒しの値引き交渉」

強「なるほど。さすが主任！」

悟「その主任は止めろよ！　社長とおれとお前とみどりさんしかいない会社なんだぞ」

みどり「バブルの頃は十人いたのよ」

強「嘆かない、嘆かない。（悟に）すぐ交渉に入ります」

言うと出ていく。

みどり「ナマ、イキー」

悟「若いんだよ。いいね、若いってことは」

みどり「何おじんくさいこと言ってるのよ」

言って、仕事にかかる。

○「ダディーズ・キッチン」・表

「準備中」の札が掛かっている。かおりが出てきて、その札を外す。竜子に引率された画板を持ったヒロトとシノンとマサキとツバサとジュンとメイが帰ってくる。

かおり「お帰りなさい。胡桃さんが見えてますよ」

竜子「胡桃が?」

かおり「(ヒロトに)ヒロト君に用事があるんですって」

ヒロトはどきっとして、思わずシノンと顔を見合せる。その二人に、マサキが、

マサキ「あのことだよ、きっと」

ツバサ「やっぱり見たんだね」

竜子「何を見たんですか?」

シノン「何でもない、何でもない」

と二階へのドアを開けて入っていく。ヒロトたちも続いて――。

C・M

○「ダディーズ・キッチン」・中

かおりが入ってきて、カウンターで週刊誌をパラパラめくっている胡桃に、

かおり「ヒロト君たち、帰ってきましたよ」

胡桃「そう。じゃあいってみる」

言って出ていく。

○同・二階・ダイニングルーム

胡桃が入ってくると竜子がヒロトたちに話をしているので、胡桃は窓際に立って区切りのつくのを待つ。

竜子「写生した絵が描き上がっている人は手を挙げて」

シノンの手が挙がる。

竜子「シノンだけですか。じゃあ、あとの子はここでやってもいいし、家へ持って帰ってもいいけど、必ず描き上げて、宿題として学校へ提出すること。いいですね」

一同「はーい」

竜子「それと、学校から出ている宿題のうちの一つ、自由研究は進んでいるんですか？」

一同は口々に、「まだ」「なにやっていいか、解らない」等々。

竜子「早く決めて、かかりなさいよ。夏休みなんて、あっという間に終わってしまうんですから」

一同「はーい」

竜子「それでは、今日は午前中に写生してきたから、午後の授業はありません。ここにいてもいいし、家に帰って、ディナーだけ食べにきてもいいです。それでは、これで終わります」

と言うと胡桃に、

竜子「ヒロトに何の用があるんですか？」

胡桃「たいしたことじゃないけど、ちょっと」

竜子「じゃあ、あたくしは奥で休ませていただきますよ」

言って奥へ。

胡桃「ヒロト君とシノンちゃんに聞きたいことがあるんだけど……」

二人は立って、胡桃のそばへ。ツバサたちは興味津々の視線を三人に向ける。

胡桃「ねえ、あなたたち、あの家で何かを見たって言ってたわね。何を見たの？」

シノン「胡桃さんも見たんですか？」

胡桃は一瞬ためらうが、頷いてしまう。

シノン「子供だったでしょ？」

胡桃「(頷いて) 五人いたわ。それも昔の子供」

ヒロト「(ツバサたちに) やっぱり、胡桃さんも見たんだって」

胡桃「ちょっと! そんな大きな声で言わないでよ」

ヒロト「皆、一緒に見てるんだよ」

胡桃「この子たち、皆?」

ツバサたちは一斉に頷く。

胡桃「誰かに話した?」

ツバサ「話しても大人は信じないよ」

胡桃「どうして?」

ツバサ「胡桃さんだって、ちゃんと聞かなかったじゃない」

シノン「だから、大人にはもう話さないことにしているんです」

胡桃「(一同に) じゃあ、誰にも言わないって約束できる?」

一同は一斉に宣誓の手を挙げる。胡桃はその一人一人の手に手を合わせていって、

胡桃「それなら言うけど、あたし、今朝、その子たちの夢を見たんだ」

シノン「夢?」

胡桃「(頷く) ——」

○三枝家・表の道（胡桃の夢）

ゴーストの五人の子供、拓郎と昭一と勇吉と悦子がランドセルを背負い、悦子が手を引いている久米子は籐で編んだ小さなバスケットを持って、歌いながら登校していく。

〽肩を並べて兄さんと
今日も学校へいけるのは
兵隊さんのおかげです
お国のために
お国のために戦った
兵隊さんのおかげです
兵隊さんよ　ありがとう
兵隊さんよ　ありがとう

その子供たちを、ゴーストの海軍中尉が笑顔で見送っている。

○「ダディーズ・キッチン」・二階・ダイニングルーム（現実）

胡桃の話を聞いたヒロトたちが、

シノン「やっぱり、あの子たちだ」

メイ「小さい女の子もいた？」
胡桃「いた」
ヒロト「でも、その兵隊って、何だろう……」
ツバサ「ぼくたちには見えなかったよね」
シノン「（胡桃に）キーワードは『カッちゃん』なんです」
胡桃「カッちゃん？」
ヒロト「ママに言われてあの家の窓を開けにいったとき、『カッちゃん』って呼ばれたのが始まりだったんだ」
シノン「それを聞いて、皆であの家にいって、『カッちゃん、カッちゃんがここにいるよ』って呼んでみたら、出てきたんです」
胡桃「出たって、あの子たちが？」
ヒロト「そう。でもすぐに消えちゃった」
シノン「呼んでみたらどうですか」
胡桃「呼んでどうするの？」
シノン「どうして、ここにいるのか聞いてみるんです」
ツバサ「それ、いいと思うな」
胡桃「でも、どうしてカッちゃんって呼ぶと出てくるの？」

ヒロト「それは解らない」
シノン「でもカッちゃんがキーワードだってことは間違いないと思うんです」
胡桃「解ったわ」
　胡桃は時計を見て、
胡桃「あなたたち、食事は？」
ヒロト「家で食べる」
　一同、口々に、「ぼくも」「あたしも」等々。
胡桃「じゃあ、食事をしてから、あたしの家に一時、集合！　いい？」
一同「はーい」
胡桃「ただし、絶対に秘密よ！」
　一同はその一人一人の手に手を合わせていって――。

○木村不動産・中
　里美が物件のファイルを繰りながら、電話に、
里美「家賃、十万円で1DKのマンションねえ。……ああ、ありました。駅から徒歩二十分、築十八年。……敷金二つ、礼金一つ……」
　そこへヒロトが帰ってきて奥へ。

里美「（ヒロトをちらっと見るが、電話に）駅に駐輪場がありますから、自転車をお使いになったらどうですか。……じゃあ、お待ちしています」

言って切って、

里美「ヒロト！　ヒロト！」

と呼ぶ。

ヒロト「なに？」

戻ってくる。

里美「胡桃さんに会った？」
ヒロト「会ったよ」
里美「何だったの。あんたに聞きたいことって」
ヒロト「別に」
里美「別にって、なによ？」
ヒロト「たいしたことじゃないよ」
里美「たいしたことじゃなくて、どうしてここまで聞きにくるのよ」
ヒロト「（ごまかして）塾のことだよ」
里美「塾のことをなんであんたに聞きにくるのよ」
ヒロト「うるさいなあ。そんなことより、お昼、なに食べるんだよ」

里美「あんたが言ってたカレー味のカップ麺を買っておいたわよ」
　奥へいこうとするヒロトに、
里美「ちょっと待ちなさいよ」
ヒロト「なんだよ」
里美「もう一度聞くけど、胡桃さんがきたのは、本当にあのことじゃなかったんだね？」
ヒロト「（とぼけて）あのことって、なんのことだよ」
里美「だから、あんたたちが言ってた、ゴーストが出るの、なんだのって、……」
ヒロト「違うって。塾のことだって言ってるじゃないか」
里美「それならいいけど……」
ヒロト「気になるの？」
里美「別になりませんよ。不動産組合の注意事項を読んだら、仮に、物の怪《け》、幽霊の類いが出る等と、斡旋した客から抗議があっても、それは主観的なもので、実体のないものであるから不動産屋が責任を負うべきものではないって、書いてあったもの」
ヒロト「そう。よかったじゃないか」
里美「なによ、その言い方！」
　ヒロトは逃げるように、奥へ。

○オアシス・トラベル・中

強が帰ってくる。パソコンに向かっていたみどりが、

みどり「伊豆へいったんじゃなかったの？」

強「いえ、伊豆は明日。今日はコスモバスにいってきたんですよ」

みどり「二度手間しないで、いっぺんに済ましちゃいなさいよ」

カウンターで、ユニフォームを着たＯＬに悟が、

悟「やっぱりこの時期北海道へいかれるんでしたら、富良野のラベンダーを見ないって手はありませんよ」

ＯＬ・Ａ「混んでるんじゃないの？」

強「富良野にはいろいろなファームがありまして、（パンフレットを見せて）ここなんか、穴場ですよ。ちょっと街から外れますけど、観光客に知られてませんから……」

ＯＬ二人はパンフレットを眺める。

みどり「（横から）レンタカーを使われるんでしたら、美瑛の丘を廻られて、トマムに入るのもいいですよ」

ＯＬ・Ｂ「なにがあるの？」

みどり「山の中のリゾート地なんですけど、キタキツネやエゾシカが、ホテルの部屋に居なが

らにして見られますよ」
ＯＬ・Ｂ「（Ａに）いいね」
ＯＬ・Ａ「（悟に）じゃあ、そのコースでプランニングしてくれる？　帰りに寄るから」
悟「解りました」
二人は帰っていく。
みどり「ありがとうございました。（悟に）社長がトマムを売ってくれって」
悟「聞いてないよ」
みどり「そお〜。今年のスキーツアーは社長、トマムでプランニングしてるわよ」
悟「えー、今、初めて聞いたな」
強「（横から）わたしも聞いてませんよ」
みどり「あんたはいいの」
強「（むっとして）どうしてですか？」
みどり「どうしてって、まだ、主任の耳に入ってないっていうんだもの、飛びこえてそっちに入るわけないでしょ」
悟「だけど、めったに出社しない社長といつそんな話をしているのよ」
みどり「あ、それって。（慌てて）電話、電話。社長から電話があったとき、聞いたのよ」
と、その場から逃げるように洗面所へ。

強「社長とみどりさん、意外と繋がっているんですね」

悟「え？」

強が言いかけたとき、みどりが戻ってきて、

みどり「忘れてた！　トイレどころじゃなかったんだ」

と電話に飛びついて、

みどり「もしもし、カトレア・ドライブインさん？　オアシス・トラベルです。お世話になってます。さっそくですが、明日の昼食をお願いしています寿ツアーですが、五名増えましたので……。それが、お年寄りですから、同じメニューでないと……。そこをなんとか……」

その間に強は、やってられないって感じで自分の席に。悟もパソコンに向かって——。

C・M

○三枝家・表の道

ヒロトが駈け込んでくる。ヒロトは三枝家へ。

○同・玄関

ヒロトが入ってきて、

ヒロト「ごめんください」

胡桃の声「どうぞ」
　で、ヒロトは上がっていく。
　ヒロトが入ってくると、もうシノンもツバサもジュンもメイもマサキもいて、
ジュン「遅いじゃん」
ヒロト「もう皆、きてたの」
　言って座る。胡桃がオレンジジュースの入ったグラスを運んできて、皆の前に、
胡桃「どうぞ」
　と出す。
シノン「いただきまーす」
　他の子供たちは黙って、それぞれ飲むが、ツバサが思い出して、
ツバサ「ぼく、お線香、持ってきた」
ジュン「えー、なんで？」
ツバサ「おばあちゃん家《ち》にいって、持ってきたんだ」
マサキ「おばあちゃんに言ったの？」
ツバサ「言わないよ。おじいちゃんが死んでから、おばあちゃん、仏壇買ってお線香あげてるから、あの子たちにもあげた方がいいかもしれないと思って、黙って持ってきたんだよ」
　言って、ポケットから出す。パラパラに折れている。

ヒロト「ばかだな。お線香をポケットに入れるか？」
胡桃「これでもいいから、点けてみようか」
言って、パラパラのお線香を受け取って、台所へ。
シノン「この前見たの、向こうの部屋だったよね」
ヒロト「そう、カッちゃんって、初めて呼ばれたのも向こうの部屋だった」
一同は向こうの部屋を窺う。

○同・台所

胡桃が小皿に載せた折れた線香に、ライターで火を点けている。点いたり、点かなかったりだが、四、五本点いたところで持って居間へ。ヒロトたちは座敷に移動している。胡桃も座敷へ。

○同・座敷

胡桃がくる。ヒロトたちは隅の方にかたまって、座っている。胡桃は、
胡桃「ここでいいかな」
小皿を部屋の真ん中に置くと、ヒロトたちのそばにいって座る。
シノン「じゃあ、呼んでみる」
言って、緊張した声で、

シノン「カッちゃん！　カッちゃん！」

一同はかたずを呑んで、室内を見守る。が、反応はない。

シノン「カッちゃん！　カッちゃんがいるよ！　カッちゃんがここにいるよ！」

が、寂として、声もなく、姿も現れない。一同はちょっと待つが、声を揃えて呼び始める。

一同「カッちゃん！　カッちゃん！　カッちゃんがここにいるよ！　いるんだよ、カッちゃんが！」

が、全く反応はない。

ジュン「どうしたんだろ？」

メイ「前は本当に出たんだよね」

ヒロト「そう。（と指差して）そこに、お人形抱いた小さな女の子が出てきて、ぼくの方を見て、カッちゃんって呼んだんだ。それでシノンが、誰なの？　あんたは誰なの？　って聞いたら、子供が四人出てきて、その子を連れてパッ！　と消えたんだ」

ツバサ「それなのに今日はなんで出ないんだろう」

胡桃「なにか、この間と違っていることはない？」

ヒロト「違うって？」

それまで考え込んでいたシノンが、

シノン「解った！　お線香だ！　お線香がきらいなんだ！」

ツバサ「なんでよ。死んだ人はお線香をあげると喜ぶって、おばあちゃんが言ってたよ」
シノン「解らないけど、この間はお線香なかったじゃん」
胡桃「お線香を下げよう。それから戸を開けて、空気を入れ替えよう」
言うと小皿を持って台所へ。子供たちは廊下のガラス戸を開けて、雑誌や新聞紙で室内の空気を庭に向けて煽ぎ出す。

WIPE

○同・座敷

十分後。すっかり空気が入れ替わって——先刻の場所に座っている子供たち。廊下のガラス戸を閉め終えた胡桃が、
胡桃「もうお線香の臭いは消えたわ」

言いながら戻ってきて座る。

シノン「それじゃあ、もう一回呼んでみます」

言って、姿勢を正して、
シノン「(気持ちを込めて)カッちゃん！　……カッちゃん！　……カッちゃんがいるよ！

……カッちゃんがここにいるよ！」

と呼びかける。と、そのとき、お人形を抱いたゴーストの久米子がパッ！　と現れる。そしてヒ

ロトを見つめると、

久米子「（小さく、ヒロトに呼びかける）……カッちゃん……」

一同は金縛りにあったように、久米子を見つめる。

シノン「（久米子を見つめて）誰なの？　あなたは誰なの？」

と聞く。前のときと同じように次の瞬間、ゴーストの拓郎と悦子と勇吉がパッ！　と現れて、久米子を連れ去るように消えかかったとき、胡桃が、

胡桃「待って！　あたしは昨日この家に引っ越してきた三枝胡桃なんだけど……」

消えかかったゴーストの子供たちの姿が、まだ霧がかかったようだけど、少しずつはっきりしてくる。

胡桃「（気持ちを込めて、続ける）どうしても、あなたたちに聞きたいの。あなたたちは誰なの？どうしてここにいるの？」

五人「――」

胡桃「あなたたちがここにいて、あたしもここにいたら、一緒に住むことになるでしょ？　だから知りたいの。あなたたちが誰なのか？　どうしてここにいるのか？」

五人は胡桃を見つめているが、悦子が久米子の手を取って、パッ！　と座敷の真ん中に立つと、二人は手を合わせて、いきなり「通りゃんせ」を歌う。

〽通りゃんせ　通りゃんせ

歌うと悦子と久米子は胡桃を見る。胡桃は二人の意図を感じて、歌い出す。
〽ここはどこの細道じゃ（胡桃）
天神さまの細道じゃ（悦子と久米子）
ちょっと通してくだしゃんせ（胡桃）
ご用のないもの通しゃせぬ（悦子と久米子）
咄嗟に隣に座っていたツバサの手を取って、
〽この子の七つのお祝いに　お札を納めにまいります（胡桃）
いきはよいよい　帰りは恐い　恐いながらも　通りゃんせ　通りゃんせ（悦子と久米子）
で、胡桃はツバサの手を引いて、悦子と久米子の手の下をくぐり抜ける。続いて、シノンとメイの手を取ってくぐり抜ける。続いて、ヒロトとマサキが、遅れまいとジュンがくぐり抜ける。全員がくぐり抜けた瞬間、それまで薄い霧がかかったようだったゴーストの子供たちの姿がはっきりする（つまり、胡桃たちは異界に通じる扉をくぐり抜けたのである）。胡桃とシノンたち現実界の子供と久米子たちゴーストの子供は向かい合う。久米子がヒロトを指差して、
久米子「カッちゃん……」
ヒロト「ぼくはカッちゃんじゃないよ。ヒ・ロ・ト。木村ヒロトだよ」
久米子「（悲しい、違うという風に首を横に振る）――」
胡桃「カッちゃんって誰なの？」

悦子「空襲で死んだ久米子ちゃんのお兄ちゃんです」
ヒロト「（久米子に）ほら、違うだろ。きみのお兄ちゃんは死んだけど、ぼくは生きているもの」
久米子「（悲しい）……（指差して）カッちゃん」
ヒロト「困っちゃうな」
言って、涙をぽろりとこぼす。
久米子は、もう一度ヒロトを指差して、
久米子「カッちゃん……」
と言う。
ヒロト「（困り果てて）違うって言ってるじゃないか」
胡桃「（シノンに）どういうことなんだろ？」
シノン「（ゴーストの子供たちに）カッちゃんって子、ヒロトに似ているの？」
勇吉「似てないよな」
と昭一に相づちを求める。
昭一「うん、似てない」
胡桃「じゃあ、ヒロト君とカッちゃんは違うでしょ」
拓郎「でも久米子ちゃんは、ヒロト君がカッちゃんだと言ってるんです。それにカッちゃんとぼくたちは同じ日の空襲で死んだはずなのに、カッちゃんだけがいないんです」

ジュン「空襲ってなに？」

シノン「国語の『ちいちゃんのかげおくり』で戦争のことを勉強したじゃない」

ツバサ「僕はアニメの『火垂るの墓』で見たよ。（拓郎に）敵が飛行機から爆弾を落とすんだよね」

ヒロト「じゃあ、爆弾で、皆死んだの？」

拓郎「（頷く）――」

胡桃「（痛ましい）そうだったの。……でも、カッちゃんを探すのに、どうしてここにいるの？」

拓郎「それは、時任中尉がいるからです」

胡桃「その人って、兵隊さん？」

勇吉「（誇らし気に）大日本帝国海軍、軍人だよ」

言って、姿勢を正し、パシッと敬礼を決める。その勇吉の後ろに、軍服姿も凜々しい時任行彦が立つ。

胡桃も、ヒロトたちも驚きで声も出ない。

胡桃の心の声「夢に出てきた兵隊さんだった……」

――つづく――

胡桃の説明

悟は反対でしたが、ゴーストの海軍中尉と五人の子供たちとルームメイトになった私は、彼らから昔のことを教わり、毎日がカルチャーショックの連続でした。

すっかり彼らと仲良しになったヒロト君たちは、彼らから教わったことを夏休みの宿題の自由研究に取り上げ、「戦争中の食べもの」と題してレポートを作成、担任の先生から「実によく調べてある上に、戦争の悲惨さを訴えた秀逸な作品」と大変讃められました。

そんな風に彼らとお友達になったことはいいことずくめと言えたのですが、ただこの家の購入をすすめてくれた父と祖母には、心配をかけてはいけないと思い、彼らのことを必死に隠しておりました。

そしてわたしは、次第に時任中尉に惹かれていく心を抑えることができなくなっていったのです。

第十六話

○三枝家・玄関

圭吾が入ってくる。聞こえてくる胡桃と時任とゴーストの子供たちの歌声。

〽青葉繁れる桜井の

里のわたりの夕まぐれ

圭吾「ヒロトたちがなんでこんな時間にいるんだ？　それにしても古い歌を歌っているねえ。わたしの親父の時代の歌だよ」

と言って、自分も、

〽木《こ》の下《した》蔭に……

と歌いながら上っていく。

○同・廊下

圭吾も一緒になって歌いながら座敷に向かう。

〽駒とめて……

○同・座敷

圭吾が歌いながら入ってきて、歌っているゴーストの子供たちと時任と、テーブルをはさんで一緒に歌っている胡桃の隣に、極く自然に座って、これもまた極く自然に、一緒に歌い続ける。

〽世の行く末をつくづくと

忍ぶ鎧《よろい》の袖の上《え》に

散るは涙かはた露か

圭吾のあまりに自然な行為に、さすがの時任も違和感を憶えなかったが、歌い終えて、圭吾と眼を合わせたとき、互いにひどく驚く。次の瞬間、時任とゴーストの子供たちはパッ！　と消えている。

圭吾「あ?!」

口を大きく開けて、時任たちの座っていた所を指差す。

胡桃「（しまったと思うが）どうしたの、パパ？」

圭吾「そ、そこにいたのは、な、な、なんだ？」

胡桃「（ごまかすしかない）誰もいないよ」

圭吾「そ、そんなはずはない。子供が五人と、海軍の将校が……（言って、気がつく）今時《いまどき》、海軍の将校がいるわけないよな……」

胡桃「（必死に）そうだよ。パパの錯覚だよ」

圭吾は手で眼をこすって、改めて彼らがいた場所を見る。なにもいない。圭吾は視線をテーブルに移す。テーブルの上には、六人分の湯香茶碗とかりん糖を入れた菓子器がある。

圭吾「うわー!!」

と悲鳴をあげた瞬間、腰を抜かして——。

タイトル「ディア・ゴースト」

○「ダディーズ・キッチン」・ダイニングルーム

無人の室内に電話が鳴っている。竜子がきて、取る。

竜子「もしもし」

胡桃の声「おばあちゃん、パパが大変！」

竜子「どうしたんですか？」

胡桃の声「腰を抜かしちゃった」

竜子「(驚いて)腰を抜かした?!」

○三枝家・座敷

胡桃が携帯をかけている。

胡桃「それで、おばあちゃんがかかっている鍼《はり》の先生にきて貰いたいんだけど」

蒲団にうつ伏せになっている圭吾が、

圭吾「ギックリ腰って言いなさい、ギックリ腰って。腰を抜かしたなんて言うと、また口うるさい連中が騒ぎ立てるから」

胡桃「(携帯に)もしもし、腰を抜かしたんじゃなくて、ギックリ腰だって」

圭吾「急いできてくれって」

胡桃「（携帯に）急いできて欲しいって」
竜子の声「解りました。すぐ電話をしてみます」
電話は切れる。胡桃も切って、
胡桃「パパ、大丈夫？」
圭吾「大丈夫じゃないよ。痛くて、息ができないよ」
胡桃「こういうときは、冷やせばいいの？　温めればいいの？」
時任がパッ！　と現れて、
時任「この場合は腰が炎症を起こしているのでありますから、冷やした方がよろしいと思います」
圭吾「なにか言ったか？」
胡桃「冷やした方がいいんだって。今、用意するよ」
圭吾「それより、さっきの軍人はなんなんだ？　子供も何人かいただろ？」
胡桃「腰が落ち着いたら説明するよ」
言って、居間へ。

○同・洗面所

胡桃が氷水でタオルを冷やしている。時任が現れて、

時任「わたくしが不注意でありましたため、大変申し訳ないことを致しました」
胡桃「そんな、時任さんの責任じゃありません」
時任「いえ、わたくしさえ敏捷に行動していたら、あのようなことは起こりませんでした」
胡桃「あたしもぼんやりしていたんです。パパがすごく自然に、歌いながら入ってきたでしょ。
全然違和感がなくて、気がついたら、あんなことになって」
圭吾の声「胡桃！　胡桃！」
胡桃「はーい。今、いくから」
と答えて、タオルをしぼり、
胡桃「鍼の先生がきてくれると思いますから、心配しないでください」
言って座敷へ。そこへ拓郎と悦子と勇吉と昭一と久米子が現れて、
拓郎「胡桃さんのお父さんは大丈夫ですか？」
悦子「驚かすつもりじゃなかったのに……」
勇吉「胡桃さんのお父さんは歌がうまかったね」
時任「確かにお上手だった。それで気がつくのに後れを取ってしまった」
言って、子供たちと一緒に心配そうに座敷の方を見る。

○木村不動産・表の道

里美がドアに「外出しております、十一時迄に戻ります」の札を掛けて、サラリーマン風の客に物件を見せにいこうとしたとき、竜子が鍼師を案内してくる。

里美「あら、校長先生、どうかしたんですか？　鍼灸院の先生とご一緒だなんて」

竜子「息子が胡桃の家で腰を抜かしたんですよ」

里美「（驚く）ぇッ、腰を抜かした?!」

竜子「そうじゃなくて、ギックリ腰でした。まあ、同じようなものでしょう」

言うと鍼師と胡桃の家の方へ。里美は「?!」の顔で見送るが、サラリーマン風の客に、

里美「いきましょうか」

と反対方向へ。

○オアシス・トラベル・中

カウンターで、アベックが申し込み書に記入している。強がそのアベックに、

強「ただのハネムーンと違って、スキューバ・ダイビングをなさるなんていいですね。わたしも彼女がいたら一緒にタヒチの海に潜ってみたいですよ」

とお上手を言っている。その背後で、悟がパソコンに向かい、みどりが電話をかけている。

みどり「（電話に明るく）そんなこと言われたら、本気にしちゃいますよ。……やだ、社長ったらお上手なんだから。……解りました。ともかくお伺いします」

言って切って、悟に、

みどり「富士屋旅館の社長、乗せ上手なんだから。ヤングを対象の新企画があるっていうから、今から湯河原にいってくる」

悟「いってらっしゃい」

みどりはバッグを持って化粧室へ。強はアベックから申し込み書を受け取って、

強「料金は十五日迄に全額お振り込みください。チケットとその他必要なものは、お宅宛に郵送させていただきます」

アベック男「お願いします」

強「ありがとうございました」

アベックは帰っていく。外出の仕度をしたみどりが化粧室から出てきて、

みどり「じゃあ、いってきます」

と出かけていく。

悟「気をつけて」

強「いってらっしゃい」

と送ってから悟のそばにいき、

強「主任、みどりさんがいたから話ができませんでしたけど、よかったじゃないですか。霊的なものは一切ないって言われたんですってね」

悟「叔母さんから聞いたのか？」
強「ええ。見山若菜先生がそう言われるんだから間違いないって言ってましたよ」
悟「それが、いるんだよ」
強「なにがですか？」
悟「霊的な障りどころか、幽霊そのものがいるんだよ」
強「まさか」
悟「ほんとなんだよ」
強「じゃあどうして、見山若菜先生は霊的な障りは一切ないって言ったんですか」
悟「運の悪いことに幽霊の奴ら、昨日は、墓に帰っていたんだよ」
強「また、冗談きついですよ、主任」
悟「冗談でこんなことが言えるかよ」
　そこへガングロ娘が二人入ってきて、
ガングロ「ねえねぇ、安くて、ナウくて、バッチシの温泉、いきたいんだけどォ」
強「ありますよ、超バッチシの温泉パックが」
　と二人の応対に当たる。

○三枝家・座敷

圭吾は蒲団の上に、ゆっくり起き上がる。玄関で胡桃が鍼師を送る声。

胡桃の声「ありがとうございました」

心配そうに見ていた竜子が、

竜子「大丈夫ですか?」

圭吾「おかげでさっきより楽になった」

そこへ胡桃が戻ってきて、

胡桃「今日はお風呂に入らないようにって」

圭吾「それより、さっきの軍人と子供はなんなんだ」

竜子「なんですか、軍人と子供って?」

圭吾「いたんだよ。そこに、(と指差して)海軍の軍人と子供が五人歌を歌って。おかしいと思ったよ。その歌が『青葉繁れる』なんだよ。青葉繁れるっていったら、親父の子供の頃の歌だろ」

言って初めて、気がついて、飛び上がらんばかりに驚いて、

圭吾「幽霊だあ、あれは!!」

C・M

○三枝家・座敷

圭吾が胡桃に、

圭吾「どうして、幽霊がいるんだ?! どうして、一緒に歌なんか歌っていたんだ?!」

竜子が圭吾に、

竜子「まあ、落ち着きなさい」

圭吾「落ち着いていられますか! 娘が幽霊と一緒に楽しそうに歌を歌っていたんだよ」

胡桃「ちょっと待ってよ。時任中尉さんのことを幽霊だなんて言わないでよ」

竜子「時任中尉さん?! 今時、中尉さんなんかいるわけないでしょ」

圭吾「(取って)だから幽霊だと言ってるんだよ」

胡桃「確かに、時任中尉さんは太平洋戦争で戦死されているし、子供たちも昭和二十年の東京大空襲で死んでいるけど、あたしたちは話し合って、一緒に暮らすことにしたルームメイトなんだよ」

圭吾と竜子「ルームメイト?!」

胡桃「そうだよ。昔、この家には、来宮《きのみや》白菊さんという時任中尉さんの婚約者が住んでいたんだって」

○同・座敷(時任の回想で胡桃が語る)

昭和十七年。時は春。昼間。庭に桜が散っている。畳に毛氈が敷いてあって、茶事の用意がしてある。軍服姿の時任が正座し、白菊が抹茶を点てている。白菊は時任の前に作法通り茶碗を置く。時任も作法通り抹茶を飲む。
時任「（飲み終えて）結構なお点前でした」
言って茶碗を返し、
時任「これで心置きなく、戦場へ向かうことができます」
白菊「（感情をこめて）……ご無事で、必ず帰ってきてください。……あたくしは待っております」
時任「自分は帝国海軍軍人であります。ひと度《たび》戦場に赴けば、命は国に捧げるものと覚悟しております。従って、今日が今生《こんじょう》の別れと思ってやってまいりました」
白菊「いやです。……死んではいやです。……必ず帰ってくると約束してください」
時任「（辛い）……白菊さん……」
白菊「待っております。……あたくしは、いつまでも、いつまでも待っております」
泣く。その白菊を見つめる時任の眼にも、うっすらと光るものがある。
胡桃の声「それから三年後の昭和二十年四月七日、時任中尉さんは戦死されたんだけれど」

○三枝家・座敷
胡桃が圭吾と竜子に話している。
胡桃「戦死して初めて、軍人さんとしての任務を解かれて、自由の身になった時任さんは、白菊さんの待っているこの家に、なんとしてでも帰ろうと思って、魂になって帰り着いたんだって」
竜子「それで白菊さんとやらには会われたのですか？」
胡桃「それが、時任さんが帰ってきたときには、もうこの家は人手に渡っていて、白菊さんと白菊さんの家族はいなくなっていたんだって。でも時任さんは、自分が帰ってきたように、白菊さんも必ず戻ってくると信じてここで待っていたのよ」
圭吾「じゃあ昭和二十年からここにいたのか？」
胡桃「そうだよ」
竜子「昭和二十年なら、今年で五十五年になりますよ。そんなに長い間、一人の女性をここで待っていらしたんですか」
胡桃「そんな人に出ていってなんて言える？」
圭吾「うーん」
と考え込む。

○オアシス・トラベル・中
悟の話を聞いた強が、
強「すごい話じゃないですか。半世紀以上も、一人の女性を待ち続けるなんて感動しちゃいますよ」

悟「お前もそう思うか？」

強「思いますよ。それでなくてもぼくはこういう話に弱いんですよ」

悟「そうか。お前でもそうなら胡桃が変になっちゃうのも、無理ないってわけか」

強「胡桃さんがどうかしたんですか？」

悟「その将校にメロメロなんだよ」

強「ヤバイじゃないですか」

悟「だから霊能者を頼んだんだよ」

強「でも、お墓に帰って留守のときで、よかったじゃないですか。ルームメイトの約束までしておきながら、いきなり霊能者のお祓いじゃあひどすぎますからね」

悟「なんだよ。お前まであいつの味方かよ」

○三枝家・座敷

圭吾と胡桃と竜子が、三者会談をしている。

竜子「しかしですね、よく考えてみるとおかしな話ですよ」

胡桃「なにがおかしいの？」

竜子「お話としては大変よくできていて、ついつい乗せられてしまいましたけど、この世に幽霊など、存在するはずないじゃありませんか」

圭吾「しかし、わたしはこの眼で確かに見たんだし、戦争中の話を胡桃が作り話できるはずがないでしょ」

竜子「あなたの見たものは、ここにはなにかがいるんじゃないか、と思う心が生んだ眼の錯覚。胡桃の話は映画かテレビドラマのストーリーですよ」

胡桃「そんなに信用できないんなら、おばあちゃん、時任中尉さんに会ってみたら？」

竜子「会えるんですか？」

胡桃「会えるよ」

竜子「（笑って）呼べば出てくるんですか？」

胡桃「そうだよ。（空《くう》に向って）時任中尉さん！」

圭吾「（慌てて）ちょ、ちょっと待ちなさい。（と止めて）本当に出てくるのか？」

胡桃「出てくるよ」

竜子「呼んで幽霊が出てくるなんて、世紀の見ものですよ。見せていただこうじゃありませんか」

圭吾「おばあちゃんは見ていないからそんな呑気なことが言えるんだよ。（胡桃に）出てきて、災《わざわ》いなんかしないだろうな」

胡桃「そんなことしないに決まってるでしょ。時任中尉さんはそんな人じゃあないんだから」

圭吾は居住まいを正す。竜子はばかばかしいという感じで、テーブルの上の菓子器からかりん糖をつまんでぼりぼり食べ始める。

胡桃「時任中尉さん！　時任中尉さん！　父と祖母を紹介したいんです。出てきてください」

ほんのちょっと間があって、パッ！　と時任が現れ、圭吾と竜子に、

時任「海軍中尉、時任行彦であります」

言って、挙手の礼。

圭吾「胡桃の父の榊圭吾です」

と挨拶してから、うっとりと時任を見ている竜子に、

圭吾「おばあちゃん、ご挨拶、ご挨拶して」

で、竜子は我に返って、

竜子「お初《はつ》にお目にかかります。胡桃の祖母の榊竜子でございます」

時任「この度、胡桃さんのお父様にご迷惑をおかけ致しましたこと、心底《しんてい》よりお詫び申し上げます」

竜子「そんなご丁寧な挨拶をいただきますと、かえって恐縮致します。息子が不束だっただけでございますから。それより、どうぞお座りになってくださいませ。胡桃、お座布団をお勧めして」

胡桃は時任に座布団を勧める。

時任「失礼致します」

と座る。

圭吾「胡桃から聞いたんですが、ここに五十五年も住んでいらっしゃったんですって？」

時任「はい。そうであります」

竜子「その白菊さんってお方は幸せなお人ですわね。五十五年も中尉さんに待っていただけるなんて、本当に羨ましいお人ですわ」

胡桃「（そんな竜子に呆れて）おばあちゃん、驚かないの？」

竜子「なにをですか？」

胡桃「だっておばあちゃんは、さっきまで時任中尉さんの存在を信じていなかったんだよ」

竜子「なにを言ってるんですか。こんな素敵な青年将校を眼《ま》の前《あたり》にしたら、信じるも信じないもないじゃありませんか」

言って、ぼーっと時任を見つめる。

圭吾「（時任に）さっきいた子供たちも、ずっとここに住んでいるんですか？」

時任「はい。あの子供たちは昭和二十年三月十日の東京大空襲で死亡したのでありますが、その折り親と離れ離れになり、いき場を失っておりましたところ、わたくしがここにいるのを知って集まってきたのであります。以来、共に時を過ごしているのであります」

胡桃「とってもいい子たちなのよ。（空《くう》に向かって）悦ちゃん！　久米子ちゃん！　拓郎くんたちも出ていらっしゃい」
待ちかまえていたように、パッ！　と五人のゴーストの子供たちが現れて、
拓郎「こんにちは。辻拓郎です。よろしくお願い致します」
悦子「初めまして。塩崎悦子です。よろしくお願い致します」
勇吉「中島勇吉です」
昭一「福島昭一です」
久米子「くめこ……」
悦子「（替わって）星野久米子です。よろしくお願いします」
言って、久米子の頭に手を添えて、おじぎさせる。
圭吾「（微笑して）胡桃のパパです」
竜子「胡桃のおばあちゃんです。よろしくね」
勇吉「（圭吾に）おじさんは歌が上手だね」
圭吾「（照れて）そうかな。そんなこと言われたの初めてだよ」
悦子「歌ってください」
圭吾「じゃあ、おじさんもきみたちも知っている歌にしよう。（ちょっと考えて）……シャボン玉はどうかな？」
昭一と勇吉「知ってる！　知ってる！」

圭吾は歌う。

〽シャボン玉　とんだ
屋根まで　とんだ
屋根まで　とんで
こわれて　消えた

圭吾「皆も一緒に歌おう」

で、子供たちも時任も胡桃も竜子も歌う。

〽シャボン玉　消えた
とばずに　消えた
生まれて　すぐに
こわれて　消えた

○同・表の道

聞こえてくる皆の歌声。

〽風々　ふくな
シャボン玉　とばそ

里美がサラリーマン風の客と戻ってくる。

C・M

○「ダディーズ・キッチン」・表の道

店の前で、常連客が二人、待っている。ドアには「準備中」の札が掛かっている。かおりが出勤してくる。

常連客A「かおりちゃん今日はどうしたの？　まだ店が開いていないよ」

かおりは「準備中」の札を見て、

かおり「やだ！　マスターったら、もうお昼なのに」

と「準備中」の札を取って、ドアを開けようとするが、鍵が掛かっている。

かおり「どうしたんだろ。（二人に）すみません。見てきます」

言って、二階の階段を駈け上がっていく。

○同・二階・ダイニングルーム

かおりが飛び込んできて、ぼんやりと竜子と向かい合っている圭吾に、

かおり「マスター！　お店、開けないんですか？」

圭吾「あれ？　もうそんな時間？」

かおり「どうしたんですか？」

圭吾「それが、ちょっととり込みがあってね、準備ができていないんだよ」
かおり「どうするんですか？　表でお客さんが待ってますよ」
圭吾「しようがない。今日は臨時休業にしよう。お客さんには丁寧に謝って、名前を聞いといてくれないか。今度見えたとき、サービスするから。それから、かおりちゃんの今日のパート代はちゃんと出すからね」
かおり「じゃあ、帰っていいんですか？」
圭吾「いいよ。ただ帰る前に、『準備中』の札を『臨時休業』の札に取り替えといてくれないか」
かおり「はーい。じゃあ、お先に」
と出ていく。圭吾は改めて、竜子に、
圭吾「しかし、世の中にはああいうこともあるんだねえ」
竜子「驚きましたね」
圭吾「これから、どうしたらいいのかな」
竜子「なにがですか？」
圭吾「だから、時任中尉さんとあの子供たちをだよ」
竜子「どうするもこうするもないじゃありませんか。聞けば、胡桃たちの方が後から入ったいわば侵入者なんですからね。ああして、ルームメイトとして共存していくしかないでしょう」
圭吾「しかし、彼らは幽霊だよ」

竜子「幽霊だからって、簡単に切り捨てるわけにはいきませんよ。中尉さんもあの子供たちも戦争の犠牲者なんですから」

圭吾「なにも切り捨てるなんて言ってはいませんよ。ただ、彼らは死んでいるんだし、胡桃と悟君は生きているんだから、一緒に暮らすのはやっぱり不自然だと思うんだよ」

竜子「でも考えてごらんなさい。あたくしたちは今、こうして繁栄した日本で、平和に暮らしておりますけど、この国の歴史の中には、あのように戦争で犠牲になった人たちが大勢いたのです。それを忘れてしまっては罰《ばち》が当たります」

圭吾「なんだか、話が違う方向にいっちゃってるよ」

竜子「そんなことはありません。死者も生者も皆で仲良くしていくのが一番いいのです」

圭吾「よく言うよ。さっきまでこの世に幽霊なんか存在しないって言い切っていた人が」

竜子「存在しているのをこの眼で見てしまったのですから、仕方がないでしょう」

圭吾「(処置なしといった感じ)……」

○オアシス・トラベル・表

夕方。みどりが帰ってくる。

○同・中

みどりが帰ってきて、パソコンに向かっている悟に、

みどり「ただいま」

悟「お帰り」

みどり「はい、おみやげ」

悟「なに?」

みどり「きび餅。強は?」

悟「コスモバスにいった」

みどり「なんだ、届けて貰いたいものがあったのに」

悟「湯河原はどうだったの?」

電話が鳴る。みどりが取って、

みどり「はい。オアシス・トラベルです。……お待ちください。主任、奥さんのお父さんから」

言って電話を渡す。

悟「(電話に) もしもし」

○「ダディーズ・キッチン」・店の中

圭吾が電話に、

圭吾「わたしだけど、今夜、会えないかな」

悟の声「かまいませんけど、なにか？」
圭吾「相談したいことがあってね」
悟の声「じゃあ、帰りに店に寄ります」
圭吾「いや、わたしが出ていくよ。今日は店も休んだし、外の方がいいだろう。きみのオフィスの近くに、どこかないかね」

○オアシス・トラベル・中

悟が電話に、
悟「あります。駅に着いたら電話してください。六時には出られますから」
圭吾の声「解った。あ、胡桃には内緒だよ」
悟「はい」
言うが妙な顔で、電話を切る。
みどり「(見て) どうしたの？」
悟「いや、別に」
みどり「奥さんとうまくいってないの？」
悟「どうして？」
みどり「最近の主任、暗いし、奥さんのお父さんに呼び出されたんでしょ？」

悟「読み過ぎだよ。みどりさんの悪い癖だよ」

言うが、

○フラッシュバックで（悟の回想）

悟が「ぴしっ！」と胡桃の頬を叩く。

胡桃「（頬を押さえて）痛いじゃない！　女性を殴るなんて最低だよ！」

二人は睨み合って――。

○オアシス・トラベル・中（現実）

悟は大きく嘆息して――。

―つづく―

胡桃の説明

時任中尉に傾斜していくわたしの心を知った悟は、白菊さんさえ見つかれば時任中尉さんはこの家から出ていくに違いないと考え、白菊さん探しを始めました。そしてやっと大阪の老人ホームにいる白菊さんを探し出したのですが、白菊さんはすでに老齢で、昔を思い出すことができません。時任中尉もまた、「わたくしはこの老婦人とは面識がないのであります」と言って、結局二人は再会を果たすことができませんでした。

ところで、ヒロト君はゴーストの久米子ちゃんから兄の「カッちゃん」だと言われ続け、その意味が理解できなかったのですが、ゴーストの子供たちと「花いちもんめ」をしたときから、「カッちゃん」に変身するようになったのです。

そして「カッちゃん」に変身したヒロト君は、「ジンム、スイゼイ、アンネイ、イトク……」と歴代天皇の名を暗誦したり、軍歌を歌いだしたり、全く昔の子供の行動パターンになってしまうので、ヒロト君のママは一体何が起きたのか、心配でなりませんでした。

第二十四話

○酒と食事の店「御膳所」・表
昼。
○同・中

悟と強が焼魚定食を食べながら、

強「そうなんですか。そんなに白菊さん、ボケちゃったんですか」

悟「いくらボケたといっても、五十五年待ち続けたラブラブのフィアンセだぜ。おれはもっと感動的なシーンがあると思ったよ」

強「だけど、その中尉さんの気持ちも解りますよ。わたしだって、ボケた婆さんを連れてこられて、いきなり、これがあんたのフィアンセだって言われたら、ギョッとしますよ」

悟「そりゃあそうかもしれないけど、それがあいつの現実じゃないか」

強「どうするんですか、これから」

悟「ギブ・アップだよ」

強「そういえば見山若菜先生が、不動産屋の子供のことでダディーズ・キッチンにいくって言ってましたよ」

悟「そのとき、もう一度うちをお祓いして貰えないかな」

強「ここまで努力してきたんですよ。お祓いじゃない方法はないんですか?」

悟「もうないだろ」

強「うーん、どうもお祓いというのは、海軍中尉に対して紳士的じゃない感じがするんですよね」

悟「人ごとだからそんなことが言えるんだよ」

タイトル「ディア・ゴースト」

〇三枝家・座敷

胡桃が、

胡桃「行彦さん！　行彦さん！」

と呼んでいるが、時任の姿は現れない。

胡桃「行彦さん！　どうして出てきてくれないんですか！」

拓郎と悦子と久米子と勇吉と昭一が現れる。

胡桃「悦ちゃんたち、行彦さんはどこにいるの？」

悦子「解らないんです。探しているんですけど……」

胡桃「どうしちゃったのかしら」

拓郎「なにかあったんですか？」

胡桃「なにかって？」

勇吉「喧嘩したとか」

胡桃「あたしと行彦さんが？」

勇吉「（頷く）――」

胡桃「するわけないでしょ」

勇吉「（いたずらっぽく、ベロを出す）――」
胡桃「（笑ってしまう）――」
　そこへ玄関からヒロトの声がする。
ヒロト「久米子！　久米子いるか！」
久米子「カッちゃん……」
　ヒロトが飛び込んできて、
ヒロト「久米子、兄ちゃんが給食のパンを持ってきてやったぞ」
　言って、久米子に給食のパンを渡して、
ヒロト「級長たちにはキャラメルを買っといてやったぞ」
　と森永キャラメルと明治ミルクキャラメルの箱をポケットから出して、拓郎と悦子に渡す。
拓郎「ありがとう。キャラメルなんて久し振りだよ」
悦子「ありがとう。（勇吉たちに）皆で分けようね」
　胡桃の携帯が鳴る。胡桃は着信して、
胡桃「もしもし」
里美の声「胡桃さん、ヒロト、いってます？」
胡桃「ええ」

○木村不動産・中

里美が電話に、

里美「よかった。今、担任の中山先生から、ヒロトが給食中に突然教室を飛び出したまま戻ってこないけど、家に帰っていないかって、問い合わせの電話があったのよ」

胡桃の声「今、お宅まで送っていきます」

里美「すみません。お手数かけて。(言って切ろうとするが、不安がつのって)ねえ、また変になってるんじゃない?」

○三枝家・座敷

携帯をかけながら胡桃がヒロトを見る。ヒロトはカッちゃんになって、久米子と遊んでやっている。そばで悦子が畳の上にキャラメルを並べて、公平に五人分の分配をしている。

胡桃「(言いようがなくて)ともかく連れていきます」

○木村不動産・中

里美が電話に、

里美「(がっくりして)やっぱり、また変になってるのね」

胡桃の声「じゃあ」

言って切れる。里美も切って、考え込む。ちょっと間があって、電話が鳴る。

里美「（元気がなく）木村不動産です」

圭吾の声「ダディーズ・キッチンだけど、見山若菜先生がきてくださったんだよ」

里美「え?!」

○「ダディーズ・キッチン」・店の中

圭吾が電話をかけている。若菜がきている。若菜は洋服を着て、足元には祈禱用の衣装の入ったスーツケースが置いてある。かおりが、若菜の前にコーヒーを出す。

圭吾「（電話に）高井君の説明不足があって、先生はヒロトがもっと小さい子供で、いつでも家にいると思われたんだそうだ。どうする？　あんまりお時間がないそうなんだけど」

○木村不動産・中

里美が電話に取りつかんばかりにして、

里美「それが、ちょうどいいことに、学校を飛び出して、今、胡桃さんの家にいるんですよ」

圭吾の声「また始まったのか？」

里美「そうなんです。それで胡桃さんがここに連れてきてくださることになっているんです。

お願いします。見山先生にお願いしてください。お願いします。お願いします」

と必死の思いで、頭をペコペコ下げる。

○三枝家・表

ヒロトを連れた胡桃が玄関に鍵をかけている。ヒロトはヒロトに戻っている。

胡桃「（かけ終えてから）ヒロト君、どこで、どうしたらカッちゃんになっちゃうのかほんとに解らないの？」

ヒロト「解らない。……ただ、久米子ちゃんがとっても可愛くて、級長や悦ちゃんたちがとっても懐かしかったって気持ちは、憶えているんだよね」

胡桃「お母さん、心配してるよ。なんて言おうか？」

ヒロト「言いようがないよ。ぼくにだって解らないんだもの」

二人はヒロトの家に向かっていく。

○木村不動産・表の道

胡桃とヒロトがくる。二人は中へ。

○同・中

胡桃とヒロトが入ってくる。と、祈禱用の衣装に着替えた若菜と圭吾と里美が待っている。

胡桃「（驚いて、圭吾に）どうしたの、パパ？」

圭吾「見山先生にヒロトを見ていただくんだよ。（若菜に）この子が問題の子供です」

若菜「（ヒロトを見つめて）きみの名前は？」

ヒロト「木村ヒロト」

里美「戻っているわ」

若菜「ここへお座り」

と自分の前の椅子を指す。ヒロトは座る。若菜は持ってきた手提げ袋の中から、おもむろに懐紙と、布袋を出すと、中の粗塩を懐紙の上に盛って、ヒロトの前に置き、

若菜「はい。眼を瞑《つぶ》って、少し心を落ち着けようね。眼を瞑ってェー！」

で、ヒロトは眼を瞑る。

C・M

○木村不動産・中

ヒロトは若菜の前で、神妙に眼を瞑っているが、

若菜「それでは、息を吐くよ。さあ、大きく吐いてェー」

ヒロトは吐く。

若菜「はい、大きく吸ってェー」

ヒロトは吸う。

若菜「はい、吐いてェー。吐いたら、息を止める！（印を切って）うむ‼ よし、楽に息をして」

ヒロトは普通呼吸になる。

若菜「きみの名前は？」

ヒロト「木村ヒロト」

若菜「生年月日は？」

ヒロト「×年×月×日」

若菜「お父さんの名前は？」

ヒロト「いません」

里美「（横から）あの、未婚の母なものですから……」

若菜「（頷いて）お母さんの名前は？」

ヒロト「木村里美」

若菜「兄弟は？」

ヒロト「いません」

若菜「（ポンと手を叩いて）はい。よろしい」

ポカンと見ている圭吾と里美と胡桃。若菜は数珠を出すと、若菜「（ヒロトに）はい、もう一度目を瞑って」
ヒロト「（目を瞑る）――」
若菜はヒロトに向かって数珠をもみながら合掌し、瞑黙するとおもむろに真言を唱え始める。
若菜「のうまくさんまんだーばーざらだーせんだーまーかろしゃーだーそわたやうんたらたーかんまん」
唱え終わると、ヒロトを見つめて、
若菜「さあ、息を吐いてェー」
ヒロト「（吐く）――」
若菜「はい、大きく吸ってー」
ヒロト「（吸う）――」
若菜「吐いてェー。息を止めてェー。（不動独鈷の印を結び）バン！　ウン！　タラク！　キリク！　アク！（と切って）ウン‼（とヒロトの心臓に向かって突き出してから、ちょっと間を置いて）きみの名前を聞くけど、その前に楽に息していいよ」
ヒロトは普通呼吸になる。
若菜「さあ、きみの名前を言ってごらん」
ヒロト「（カッちゃんになっている。はきはきと）星野勝利です」
で、圭吾と里美は驚く。胡桃は不安。

若菜「生年月日は？」
ヒロト「昭和七年五月十八日です」
若菜「お父さんの名前は？」
ヒロト「星野久造です。（得意気に）昭和十九年××で名誉の戦死を遂げました」
若菜「お母さんの名前は？」
ヒロト「星野とよです」
若菜「兄弟は？」
ヒロト「妹が一人おります。名前は星野久米子です」
若菜「住所を憶えているかな？」
ヒロト「憶えております。東京府××区××町××番地で、父が星野豆腐店を営んでおりました」

で、圭吾と里美と胡桃は思わず顔を見合わせてしまう。

若菜「きみはいつ、どこで、どうやって死んだの？」
ヒロト「昭和二十年三月九日、母ちゃんと大森の親戚の家にいって、空襲を受け、死にました。即死でした」
若菜「きみはなぜ、ヒロト君に憑くのか？」
ヒロト「憑くのではありません。ヒロトはぼくです。ぼくはヒロトです」

若菜は、数珠を激しくもむと、瞑黙、合掌して、もう一度、

若菜「のうまくさんまんだばーざらだせんだまかしやだ　そわたや。うんたらた。かんまん」

と早口で真言を唱え、念じる。間があって――。

若菜「(眼を開けて、里美たちに)解りました。この星野勝利という子供は、ヒロト君の前世です。なにかの拍子に、ヒロト君は自分の前世を垣間見てしまったんですね。インドやチベットなどではよくあることです。心配はいりません」

里美「どうしたらいいんでしょうか」

若菜「ヒロト君の垣間見てしまった前世を、封じておきましょう」

言うと、ヒロトに、

若菜「両手を開いて」

ヒロト「(開く)――」

その上に若菜は塩をひとつまみずつ載せて、

若菜「はい、手を握ったら眼を瞑ってェ」

ヒロト「(眼を瞑る)――」

若菜「もう一度深呼吸をするよ。はい、息を吐いてェー。はい、大きく吸ってェー。吐いてェー。大きく吸ってェー。はい、吐いてェー。(不動独鈷の印を結び)バン！　ウン！　タラク！　キリク！　アク！　ウン！(と切って、最後に)エイ！　ボロン！(と剣印を切って)よろ

しい。眼を開いて。ちょっと汚れるけど、パッパッと手のひらのお塩をはたいて！」

ヒロトは、はたく。ヒロトの手の中の塩はさらさらになって落ちる。

若菜「そう。それでよろしい。（里美に）もう、大丈夫です。ヒロト君は勝利君だったことを思い出すこともないし、勝利君に変身することもありません」

里美「先生、ありがとうございました。ありがとうございました」

頭を何回も下げる。

○「ダディーズ・キッチン」・表

「準備中」の札が掛かっている。

○同・中

コーヒーを飲みながら、竜子が圭吾に、

竜子「そんなことってあるんですかねえ」

圭吾「驚いたよ」

竜子「信じられませんね。でも、もし生まれ変わりがあるとしたら大変なことですよ」

圭吾「どうして？」

竜子「死んだらそれで終わりと思っているから、皆いい加減に生きているんです。でも、死んでもまた生まれ変わってくるとしたら、人の生命には終わりがないということですから、人をいじめたり、傷つけたり、盗みをしたり、ともかく悪いことをしたら、それは消えることなく、ずっと、ずっと自分がしょっていくことになるじゃありませんか」

圭吾「そうか。そういうことになるね」

竜子「そうですよ。うかうか生きてはいられませんよ」

○オアシス・トラベル・表

みどりが出先から戻ってくる。

○同・中

みどりが入ってくる。それぞれパソコンに向かっている悟と強が、

悟「お帰り」

強「お帰りなさい」

みどり「ねえ、お昼、なにか食べた？」

悟「焼魚定食」

みどり「(強を指差す)――」

強「同じく」

みどり「へえー、御膳所の焼魚定食、千円するんだよね。リッチじゃない」
悟「たまにはね」
強「たまにはね」
みどり「ふーん。なんか、匂うんだよね」
悟「なんの匂いよ」
みどり「あたしに、なんか秘密がありそ、って感じ」
電話が鳴る。強が取って、
強「オアシス・トラベルです。……ぼくです。……」
みどり「(悟に) 違う?」
悟「考えすぎ」
強「(電話に) わざわざ、すみませんでした」
と、切って、
強「主任、叔母からで、見山先生がダディーズ・キッチンにいってきてくれたそうです」
悟「ありがとう。叔母さんによろしく言っといて」
みどり「見山先生って、誰?」
強「(咄嗟に) 英語の先生」
悟「(も、合わせて) ダディーズ・キッチン、この頃外人のお客が多いから、胡桃のお岳父《とう》さんが英会話を習うことになって、紹介して貰ったわけ」
みどり「（なにか、うさん臭さを感じていて）ふーん」

○三枝家・座敷

胡桃がぽつねんと座って、
胡桃「行彦さん！……行彦さん！」
と呼んでいる。もう何回も呼び続けたという感じ。
胡桃「（諦め切れずに、もう一度呼ぶ）行彦さん！」
時任が、スーッと現れる。
胡桃「よかった。……夕べから、何回呼んでも出てきてくださらないから、もう会えないのかと思いました」
時任「出てきたかったのでありますが、出ることができなかったのであります」
胡桃「どうしてですか？」
時任「それが解らないのであります。出ようとすると、なにか力強いものに、遮られるような、抑えられるような、不思議な感覚がしたのであります」
胡桃「不思議と言えば、あたしも不思議な夢を見ました」
時任「どんな夢でありますか？」

胡桃「誰かに呼びかけられたんです。胡桃、胡桃、聞こえるかって……」
時任「それで？」
胡桃「そこで眼が覚めてしまったんです」
時任「（考えているが）わたくしもあのとき、何者かに呼ばれたような記憶があります」
胡桃「なんだったんでしょうか？」
時任「解りません。……ただ、昨日、胡桃さんとお別れしてから、戦死したときのことを鮮やかに思い出したのであります」
胡桃「（驚く）戦死なさったときのことをですか？」
時任「はい。……わたくしは生前、戦場に臨みながら敵を一兵も倒す機会を得ないことを、軍人として恥じておりました。ところが、死を迎える瞬間、敵を一兵たりとも倒さなかったことに、深い安らぎを感じたことを思い出したのであります」
胡桃「（胸に迫るものがあって、深く、頷く）――」
時任「そのことを思い出しながら、あの安らぎがあったからこそ、今、こうして胡桃さんへの愛を繋ぐことができたのだと思いました」
胡桃「あたしは映画やテレビの中の戦争しか知りませんけど、今のお話、胸の中が温かくなるようなお話でした」
時任「人間は色々な時代を生きなければなりませんが、その時代の正義が、本当の正義であるかどうか、見極めることは難しいことであります」

胡桃「（深い所で理解して）そうかもしれませんね」

時任「胡桃さん、わたくしは胡桃さんと同じ時代を生きたかったと思います」

胡桃「あたしもです」

言って、二人は見つめ合う。その時任がスーッと消えかかる。

胡桃「行彦さん！　待って！　まだお話があるの！　カッちゃんのことが解ったの」

時任の姿が元に戻る。

胡桃「カッちゃんはヒロト君の前世だったんですって」

時任「前世？」

胡桃「カッちゃんは亡くなったけれど、生まれ変わってヒロト君になったんですって」

時任「解りません。わたくしはすでに死んでいるにもかかわらず、死の世界についてなにも理解していないのであります」

言うと時任はスーッと消えていく。

胡桃「待って、行彦さん！　消えないで！　行彦さん！　行彦さん！」

が、時任は現れない。

胡桃「（切なく）行彦さん！」

と呼ぶが、時任は現れない。胡桃は悲しい。その胡桃の顔に、O・Lして——。

○清冽な川の流れ（胡桃の夢）

その川面に光る陽の光。キラリと光る陽の光。

声「（微かに）胡桃……胡桃……」

○川面に光る陽の光

キラキラと川面に光が躍っている。

声「（はっきりとした声で）胡桃、……聞こえるかな、三枝胡桃……」

胡桃の声「はい、聞こえます」

声「少し話がしたい。……いいかな」

胡桃の声「あなたは誰ですか？」

声「胡桃にはなにに見える？」

光がキラリ、キラリと川面に躍る。

胡桃の声「光……光に見えます」

声「それでいい……」

胡桃の声「お話って、なんですか？」

声「胡桃は時任行彦を愛している……」

胡桃の声「はい」

声「いけない愛だ……」

胡桃の声「どうしてでしょうか」

声「死者に愛を抱くことはいい。けれども、その愛は、生きている者が抱き合う愛と、同じ愛であってはいけない……」

胡桃の声「解りません。仰有っていることがよく解らないんです」

声「死者への愛は祈りでなければいけない」

胡桃の声「祈り？」

声「人は生命《いのち》の旅を旅して、再び生命のもとに還っていかなければならないのだ。……時任行彦はすでに生命の旅を終えてしまった人間なのだ。……生命のもとへ還っていくことを祈ってやるのが……胡桃……本当の愛なのだよ」

胡桃の声「じゃあ、別れろって仰有るんですか？」

声「生きている者が抱き合う愛と、同じ愛を時任行彦に抱けば……時任行彦はこの世に執着を強くするばかりだ。……祈ってあげなさい、胡桃……」

胡桃の声「（泣き声になって）どうして、……どうして、生命のもとへ還らなければならないんですか」

そこへ圭吾の声が入ってくる。

圭吾の声「胡桃！　どうしたんだ？」

○三枝家・座敷（現実）

圭吾に揺り起こされて、テーブルの上に顔を押し当ててうたた寝していた胡桃が眼を覚ます。

圭吾「こんなところで、寝ちゃって」

胡桃はまだ定かではなく、呆然と圭吾を見る。その頬に涙が流れている。

圭吾「なんだ、泣いてるじゃないか。なんの夢を見てたんだ？」

胡桃の心の声「そうか。あの夢を見せられるために、あたしは眠らされたんだ……」

圭吾「ぼんやりしていないで、眼を覚ましなさい」

胡桃「うん。もう大丈夫。それより、パパ、お店は？」

圭吾「携帯を鳴らしても出ないから、心配で、準備中のうちにちょっときてみたんだよ」

胡桃「お茶淹れようか」

圭吾「いいよ。あんまり時間がないから。時任中尉さんには会っているのか？」

胡桃「うん」

圭吾「解っていると思うけど、あの人は死んだ人なんだから、あんまり気持ちを持つのはよくないよ」

胡桃「――」

圭吾「それに悟君が、かなり気にしているの、感じているだろ?」
胡桃「うん」
圭吾「そんなことで夫婦仲が悪くなったら困るだろ」
胡桃「――」
圭吾「悟君もパパも、白菊さんが見つかれば円満解決すると思っていたけど、あんな結果だったし、……どうしたもんだろうな」
胡桃「大丈夫だよ、パパ。……きっと行彦さんとは別れることになると思う……」
そう言う胡桃の眼から、涙が溢れ出る。
圭吾「(それを見て)そんなに好きになっていたのか、あの人を……」
胡桃は慌てて涙を拭く。

○「ダディーズ・キッチン」・表
夜。店は閉まっている。

○同・二階・ダイニングルーム
圭吾が、戦艦大和のプラモデルを作っている。まだ三分の二くらいしか出来上がっていない。今夜は例の「同期の桜」の歌も出ない。時折出るのは嘆息ばかり。そこへ湯上がりの竜子がくる。

竜子「おや、今夜はまた静かですねえ。歌も出ないじゃありませんか」
圭吾「（手を動かしながら）……それどころじゃありませんよ」
竜子「なにかあったんですか？」
圭吾「（手を止めると、竜子を見て）胡桃が、……時任中尉さんに恋をしている……」
竜子「やっぱり……」
圭吾「やっぱりって、おばあちゃん、気がついていたの？」
竜子「だから、胡桃があの中尉さんに、気持ちを寄せ過ぎるのが心配だって、言ったでしょ」
圭吾「どうしたもんだろ？」
竜子「どうしたもこうしたもないでしょ。胡桃は人妻ですよ。それにお相手はもう亡くなっている人ですよ。こんな不自然なことがありますか。絶対にあってはならないことです」
圭吾「そうだけど、水を掛けて消えるものでもないだろ」
竜子「だいたいあなたは、胡桃に甘過ぎるんです。それだけはしっかり言って聞かせなさい」
圭吾「（大きく嘆息する）――」

○三枝家・居間

胡桃がぼんやりテレビを観ている。湯上がりの悟がきて、

悟「阪神どうだった？」

胡桃「――」
悟「観てたんだろ、スポーツニュース」
胡桃「え？」
悟「阪神は勝ったのかって聞いてるの！」
胡桃「あ、観てなかった」
悟「テレビの前でなに見てるんだよ」
胡桃「ごめん」
悟「ぼんやりしちゃって。もういやになっちゃうよ」
　と、大きく嘆息。

―つづく―

第二十五話

○木村不動産・表の道
　朝。悟が出勤していく。掃除をしていた里美が、里美「三枝さん、ありがとうございました。見山若菜先生をご紹介いただいたおかげで、ヒロトがもとのヒロトに戻りました」

悟「よかったですね」

いきかけるが、足を止めて、

悟「そんなに力があるんですか？　あの霊能者？」

里美「ええ、もう、うんたら、かんたら、えい！　とか言って、見ている前で、ヒロトを直してくれました」

悟の心の声「おれも、その、うんたら、かんたら、の力を借りて、あいつを追い出したいんだけどな……」

里美「どうかされたんですか？」

悟「(我に返って) いえ。いってきます」

と出勤していく。

里美「いってらっしゃい」

と見送って、中へ。

○同・奥の部屋

ヒロトがランドセルを横に置いて、テレビゲームをしている。里美が覗いて、里美「なにやってるのよ、ヒロト！　朝から晩までゲームをして、カッちゃんになってるときの方がよっぽどいい子だったじゃない。高いお金払ってヒロトに戻して貰って、ママ、損しちゃったわよ！」

タイトル「ディア・ゴースト」

ランドセルをしょったヒロトとシノンとツバサが下校してくる。

シノン「（ヒロトに）じゃあ、ほんとに、カッちゃんになったこと憶えてないの？」

ヒロト「どうしてぼくがカッちゃんになるの？　ぼくは木村ヒロトだよ」

ツバサ「これだもんね」

シノン「可哀想に、久米子ちゃん、また泣くよ」

ツバサ「ねえ、なんでそんなことになっちゃったのさ？」

ヒロト「知らないよ」

シノン「胡桃さんは知ってるんじゃないかな」

ツバサ「いってみようよ」

○三枝家・庭

胡桃が日々草に水をやっている。悦子と久米子が観ている。

久米子「……きれい……」

胡桃「二人とも、お花が好きね」

悦子「戦争が激しくなってから、お花畑はみんな、食べられるお芋畑に変わってしまったんです」

胡桃「そうだったの」

悦子「……（心もとなく）……時任中尉さんは、どこへいっているんでしょうか」

胡桃「解らないけど、でも必ず帰ってきてくれると思う。あの人は、久米子ちゃんや悦ちゃんたちをここへ置きっ放しにして、どこかへいってしまう人ではないと思う」

悦子「（頷く）――」

そこへ、玄関からシノンたちの声。

ヒロトの声「こんにちは」

久米子「（嬉しい）カッちゃんだ……」

シノンの声「胡桃さん、上がってもいいですか？」

胡桃は玄関に向かって、

胡桃「どうぞ」

で、中へ。久米子も悦子も続く。

○同・座敷

久米子と悦子が上がってきて、シノンとツバサと一緒に入ってきたヒロトに、

久米子「カッちゃん……」

と飛びついていく。が、もうこの間のように、ヒロトに抱きつくことができない。久米子の手はヒロトの体を通り抜けてしまう。久米子は呆然と立ち尽くすが、次の瞬間、「わーっ」と泣き出す。

その泣き声に、拓郎と勇吉と昭一が姿を現して、

拓郎「どうしたんだ、久米子ちゃん！」

シノンもツバサも悦子もその様子に呆然となっていたが、

シノン「どうして？」

悦子「どうして、なんですか。この間までカッちゃんになって、久米子ちゃんを抱いていたのに」

ツバサ「ヒロト、抱いてあげろよ」

ヒロトは一同に見つめられているので、仕方なく久米子を抱き上げようとするが、ヒロトの手はやはり久米子の体を通り抜けてしまう。

拓郎「カッちゃん、どうしたんだ？」

ヒロト「ぼくはカッちゃんじゃないよ。木村ヒロトだよ」

悦子「自分で言ったじゃないの。おれは星野勝利だって」

昭一「そうだよ」

ヒロト「言うわけないじゃん。ぼくはヒロトだもの」

勇吉「なにがなんだか、さっぱり解らん」

胡桃「あのね、昨日、ヒロト君がどうして亡くなった勝利君になってしまうのか、霊能者の先生に観て貰ったの」

久米子はまだ泣きじゃくり、一同は真剣な顔で聞いている。

胡桃「そうしたら、ヒロト君の生まれる前は、久米子ちゃんのお兄ちゃんの勝利君だったんですって。勝利君は空襲で亡くなって、ヒロト君に生まれ変わったんですって。ヒロト君はそれを思い出して、ときどきカッちゃんになったりしていたんだけど、それじゃあ混乱するから、霊能者の先生が、ヒロト君の中にあるカッちゃんの記憶を消してくれたの」

勇吉「解らん」

拓郎「ぼくも解らない。どうしてカッちゃんだけ、ヒロト君に生まれ変わったんだろ」

シノン「そうだよね。拓郎君や悦ちゃんたちだって、カッちゃんと同じ条件なんだから生まれ変わったっていいはずだよね」

ツバサ「(胡桃に)どうしてこの子たちは生まれ変わらないの?」

ゴーストの子供たちは答えを求めて、食い入るように胡桃を見つめる。

胡桃「あたしにも解らない。霊能者の先生に聞けばよかったんだけど、あなたたちがここにいることを話せなかったから、聞けなかったの。ごめんね」

ゴーストの子供たちは、とても悲しい。

○陽炎立つ路面を、都電が、ゆらゆらと走っていく

胡桃の声「行彦さんが姿を現さなくなってから、五日経った……」

○三枝家・台所

胡桃が豆腐と油揚げの味噌汁を、六つのお椀によそっている。

胡桃の声「とても心細がっている悦ちゃんや拓郎君たちのために、あたしは毎日、おにぎりをにぎり、行彦さんの好きなお豆腐と油揚げの味噌汁を作った……」

お盆に載せて運んでいく。

○同・座敷

テーブルの上の大皿に、のりを巻いた五個のおにぎりと、時任のための一個のおにぎりを載せた皿が並んでいる。胡桃が味噌汁を運んでくる。

胡桃「悦ちゃん、久米子ちゃん、拓郎君、ゆうきっちゃん、昭ちゃん、出ていらっしゃい。ご飯ですよ」

で、五人が出てくる。

胡桃「これは行彦さんのね」

と時任の席を作り、おにぎりと味噌汁を供えて、

胡桃「さあ、どうぞ」

で、子供たちが食べようとしたとき、

拓郎「あ?!　時任中尉さんだ！」

で、一同が見ると、廊下に時任が現れる。子供たちは「中尉さん！」「中尉さん！」と口々に言いながら、時任に飛びついていく。時任は遅れてやってきた久米子を抱き上げ、

時任「寂しい思いをさせて悪かったな」

拓郎「どこへいってたんですか？」

悦子「もういかないでください」

時任「もういかない。どこへもいかないから安心しなさい」

言って、見つめている胡桃を見る。二人は見合って――。

C・M

○三枝家・座敷

時任と胡桃がテーブルをはさんで、向かい合って座っている。子供たちはいない。テーブルの上も片付いている。

胡桃「どこへいってらしたんですか？」

時任「光と対話しておりました」

胡桃「光？」

時任「はい。わたくしは、わたくしの存在が三枝さんにご迷惑をかけ、胡桃さんのお父様とお祖母様にご心配をかけていることを光によって知らされました」

胡桃「じゃあ、行彦さんもあの声を聞かれたんですか？」

時任「聞きました。一刻も早く、生命の源《みなもと》へ還っていくようにと諭されました」

胡桃「どうして、還っていかなければならないんですか」

時任「――」

胡桃「どうして、ここにいてはいけないんですか」

時任「（答えられない）――」

と、声がする。

声「まだ解らないのか」

胡桃「解りません」

声「二人とも、よく聞きなさい。生命というものは絶えることなく、ありとあらゆる時代を生きるものなのだ。……だが、その生命は、生命の旅をして、生命の旅を終えたとき、肉体を離れ、魂となって、生命の源に還っていかなければならないのだ」

胡桃「どうしてなんですか？」

声「また、新たな生命として再生のときを迎えるためにだ」

胡桃「じゃあ、行彦さんも生まれ変わるんですか？」

声「そうだ。生まれ変わるのは時任行彦だけではない。生命あるものすべてなのだ」

胡桃「じゃあ、あの子たちも？」

声「勿論だ。それなのに、ここにいることがあの子供たちの再生を妨げている。時任行彦、責任は重いぞ」

時任「どうすればよろしいのでありますか？」

声「あの子供たちを伴って、一刻も早く、この現世を去り、生命の源へ還っていくことだ」

○清冽な川の流れ

　川面にキラキラ光る陽の光。

声「胡桃……時任行彦の旅立ちを支えるものは、胡桃の祈りなのだ。……それがまことの愛なのだ」

○三枝家・居間

　時任と胡桃。二人は見つめ合う。胡桃の眼から涙が溢れる。

胡桃「なんでこんな悲しい出会い方をしたんでしょうか」

時任「泣かないでください」

胡桃「でも……（泣けてくる）……でも……」

声「胡桃……まだ解らないのか。……胡桃が泣いたら時任行彦は執着を断ち切るどころか、執着を増すばかりではないか……」

胡桃「（素直に）はい」

と言って、涙を拭く。

声「胡桃、祈りなさい。時任行彦のために祈りなさい……」

胡桃は合掌し、瞑黙する。その胡桃の敬虔な祈りの姿。時任の姿が消えていく。

○川面にキラキラ光る陽の光

○三枝家・座敷

胡桃がテーブルに伏せてうたた寝をしている。胡桃はふと眼を覚ます。胡桃は周囲を見廻す。

胡桃「夢だったのかしら。……違う。あれは夢なんかじゃない。……（呼ぶ）行彦さん！　行彦さん！」

が、時任は姿を現さない。胡桃は寂しい。

○同・表
　夕方。
○同・座敷
　誰もいない部屋。
胡桃の声「そして、その日の夕方だった……」
　洗濯物を取り込んだ胡桃が上がってきて、洗濯物をたたみ始める。
時任「胡桃さん」
　胡桃は顔を上げる。その顔がパッと輝いて、
胡桃「行彦さん！」
時任「(胡桃を見つめる)――」
胡桃「――」
時任「わたくしは、考えた末、……旅立つことを決意致しました」
胡桃「旅立つって？」
時任「還るべきところに還るためであります」
胡桃「やっぱり、あの、光の声は夢ではなかったんですね」

時任「はい」

胡桃「――」

時任「わたくしだけのことでありますなら、罰せられてもいい、生まれ変わらなくてもいい、胡桃さんと共に在《あ》りたいと思います。しかしながら、五人の子供たちへの責任を問われればいかんともしがたいものがあります」

胡桃「(も、辛い)――」

時任「わたくしは、切実に思いました」

胡桃「(時任を見つめる)――」

時任「わたくしが、いつの日か、新たな生命として、この世に再び生まれ出るとき、……そのときこそ、胡桃さんと出会いたい。恋人でなくてもいい。……兄妹であってもいい。……母と息子であってもいい。……どんな形であってもいいから、胡桃さんと出会いたいと思うのであります」

胡桃「あたしもです。……生命のある行彦さんと、お会いしたいです……」

時任「ですから、そのときのために憶えていて欲しいのであります。……こうして出会ったことを、……こうして、あなたの眼の前に、わたくしが存在したことを……」

胡桃「憶えています。……約束します……」

二人は見つめ合う。

時任「（きっぱりと）明日《あす》、お別れに参上致します」
胡桃「（驚く）明日《あした》?!」
時任「はい。あの五人の子供たちのために、急がねばなりません」
胡桃「（言葉がない）――」
時任「（感情を振り切るように）そのことを、三枝さんと、胡桃さんのお父様とお祖母様にお伝えください」
言うと、時任は姿勢を正して挙手の礼をする。そして姿を消す。胡桃は動けない。時任の消えた空間を見つめる。
C・M

○三枝家・居間
髪をアップにした胡桃が、竜子に喪服の着付けをして貰っている。喪服を着た圭吾がきて、
圭吾「おばあちゃん、お線香とお線香立ては持ってきたよね」
竜子「お父さんのお仏壇から借りてきましたよ」
そこへ悟が外から戻ってきて、
悟「（胡桃を見て）なに、その恰好？」
圭吾「なにじゃないだろ。どこへいってたの」

悟「コンビニに雑誌を買いに」
圭吾「呑気なこと言ってないで、きみも早く着換えなさいよ。お坊さんをお待たせしているんだから」
悟「お坊さん？」
圭吾「時任中尉さんをお送りするのに、お坊さんなしじゃあ形がつかないだろ」
悟「ほんとに出ていくんですか？」
圭吾「きみも疑い深いね」
悟「そう言うけどお父さん、ここに引っ越してきてから、一カ月半ずっと悩んできたんですよ。突然出ていくと言われても、ああ、そうですか、なんて簡単には信じられませんよ」
圭吾「そりゃあ、きみの気持ちも解るけど、ともかくちゃんとお見送りしようじゃないか」
と、線香と線香立てを持って座敷へ。胡桃が喪服を着終える。いつもと違う胡桃が、悟には眩しい。
悟「いやあ、なんか、本格的だなあ」
胡桃「なに言ってるのよ。喪服を出してあるから、サトちゃんも早く着換えてよ」
悟「はい、はい」
と居間へ。そこへ、フォーマル・ウェアを着たシノンがきて、
シノン「胡桃さん、お坊さんが仏さん用のお茶を用意してくださいって」
胡桃「はい」

竜子「じゃあ、あたくしはあちらへいってますよ」

とシノンと一緒に座敷へ。

○三枝家・座敷

部屋の中央に白布をかけた小机が置かれ、その前に禅僧が座って、線香立てに線香を立てている。背後に、悟と胡桃の席を空けて、竜子、圭吾、ヒロト、シノン、ツバサの順で座っている。胡桃がお茶を運んできて、禅僧の前にお茶を出して、

胡桃「本日はお忙しいところをお運びいただきましてありがとうございました」

と挨拶する。禅僧は会釈を返し、線香立ての横にお茶を置く。

禅僧「それでは、お経を始めたいと思いますが、皆さん、お集まりいただけましたか？」

そこへ、喪服に着換えた悟が入ってきて、

悟「遅くなりました」

と禅僧に挨拶する。圭吾が悟の座を示す。悟はそこへ座る。胡桃もその隣に座るが、読経を始めようとする僧侶に、

胡桃「あの、まだ、いらしてませんけど……」

禅僧「お経が始まれば見えるでしょう」

言って、臨済宗の作法に法《のっと》って、読経を始める。

禅僧「南無喝囉怛那《なむからたんのー》　哆囉夜耶《とらやーやー》、南無阿唎耶《なむおりやー》　婆盧羯帝爍盋囉耶《ぼりよきちいしふらやー》　菩提薩跢婆耶《ふじさとぼやー》　摩訶薩跢《もこさと》婆耶《ぼやー》　摩訶迦嚧尼迦耶《もこーきやるにきやー》　唵《えん》　薩皤囉罰曳《さーはらはえい》　数怛那怛写《しゅたのーとんしゃー》　南無悉吉慄埵伊蒙阿唎耶《なむしきりーといもうおりやー》　婆盧吉《ぼりよき》帝《ちい》　室仏囉楞駄婆《しふらーりとぼー》　南無那囉謹墀醯唎摩訶皤哆沙咩《なむのらーきじきりーもこほどーしゃみ》　薩婆《さぼー》……」

床の間を背にして、小机の前に時任と悦子と久米子と拓郎と勇吉と昭一が浮かび出るようにして現れる。読経は続くが禅僧の声は消えて……。

胡桃の心の声「行彦さん！」

時任の心の声「胡桃さん！」

二人は激しく見合う。が、時任は想いを吹っきるように、一同に向かって挙手の礼をして、

時任「皆様、長いことお世話になりました」

圭吾「いえ、こちらこそ、娘と婿がお世話になりました」

竜子「それなのに、わたくしどもはなにもして差し上げられなくて、それが心残りでございます」

悟「本当にこんなに早くお別れするなら、もっと親切にすればよかったと、反省しています」

時任「いえ、わたくしは皆様の温かいお心をいただき、充分感謝致しております。子供たちも同じでありますす」

拓郎「本当にありがとうございました。ヒロト君、ツバサ君、シノンちゃん、一緒に遊んだこと忘れません」

悦子「胡桃さん、一緒に見たお花が美しかったこと、忘れません」
勇吉「おにぎりのこと忘れません」
昭一「ぼくも忘れません」
久米子「久米子も……」
ヒロト「ぼくも忘れない」
シノン「あたしも」
ツバサ「ぼくも……」
　胡桃の頬に、竜子の頬に涙が溢れ落ちる。
時任「それでは、皆さん！　お達者で」
　と挙手の礼。
竜子「待ってください。……向こうへいらして、わたしの主人にお会いになったら、……主人は榊文平と申しますが……わたくしは再婚もせず、女手一つで息子を育て上げ、息子は今年五十二歳を迎え、孫も結婚して皆息災だと、そうお伝えくださいませ」
時任「解りました。必ずお伝え致します」
　言って、もう一度胡桃を見る。
時任の心の声「胡桃さん！　憶えていてください。……出会ったことを、……自分がこうして存在したことを……」

胡桃の心の声「（滂沱《ぼうだ》の涙で）憶えています。……またお会いする、その日のため、……あなたのことを憶えています」

時任は、その胡桃に改めて、挙手の礼。

○同・表の道

時任とゴーストの五人の子供たちが、門から出てくる。胡桃と竜子と悟と圭吾とヒロトとシノンとツバサが送っている。禅僧が読経を続けている。

禅僧「世尊《せーそん》妙相具《みょうそうぐー》　我今重問彼《がーこんじゅうもんぴー》　仏子何因縁《ぶつしーがーいんねん》　名為観世音《みょういーかんぜーおん》　具足妙相尊《ぐーそくみょうそうそん》　偈答無尽意《げーとーむーじんにー》
汝《にょー》　聴観音行《ちょうかんのんぎょう》　善応諸方所《ぜんのうしょーほうしょー》　弘誓深如海《ぐーぜいじんにょーかい》　歴劫不思議《りゃくこうふーしーぎー》……」

時任は門を出ると直立不動の姿勢をとり、

時任「さようなら、皆さん！」

と挙手の礼。そして踵を返すと子供たちを伴って去っていく。禅僧の読経は続いて——。見送る胡桃たち。だが、時任も子供たちも振り向かない。そして消え去っていく。胡桃の頬を濡らす涙。

○同・座敷

圭吾が紙袋の中から戦艦大和のプラモデルを取り出して、テーブルの上に置いて、

圭吾「時任中尉さんにお見せしたかったんだが、お別れが突然だったんで間に合わなかった」

胡桃と悟と竜子が眺めて、

胡桃「これが行彦さんの乗っていた戦艦大和なんだ」

圭吾「うん。時任中尉を含む三千名余りの兵士が乗っていて、生存者は二百七十六名だったというから、壮絶な最期だったんだろうね」

竜子「不沈戦艦大和と言われましたのにねえ」

圭吾「大和の最期を悟った学徒兵を含む若い将校たちは、闘わずして死んでいくことを自分に納得させるために議論したそうだ。そして彼らは、『この戦争は負ける』『しかし負けなければ日本は進歩しない』『負けて目覚める、それしか日本の未来はない』『その新生日本のために、先駆けて散る。まさに、本望ではないか』そう結論づけたんだそうだ」

悟も胡桃も聞いている。

圭吾「パパは、その話を図書館で読んだとき、とても辛い思いがしたよ」

胡桃と悟は圭吾を見る。

圭吾「新しく生まれ出る日本の先駆けとして死んでいった、時任中尉さんたちの気持ちを、私たちは今、生かすことができているのだろうか……」

胡桃と悟はそれぞれの思いで、戦艦大和のプラモデルを見つめる。

圭吾「あれから、五十五年経ってしまったが、あの人たちを無駄死にさせてはならないと思う。そのためには、皆が、今をしっかり生きることしかないだろう」

戦艦大和のプラモデル。

○三枝家・表

朝。

胡桃の声「あの日から一週間が経った……」

悟が出勤していく。庭箒を持った胡桃が追ってきて、

胡桃「いってらっしゃい」

と見送る。

悟「(振り向いて) いってきます」

と手を挙げて角を曲がっていく。胡桃は道を掃き始める。

胡桃の声「あたしたちに日常が戻った……少しずつだったけど、あたしたちは変わった……」

以下のシーンから、左横地が黒味となって、全スタッフ・キャストのタイトルが流れていって、エンディングへ。

○木村不動産・表の道

里美が店の前を打ち水している。悟が通りかかって、

悟「お早うございます」

里美「（振り向いて）お早うございます」
悟は出勤していく。
胡桃の声「なにがどう変わったのか、言い表せないのだけど……」
○「ダディーズ・キッチン」・二階・ダイニングルーム
竜子が、ヒロトとシノンとツバサとマサキとジュンとメイに、それぞれの学年に応じた算数を教えている。

胡桃の声「おばあちゃんは、時任中尉とあの五人の子供たちに出会ったことで、皆の背筋がぴんと伸びたのでしょう、と言っている……」

そう言えば子供たちの姿勢がよくなっている。
○同・店の中
圭吾が、客に料理を出している。
○オアシス・トラベル・中
悟がパソコンを打ち、強がカウンターで客の応対をし、みどりが電話を受けている。

○三枝家・縁側

胡桃が、庭に向かってガラス戸を磨いている。

胡桃の心の声「おばあちゃんの言う通りかもしれない。そうなら、どんなことに対しても背筋をぴんと伸ばして生きていく、それが行彦さんを憶えていることなのだと、あたしは思う……」

○戦艦大和のプラモデル

―完―

「紅絲禅　ドラマ『ピュア・ラブⅠ』より」作者ノート

「ドラマ30」がスタートしたのは一九九二年である。以来、私はこの枠を書き続けてきた。「ピュア・ラブ」は、八作目の作品で、ＰＡＲＴⅠ・Ⅱ・Ⅲと続いたので十作品書いたことになる。一作品が三十分×ペラ六十枚だから四十回連続で二千四百枚。よくまあ、書いてきたものだと我ながら思う。

「ピュア・ラブ」は三部合わせるとペラで七千四百四十枚の大河ドラマとなった。

未だに手書きの私は、朝起きて机に向かう。

昼食を済ませて、二時迄休み、抹茶をいただいて頭を澄み切らせてから、また机に向かう。

そして夜、二合の日本酒をゆっくり飲んで就寝。この日課を七カ月ほど続けて、完稿する。

遊んでいる暇はない。食料の買出しにいく娘に付き合うこともあるが、娘が買物している間、私は車の中でハコを作っている。こういう生活が結構楽しいのだ。もっとも若かったら、気が変になっているかもしれない。

しかし、「ピュア・ラブ」も若かったら書けなかった作品だと思っている。

私は子供の頃、路地裏で垣間見た一つの光景を未だに思い出すことがある。

セーラー服を着て、かすりのモンペをはいた女学生と陸軍将校の軍服姿の青年が、向かい合って立っていた。

何を話したのだろうか。青年は姿勢を正すと学生に向かって敬礼し、踵を返して去っていった。少女は動かずに見送っていたが、青年の姿が視界から消えるとこらえていたものが噴き出したように、手で顔を覆って泣いた。

胸がドキンとした。

「あ?! 戀《こい》だ!!」

子供の私はそう思った。

当時の私は、母の読んでいる婦人雑誌を盗み読みしていたから、「戀」という字も、「戀」とは胸がドキンとするものだということも、知っていた。あれから幾星霜、年を経る毎にあの光景は鮮明になって、私の脳裏に浮かんでくる。

ああいう、「戀」を書いてみたい。

人に想いを寄せるときめき、切なさ。

だが、「恋」という字も死語になって、ラブラブだの、恥も外聞もないできちゃった結婚の現代では、設定の仕様がない。

と思ったとき、私の頭に浮かんできたのが、僧堂で修行をする禅宗の雲水だった。

私の家の菩提寺は臨済宗で、雲水の修行道場である。従って、修行中の雲水を身近に見てきたし、老師にも可愛がられてきた。

修行中の雲水は、同じ年齢の若者たちと違って自由な時間の中で生きていない。僧堂という限られた場所で、畳一畳を起居の場とし、定められた流れに沿って生きているのである。

魚肉は一切口にせず、野菜と穀類だけを食し、無駄口は利かず、畑を耕し、寺内をくまなく清掃し、ただひたすら禅定する。

それが雲水の修行なのだ。

そういう修行中の雲水と恋をしたらどうなるのか。

勿論、僧堂に入ったら托鉢に出る以外は外出できない。ただ、師匠の寺で行事があるときは手伝いに、また師匠が病気になったときは暫暇《ざんか》（しばらくの休暇）をとって、看病にいくことができる。

「ピュア・ラブ」ではこの暫暇を使って、雲水を僧堂から出すことにした。

そして小学校教師の麻生木里子と出会うことにしたのだが、舞台となる街を設定するのに、私は非常に心を配った。

清らかな心で愛し合う二人の住む街は、清らかでありたい。住人たちも人に思いやりを持つ人たちでいて欲しい。そう考えて、ファーストシーンを、「この近くで、毒入りの餌がまかれ、犬や猫が殺される事件が起きています。注意してください」の貼紙を町内会長が貼っているところから始めた。皆が、動物たちのために、心を痛めているのだ。そして、そのそばの「かたつむり」という明石焼の店の前に一人の少年がうずくまっている。少年は母に捨てられて、伯父である「かたつむり」のマスターを頼ってきたのだが、伯父の忍は留守だった。そこへ通りかかったのが、やがて少年の担任になるヒロインの木里子だ。木里子は少年を放っておけず、家で預かることにしてパートで家に通ってきている戸ノ山さんに少年を迎えにきて貰うことにして、学校へ向かうのだが、次のシーンで雲水と運命の出会いをすることになるのである。

少年を預かることになった忍は、女言葉を使う心優しい人物で、やがて少年に母性愛を抱いていくのだが、なぜ忍をそういうキャラクターにしたかというと、今の女性に細かい心配りをさせたら嘘になると思ったからだ。

「ピュア・ラブ」Ⅰ、Ⅱのホームページに寄せられた視聴者からの書き込み件数は、一万一千百五十一件だったが、Ⅰが終わったとき、「ドラマが終わったとき、住み慣れた街から引っ越したような寂しさを感じた。またあの街に出かけてみたい」という書き込みがあって、それを読んだとき私は、あの街作りは間違っていなかったのだと思い、嬉しかった。

今回掲載させていただいた「紅絲禅」は、「Ⅰ」の総集編として構成した作品だが、ペラ二千六百四十枚の作品を二百四十枚にまとめた上に、すでに撮ってある画を繋ぐという、二重苦、三重苦の離れ業だっただけに、辛いものがある。むしろ、三部作の中から四本自選させていただいた方が帯ドラマの味が出たのではないかと後悔している。

（『ドラマ』十一月号、二〇〇三年）

紅絲禅

ドラマ「ピュア・ラブI」より

二〇〇二年十一月二十四日放送

製作著作　毎日放送
制作協力　MBS企画
制作　山田　尚
プロデューサー　山本　実
池田　仁美
（MBS企画）
山本　実
演出　芝野　昌之

〈登場人物〉
麻生木里子　小田　茜
麻生菊乃　高田　敏江
遠宮陽春　猪野　学
吉住忍　尾崎　麿基
成田牧子　衣通真由美
戸ノ山さつき　楠見　薫
鈴口典美　今村　雅美
森本宗達　川津　祐介
白井昭彦　石倉　三郎
麻生周作　篠田　三郎

○龍雲寺・山門

○同・庭

○同・隠寮

住職の森本宗達老師が抹茶を点てながら、

宗達「麻生先生の娘さんが、春《しゅん》さんと知り合いだったとは驚いた」

言って、茶筅を抜いて、

宗達「春さんはなにも言っておらんからな」

と茶碗を麻生木里子の前に置き、

宗達「まあ、お上がんなさい」

木里子「いただきます。（と一礼するが）あの、お作法が解らないんですけど……」

宗達「自由に飲みなさい。美味しく飲めばそれが一番じゃ」

木里子「（もう一度）いただきます」

と不調法に飲む。

木里子「（飲み終えて）ご馳走さまでした」

言って、宗達に茶碗を返して、

木里子「あの、肺気腫をベースにした喘息がおありだって聞きましたけど……」

宗達「禅坊主は空気のきれいな場所で生きとるから、本来肺気腫にはならんはずなのにと、あんたのお父さんは言われるが、現にここにおって、煙草も吸わんわしの肺胞が、プチン、プチンと潰れてしまったのじゃから、これは仏罰《ぶつばつ》というもんじゃな」

木里子「仏罰って?」

宗達「仏がわしに与えた罰《ばち》じゃ」

木里子「そんなに悪いことなさったんですか?」

宗達「(闊達に笑って)これは一本取られたな」

木里子「(宗達の言うことが解らない)でも、呼吸器の病気って苦しいんでしょ?」

宗達「そりゃあ、生きものは息を吸って生きとるんじゃから、そこを病むということは、息の根を止められることで、苦しいの、なんのって、これはまさに仏罰じゃよ」

言って、ワハハと大声で笑う。木里子はなにがおかしいのか、さっぱり解らない。

○同・廊下

雲水の遠宮陽春が外出先から帰ってくる。宗達の笑い声が聞こえる。陽春は隠寮の前に、正座・低頭して、陽春「お願い致します」
宗達の声「帰ってきたか」
陽春「はい。ただいま戻りました」
宗達の声「お入り」
陽春「失礼致します」
　言って、障子を開け、中に木里子がいるのに驚く。
宗達「お前さんの客人にお茶をあげたところじゃよ」
木里子「(陽春に)こんにちは」
陽春「(なんと答えていいか解らない)――」
宗達「闊達な娘さんで、久しぶりに大きな声で笑わせて貰ったよ」
陽春「――」
宗達「そんなところに座っとらんで、庭でも案内してあげたらどうじゃ」
陽春「は、はい」
宗達「ただし、仏罰が当たらんようにじゃ」
陽春「は?」
宗達「修行僧であることを忘れん程度の、散歩にせいと言っとるんじゃよ」
陽春「(ちょっと赤くなって)はい」

○黒地に、白い文字が流れるように浮き出てくる
周作の声が読んでいく。
周作の声「男と女を繋ぐ縁《えにし》の絆を紅絲線《こうしせん》といい、室町時代を生きた一休さんで知られる一休宗純禅師は、詩集『狂雲集』に於いて、盲目の森女《しんじょ》との断ちがたい情愛を『紅絲《こうし》』という言葉で詠んでいる。このドラマは現代を生きる若き禅僧と小学校教師の純度高い愛の物語である」
タイトル「紅絲禅《あかいとぜん》」

○龍雲寺・本堂横の廊下
庭から戻ってきた木里子が、すでに上がって廊下に正座している陽春に、
木里子「素敵なお庭ですね」
陽春「はい。でも掃除に時間がかかります」
木里子「お一人でなさるんですか?」
陽春「はい。ここには老師とわたししかおりませんから」
木里子「老師さまって偉いお坊さんなんでしょ?」
陽春「そうです」
木里子「いきなり、お茶を飲んでいくように言われてびっくりしたんです」

陽春「わたしも驚きました。老師があんなに大きな声で笑われたのは久し振りでしたから。一体、何を話されたんですか？」

木里子「それが、一本取られたと仰有ったけど、なにがなんだかさっぱり解らないんです」

陽春「（笑う）――」

木里子「あの、修行僧って言われたけど、どんな風に修行なさってるんですか？」

陽春「そうですね。飯炊き、風呂焚き、掃除、洗濯、それに老師の身のまわりの世話、来客にお茶を出したりと、ほとんど主婦と変わらない仕事を、ここでの修行としています」

木里子「（呆れて）それが修行になるんですか？」

陽春「食べること、着ること、住むこと、このとても大切なことを、簡単にこなしていくときに、人間の本当の生命力というものが見えてくると、老師は常に言われます」

木里子「解らないわ」

陽春「（微笑して）わたしにだって解りませんよ。解らないから、解るまでやるんですよ。では、わたしは斎座《さいざ》の仕度がありますので、失礼致します」

と立ち上がるのに、

木里子「斎座って、なんのことですか」

スーパー「斎座《さいざ》」

陽春「昼食のことです」

言って、去っていく。木里子は見送って——。

○桜町小学校・四年二組

国語の時間。大紀がつかえながら、「ごんぎつね」を読んでいる。教壇で木里子が聞いている。

大紀「つぎの日も、そのつぎの日もごんは、くりをひろっては、兵十《ひょうじゅう》のうちへもってきてやりました。そのつぎの日には、くりばかりでなく、まつたけも二、三本もっていきました」

授業終了のチャイムが鳴る。

木里子「はい、今日はそこまでにして、続きはこの次の国語の時間に読んでもらいましょう」

大紀は席に着く。児童たちは教科書をしまう。

○同・廊下

木里子が歩いてくる。保健室から出てきた典美が、

典美「木里子！」

木里子「どうしたの？」

典美「授業が終わるのを待っていたのよ。保健所から連絡があって、木里子の採血検査の結果、血液に異常数値が出ているので、すぐに大きな病院へいって、再検査を受けるように言ってきたんだよ」

木里子「どういうこと?」

その木里子の顔。

○龍雲寺・門

○同・境内

○同・廊下

陽春が抹茶と干菓子を載せたお盆を運んでいく。

○同・庭

○同・陽春の部屋

抹茶を飲み終えた吉住忍が部屋を見廻して、陽春に、

忍「ここが陽春さんのお部屋ですか?」

陽春「はい。狭い部屋でご無礼します」

忍「いえ、老師さまが入院なさっているなんて知らなかったものですから、突然お伺いして申

し訳ございませんでした」
陽春「なにか、老師にご用がおありでしたか？」
忍「用というより、頭にくることがありましてあんまりカッカするものですから、お寺に伺ったら少しは平常心を取り戻せるかと思いましてお邪魔させていただきましたの」
陽春「少し座っていかれますか？」
忍「座禅ですか？」
陽春「はい」
忍「大丈夫です。座らせていただかなくても、こうしてお茶をいただいて、陽春さんとお話ししたら、気持ちが落ち着きましたもの」
陽春「そうですか？」
忍「あの、老師さまが入院されているのは聖ヨハネ病院でしょ？」
陽春「はい、そうです」
忍「木里子さんも入院されているんですよ」
陽春「？」
忍「麻生先生のお嬢さん」
陽春「（驚く）どこかお悪いんですか？」
忍「それが、よく解らないんですけど、検査をしているようですよ」

陽春「そうですか」

忍「あたしも、お店が休みの日に裕太を連れていってこようと思っているんです。そのときは老師さまにもご挨拶して参ります」

陽春「ありがとうございます」

○聖ヨハネ病院・中

第二内科医長の麻生周作がナースの村松ひろみと入ってきて、カニューラで酸素を吸いながらベッドに横たわっている宗達に、

周作「お変わりありませんか?」

宗達「はい」

周作「ちょっと拝見しましょうか」

と聴診器をつける。宗達が白衣の襟を広げようとするのをひろみが手伝って、周作は宗達を聴診する。

周作「(聴診を終わって)咳の方もだいぶ落ち着かれましたね」

宗達「ここへきたときに較べるとずっと楽になりました」

周作「今日は陽春さんはお見えにならないんですか?」

宗達「わしの使いで表具屋に寄ってから参るので、今日は夕方になりましょう」

○同・病室・五〇三号室

木里子がベッドに横たわって、典美からかかってきた電話に出ている。

木里子「……パパ？　パパは専門じゃないからってなにも言わないんだよ。ねえ、もしかしたら、白血病なのかな？」

○桜町小学校・保健室

典美の声「まさか、白血病だなんて」

鈴口典美が切った携帯を手に呆然とした顔で、窓辺に立って校庭を見つめている。今、切ったばかりの木里子との電話が頭の中をよぎっていく。

木里子の声「だって白血球に異常があるっていえば、白血病としか考えられないと思わない？」

典美の声「思わないよ。そうとは限らないもの」

木里子の声「じゃあ典美、白血病について調べてくれる？」

典美の声「いいよ」

木里子の声「解ったら教えてよ。隠さずによ」

声は消えて、静寂。人気のない校庭。

典美の心の声「もし白血病だったら、血液の癌じゃない……」

○聖ヨハネ病院・全景

○同・病室・五〇七号室

陽春が入ってきて、ベッドに仰臥している宗達に、

陽春「遅くなりました」

宗達は起き上がって、

宗達「表具屋には支払ってきてくれたか」

陽春「はい、支払って参りました」

言って領収書を出す。

宗達「(受け取って) ご苦労じゃった」

陽春は持ってきた風呂敷包みから宗達の着換えを出してロッカーに入れ始めるが、

陽春「老師はご存じでしたか?」

宗達「なにをじゃ?」

陽春「麻生先生のお嬢さんが、ここの病院に入院されているのです」

宗達「いや、知らん」

陽春「今日、『かたつむり』の忍さんが寺に見えまして、そう言っておられました」

宗達「そうか。麻生先生はなにも言っておられなかったが……」
陽春「帰りに、お見舞いさせていただいてもよろしいでしょうか」
宗達「わしも麻生先生には世話になっておる。よろしく言ってくれ」
陽春「解りました」
宗達「ところで見舞いは用意してきたか？」
陽春「は？」
宗達「麻生先生のお嬢さんに持っていく見舞いじゃよ」
陽春「はい」
　宗達はちょっと意外そうに陽春を見て、
宗達「なにを用意した？」
陽春「病院に花を飾るのは禁じられていると聞きましたから。（×××を指して）この辺に吊るすモビールを買ってまいりました」
宗達「（よく解らないが）ともかく、領収書は寺に入れておくがいい」
陽春「はい」

○同・廊下

　婦長の成田牧子がくる。五〇七号室から陽春が出てきて、陽春「（牧子に）麻生木里子さんのお部屋はどちらでしょうか？」
牧子「ご案内します。こちらです」
　と先に立ち、五〇三号室をノックしてドアを開ける。

○同・五〇三号室

　ドアを開けた牧子が、ベッドの木里子に、
牧子「お見舞いの方が見えていますよ。（言って、陽春に）どうぞ」
　陽春が入ってくる。木里子は驚く。
牧子「失礼します」
　言ってドアを閉めていく。
木里子「どうしてここに？」
　言って、上半身を起こす。
陽春「五〇七号室に老師が入院しておりまして」
木里子「老師さまが？」
陽春「はい」
木里子「知らなかったわ。父はなにも言わないんです」
陽春「わたしも、木里子さんが入院されていることは、今朝『かたつむり』の忍さんから聞く迄知りませんでした。勿論老師もです」
木里子「老師さまは呼吸器で？」
陽春「はい。風邪が抜けないものですから、麻生先生に大事をとるように言われまして。木里子さんは検査入院と伺いましたが」
木里子「そうなんです。その結果待ちなんです」
陽春「つまらないものですが、お花替わりです」
言って、包装した箱を木里子に渡す。
木里子「ありがとう。（箱を見ているが）開けてもいいですか？」
陽春「どうぞ」
木里子は開ける。数匹のイルカの親子が空を舞っているようなモビールが出てくる。
木里子「わあ、可愛いい」
陽春「付けましょうか？」
木里子は陽春に渡す。陽春はモビールを吊るす。
木里子「イルカが空を舞っているみたい」
陽春「（微笑する）——」
木里子「イルカがお好きなんですか？」
陽春「好きです。子供の頃から好きでした」

木里子「あたしも。去年タヒチの海でイルカと一緒に泳いできたんですよ」
陽春「そうでしたか」
二人はイルカたちを眺めているが、
木里子「あの……」
陽春「(木里子を見る)——」
木里子「陽春さんはどんな子供だったんですか?」
陽春「母がいわゆるお受験ママでしたから、塾から塾へと追い立てられて、子供らしい遊びなどとは一切無縁に過ごしておりました」
木里子「お寺の子供でもやはりそんな風に?」
陽春「(笑って) わたしは寺の息子ではありません」
木里子「(驚いて) 嘘ォ?!」
陽春「本当です。父はサラリーマンです」
木里子「じゃあ、どうしてお坊さんに?」
陽春「一口で言うのはとても難しいのですが……受験だけのための勉強をして、中学、高校、大学と母の望み通りのコースを辿って、ふと立ち止まったとき、わたしは空白になってしまったのです。なんのために生きてきたのか、なんのために生きていくのか、全く見えなくなってしまったのです。そんなときに宗達老師にお会いして、この人の教えを乞うしかわたしの進むべき道はないと、思ったのです」

木里子「それで出家なさったんですか」

陽春「はい」

木里子「じゃあ、老師さまとご一緒にこれからもずっと龍雲寺にいらっしゃるんですね」

陽春「いえ。わたしはまだ僧堂で修行中の身です。今は老師の看病ということで、僧堂から暫《ざん》暇《か》をいただいておりますが」

スーパー「暫暇《ざんか》」しばらくの休暇

木里子「暫暇って？」

陽春「しばらくの間いただいている休暇のことです。ですから、いずれまた僧堂に戻って修行を続けなければなりません」

木里子「（よく解らないが）大変なんですね」

陽春「（微笑して）お疲れになったでしょう。長居してしまいました」

木里子「楽しかったです」

立ち上がる陽春に、

木里子「ご迷惑でなかったら、老師さまのところへいらした帰りにまた寄ってください」

陽春「参ります」

空を舞うイルカ。

○空を舞うイルカたち

○聖ヨハネ病院・病室・五〇三号室

そのイルカたちを木里子がベッドに横たわって、眺めている。夜。ノックがあって、周作が入ってくる。

木里子「パパ、今日は早いね」

周作「そうか?」

と時計を見て、

周作「今日はなにもなかったからね」

と椅子に座って、ふとイルカたちに気がつく。

周作「どうしたんだ、これ?」

木里子「誰のプレゼントだと思う?」

周作「誰か見舞いにきたのか?」

木里子「ピンポン」

周作「先生仲間か?」

木里子「ノー」

周作「（解らない）――」
木里子「陽春さん」
周作「（驚く）見えたのか？」
木里子「忍さんに聞いたんですって」
周作「そうか」
木里子「老師さまが入院されてるんですって？」
周作「うん」
木里子「パパ、なんにも言わないんだもの」
周作「それどころではなかったからだよ、木里子の突然の入院で」
木里子「どうなの？　お加減は」
周作「うん、だいぶよくなられた」
木里子「お見舞いにいきたいな」
周作「もう少し落ち着いてからにしなさい。老師は風邪で入院されているんだし、木里子は免疫力が落ちていて感染しやすくなっているからね」
木里子「解った……」
周作「（イルカたちを見て）しかし、あの陽春さんがこれをねえ」
木里子「あたしもびっくりした。でもステキだね」

周作「これがか?」

木里子「これもだけど、これを選ぶ陽春さんがステキだと思う」

周作は、「おや?」という顔で木里子を見る。

○龍雲寺・陽春の部屋

陽春が机に向かって正座し『臨済録』を書写している。

C・M

○聖ヨハネ病院・第二内科・医長室

周作が電話を切る。そこへノックと共に白井が入ってくる。

白井「木里子ちゃんだが、RT・PCR検査の結果が出た」

言って、周作にデータを渡す。

周作「遺伝子レベルでする検査か?」

言って、目を通す。

白井「うん。フィラデルフィア染色体が陽性ということだ。これで、CMLにまず間違いないと解ったから、明日からハイドロキシウレアを始めようと思う」

周作「(胸にこたえている)そうか、やっぱり慢性骨髄性白血病に間違いなかったか……」

白井「元気を出せ。お前がしぼんでしまったら、木里子ちゃんはどうなるんだ」
周作「うん。……今、木里子の友達から電話があって、木里子が白血病について調べたがっているそうだ」
白井「頭のいい子だからな、なにかを感じ始めたんだろう」
周作「うん」
白井「この先、移植ということもあるんだからな、……やはり告知は避けて通れんよ」
周作「解っている。……解っているが、あの子の受ける重さを考えると、少しでも先へ延ばしたいと思うのが、正直な気持ちだよ」
白井「しかし、木里子ちゃんはもう白血病について、学習を始めようとしているんだろ？　変に隠し立てして、信頼関係が崩れたりしたら治療の妨げになるのはお前だって熟知していることじゃないか」
周作「確かにそうだが、……そう簡単に決断できるものではないよ」
白井「だが、病気は待ってはくれんぞ。こうしている間も進行しているんだ」
周作「お前は人の娘だから、そんな風に客観的にいられるんだよ。残酷だよ」
白井「それはないよ。お前が木里子ちゃんを連れて、アメリカから帰ってきたのは木里子ちゃんが三歳のときだっただろ？　あれから、ずっと成長するのをそばで見てきたんだぞ。おれだって辛いよ」

周作「そうだったな。……お前とお前の内儀《かみ》さんにはずいぶん助けられてきた……」
周作の心の声「不覚にも胸が詰まった……」

○同・病棟用エレベーターの前

木里子がきて、エレベーターのボタンを押す。下降するエレベーター。そこへ売店の袋を抱えた、スキンヘッドの上杉翔《かける》がきて、木里子に並んでエレベーターを待つ。
木里子「きみ、売店にいた子だね。なにを買ったの?」
翔「(木里子を見て)『少年マガジン』。そっちは?」
木里子「あたしはなにも買わなかった」
翔「なんで?」
木里子「欲しいものがなかったんだもの」
エレベーターが停まる。二人は乗る。

○同・エレベーターの中

木里子と翔が乗っている。
木里子「何年生?」
翔「三年」

木里子「入院してるの？」
翔「うん」
木里子「どこが悪いの？」
翔「（木里子をとがめるような眼で見る）――」
木里子「ごめんね、言いたくないなら、いいんだ」
翔「そっちはなんの病気？」
木里子「まだ検査の結果が出ないから、解らない」
翔「ふーん」
　エレベーターが停まる。翔は降りる。木里子も降りて――。

○同・五階・エレベーターの前

　エレベーターから降りた木里子は、歩き去ろうとする翔に、
木里子「きみ」
　翔は振り向く。
木里子「どこへいくの？」
翔「小児病棟」
木里子「（教師の習性で）名前は？」

翔「（木里子を見るが）上杉翔」
木里子「あたしは麻生木里子。五〇三号室にいるから、よかったら遊びにおいで」
翔はちょっと笑って、去っていく。

○懐紙に載せた季節の風物をかたどった美しい京干菓子

木里子の声「わあー、きれい！」

○聖ヨハネ病院・病室・五〇三号室

ベッドに座った木里子が前シーンの京菓子を掌に載せて見ながら、陽春に、
木里子「ほんとにきれいで、可愛いくて、食べるのがもったいないようなお菓子」
陽春「（微笑する）——」
木里子「ステキなものをいただきました。ありがとうございました」
陽春「老師にそう伝えます」
木里子「（干菓子を懐紙に包みながら）老師さま、すごくお元気そうでした」
陽春「木里子さんも今日はいつもよりお元気になられましたね」
木里子「やっぱりそう見えますか？」
陽春「なにかあったんですか？」

木里子「今日からやっと治療が始まったんです。治療といっても薬を飲むだけのことですけど、それでも回復に向かって一歩、歩き出したような気がして、気持ちが明るくなったんです」
陽春「そうですか。それはよかったです」
木里子「（陽春を改めて見て）さっきからお聞きしようと思っていたんですけど、その衣、いつものと違うんですね」
陽春「（微笑して）気がつかれましたか。これは綟子衣《もじごろも》と言いまして、法要などのときに着る雲水の正装です」
木里子「（感心して）えー、そうなんですか。この間、お友達とも話したんですけど、衣ってすごくおしゃれなんですね」
陽春「そうでしょうか」
木里子「そのお坊さんの衣にはなにか意味があるんですか？」
陽春「これは三国伝来の民族衣裳だと聞いております」
木里子「三国伝来？」
陽春「仏教はインドから中国へ、中国から日本へと伝来しました。その三つの国の民族衣裳をわたしどもはまとっているわけです。この袈裟がインドのサリー、この衣が中国の包《ほう》、これが日本の着物です」
と自分の衣裳を指し示しながら説明する。

木里子「（心の底から感心して）そうだったんですか？　すごいことを聞いちゃいました」

○同・全景

○同・一階・病棟へのエレベーターの前

木里子がくると、売店の袋を持った翔がエレベーターを待っている。

木里子「あれ？　また会ったね」
翔「（木里子を見て、ちょっと笑う）――」
木里子「売店にいってきたの？」
翔「そう」
木里子「なに、買ったの？」
翔「ノート」
木里子「勉強してるんだ」
翔「別に」
木里子「じゃあなにに使うの、そのノート？」

エレベーターのドアが開く。二人は乗って――。

○同・エレベーターの中

翔と木里子が乗って、

翔「そっちは、どこへいってきたの?」

木里子「あたしも売店。爪切り買ってきた」

言って小さな袋を見せる。

翔「ふーん」

木里子「入院してると退屈でしょ。だから爪でも切ろうと思って」

翔「(ちろっと木里子を見て、醒めた声で) 呑気なんだね」

木里子「え?!」

驚いて、翔を見る。エレベーターが停まってドアが開く。

翔「病気したら、退屈なんて言ってられないよ」

言うとさっさと降りる。

木里子「ちょっと待って」

と追いかける。

○同・小児病棟への廊下

翔が去っていく。エレベーターを降りた木里子が、

木里子「翔君、ちょっと待って！　ねえ、翔君」

と呼ぶが、翔は振り向かずにいってしまう。

○同・病棟への廊下

翔の祖母の上杉直江が小児病棟に向かって歩いていく。と、前の方からきた小児内科のナースの木村京香が、

京香「あら、おばあちゃん、もうお帰りなの？」

直江「もうお帰りなの、じゃないわよ木村さん！　翔をふらふら出歩かせないでって、あれほど頼んであるのに、あたしがトイレにいってる間にもういなくなっちゃったのよ」

そこへ木里子が通りかかる。

京香「でもおばあちゃん、翔君は今、寛解期といって落ち着いているときだから、売店ぐらい自由にいかせてあげても大丈夫なのよ」

直江「あんたは他人事だからそんな呑気なことを言えるけど、翔は白血病なのよ」

で、通り過ぎた木里子の足がぎくっと止まる。

直江「転んで出血したら、血が止まらなくなるのよ」

木里子は思わず振り向いてしまう。

京香「おばあちゃんは本当に心配性なんだから。翔君はあたしが探すからおばあちゃんは病室に戻ってて」

二人は小児病棟へ。木里子は見送って——。

C・M

○走る中央線

○聖ヨハネ病院・一階・病室へのエレベーターの前

陽春がエレベーターを待っている。売店の袋を持った翔がやってきて、陽春の隣で一緒にエレベーターを待つが、翔は陽春が珍しくてならない。ジロジロ見ているが、

翔「ねえ、お坊さんでしょ？」

陽春「（翔を見て）そうだよ」

翔「どこへいくの？」

陽春「お見舞い」

翔「誰のところへ？」

陽春「師匠（と言いかけて）わたしの先生のところ（と言い直す）」

翔「先生って、学校の？」

陽春「いや、お寺の」
翔「その先生もやっぱりお坊さんなの?」
陽春「そう」
エレベーターがくる。二人は乗る。

○同・エレベーターの中

二人は並んで乗っている。
翔「お坊さんでも病気になるの?」
陽春「(笑って)なるよ」
翔「じゃあ、お坊さんも死ぬの?」
陽春「死ぬよ、生きているものは、いつか必ず死ぬからね」
翔「ふーん、ねえ、死んだらどうなるの?」
陽春「(不意を突かれて)解らない」
翔「どうして?」
陽春「それは死んでみないと解らないことだろ」
翔「なーんだ、お坊さんのくせに、そんな返事しかできないの?」
陽春「(喰われる)——」

エレベーターが停まる。二人は降りる。

○同・五階・エレベーターの前

小児病棟に向かって歩き去る翔を、陽春は見送る。

○同・病室・五〇三号室

木里子がベッドに腰掛けて、陽春と話している。

木里子「じゃあ、老師さまは退院なさるんですか」

陽春「はい。寺に酸素の機械が設置されるのが月曜日なので、その日にどうかと麻生先生が仰有いました」

木里子「パパったら、なにも言わないんですよ」

陽春「(微笑する)——」

木里子「老師さまが退院されたら、陽春さんも、もう病院にはいらっしゃらなくなるでしょ。寂しくなるわ」

陽春「薬をいただきにまいりますから、そのとき、お寄り致します。でも、もうその頃は退院されていますでしょう」

○同・一階・病棟エレベーターの前

エレベーターから降りる宗達に、翔が声をかける。

周作の声「そして、その翌週、宗達老師は退院した」

○龍雲寺・山門

○同・隠寮

カニューラをした宗達が××をしている。

○同・境内

陽春が掃き寄せた落葉をルナと裕太がビニールの袋に詰めている。

ルナ「この落葉がどうして肥料になるの？」

陽春「穴を掘ってそこに埋めておくんだよ。そうすると腐って、腐葉土という肥料になる。それをまた木の根に埋めてやると、木は栄養を吸ってすくすく育つんだ」

裕太「へえー、じゃあ、自分の葉っぱを肥料にしてるの？」

陽春「そうだよ。人間だってそうだった。今は化学肥料というものがあるが、昔は自分の屎尿《しにょう》で」

ルナ「屎尿ってなに？」
陽春「うんことおしっこのことだよ。それを肥料にして米ができ、野菜ができ、それを人間がまた食べたんだ」
ルナ「わあ！　汚い！」
陽春「汚くなんかないんだよ。トイレに落ちたうんことおしっこを汲み上げて、畑の一角にある肥だめにためておくんだ。そしてそこに空気を入れることによって、微生物が働いて、そのうんこやおしっこは酸性でもない、アルカリ性でもない、中性になっていくんだよ。そうすると臭《くさ》い臭《にお》いもとんで、どんどん液体化していって、液肥《えきひ》という液体肥料ができるんだ。それをお米や野菜にかけるんだが、決して汚いものではないんだよ」
裕太「そんなことを陽春さんはどうして知ってるの？」
陽春「わたしの修行している僧堂では、畑作りもやっているからだよ」

○晴れた空

周作の声「その日は快晴だった」

○聖ヨハネ病院・五〇三号室の前の廊下

周作と白井が五〇三号室に向かって歩いてくる。

周作の声「わたしと白井は、木里子に病名を告知することを決意した」

○同・病室・五〇三号室

ノックの音にテレビを観ていた木里子が振り向いたとき、白井と周作が入ってくる。木里子はテレビを消して、

木里子「えー、こんな時間にどうしてパパも一緒なの?」

白井「うん、話があってね」

言って、椅子を周作の前に置き、自分も座ると、

白井「検査の結果が出たんだよ」

木里子「(緊張した顔で、白井を見る)——」

白井「木里子ちゃんの病気は慢性骨髄性白血病だった」

木里子「(衝撃を受ける)——」

白井「木里子ちゃんも勉強して解っているだろうが、白血病は血液細胞の癌だ。だけど悲観的に考えることは少しもない。今は、白血病の増殖を抑えるいい薬が出ている。それに骨髄移植という、白血病にとって、伝家の宝刀ともいえる治療法だってある。だから生存率は極めて高いんだ」

木里子「おじさま、本当のことを言って。あたしはいつまで生きられるんですか」

周作「だから、癌の中でも白血病は生存率が高いと言ってるじゃないか」
木里子「(強く) パパは黙っていて」
白井「慢性骨髄性白血病はゆっくりした経過をとっていくので、治療をしなくても数年間は症状が出ないという場合もあるくらいだ。だが、必ず急性転化と呼ばれている時期を迎える。そうなってくると抗癌剤も効かなくなる。だから、その前に癌を叩いてしまうんだ」
木里子「(白井を見つめる) ――」
白井「そのために月曜日から、インターフェロンの投与を始める。これは注射だが、自己注射といって打ち方を覚えて自分でする注射だ。白血病には、自分で治していくという心構えが大事なんだよ」
木里子「――」
白井「それから薬が効いて、白血球が正常に近い数値になってきたんで、パパと相談して、今日から二泊三日の外泊許可を出すことにした。日曜日の夜までに戻ればいいから、パパのそばでゆっくりしてきなさい。じゃあ、なにかあったら、いつでも言ってきなさい。おじさんは全力を尽くして木里子ちゃんの病気と闘うからね」
木里子「(頷く) ――」
白井は周作を残して出ていく。周作と木里子の間に深い沈黙のときが流れる。が、木里子が、ぽつんと、木里子「パパは知っていたんだね」
周作「なにを？」
木里子「あたしが白血病だってことを」
周作「いや、今日、白井から聞いたんだ」
木里子「嘘だよ。パパは知っててあたしに言わなかったんだよ」
周作「――」
木里子「あたしは、パパが考えているような弱虫じゃないよ」
周作「（木里子を見る）――」
木里子「だから、これからは隠さないで、なんでも教えて欲しいよ」
周作「うん」
木里子「たとえ、治らないとしてもだよ」
周作「ばかなことを言うな。白井が白血球の増殖を抑えるいい薬が出ているし、骨髄移植という治療法もあると言ったじゃないか。そういう悲観的な考え方はよくないよ」
木里子「でも癌は癌でしょ！」
周作「癌の中でも治癒率が高いと白井が言ってたじゃないか」
木里子「おじさまが言ったのは生存率だよ。治癒率は治る確率で、生存率は生きる確率だよ。意味がずいぶん分違うじゃない」

周作「（詰まる）――」

木里子「――」

周作「ともかく、外泊許可が出たんだ。家に帰ってゆっくりしなさい。……おばあちゃんに迎えにきて貰うか？　それとも少し遅くなるが、パパと一緒に帰るか？」

木里子「今日は帰らないよ」

周作「どうして？」

木里子「……一人でいたい……」

周作「パパは木里子を一人にしておくのが心配なんだ」

木里子「大丈夫だよ」

言うとベッドに入り、子供のように横を向いてしまう。周作はなす術《すべ》もない。

○同・病室・五〇三号室の前の廊下

翔がきて五〇三号室のドアをノックする。返事がない。が、翔はそーっとドアを開けてみる。背を向けて寝ている木里子が見える。翔は静かに入っていく。

○同・五〇三号室

翔が静かに入ってきて、ベッドの横のサイドテーブルの上に、折り紙で折った××を置く。木里

子が振り向いて、××を見て、
木里子「持ってきてくれたの？」
翔「うん」
木里子「ありがとう」
その眼が涙で濡れている。
翔「（気がついて）どうしたの？」
木里子は起き上がって、ティッシュで涙を拭いて、
木里子「弱虫だから泣いちゃった」
翔「もしかして、検査の結果が解ったの？」
木里子「（頷いて）そう。白血病だった……」
翔「（驚く）じゃあ、ぼくのと同じじゃないか」
木里子「翔君が白血病なら、同じだね」
翔「そう言ったじゃないか。先生やおばあちゃんたちは言わないけど、ぼくには解っているんだよ」
木里子「解ったとき、翔君も泣いた？」
翔「そのときは泣かなかった。でも、ルンパールといって、背中から針をさして薬を入れることがあるんだ。すごく痛くて、辛いんだよ。それでもがまんしているんだけど、やっぱり泣

いちゃうこともあるよ」

木里子「翔君……」

木里子は翔を見つめるが、愛しさが胸に溢れてきて、翔のそばに近寄ると翔を抱きしめて、

木里子「翔君、あたしたち、白血病に負けるのはよそうね。……約束しようね」

翔「(頷く)――」

木里子「翔君、ほんとだよ。……どんなことがあっても、生きようね」

翔「うん、約束するよ」

木里子の眼にまた新たな涙が溢れて――。

C・M

○聖ヨハネ病院・小児病棟への廊下

洋服に着換えた木里子が小児病棟へ向かっていく。

周作の声「木里子の退院の日が決まった」

○同・エレベーターの前の廊下

木里子と翔と木里子の祖母の菊乃とナースの新村がくる。

周作の声「だが薬の投与で白血球が安定してきただけで、完治したわけではなかった」

ちょうどエレベーターが停まって、ドアが開く。木里子は翔の肩に手を掛けて、当然翔も乗るものと思ってエレベーターの中に向かおうとすると翔の体が抵抗する。

木里子「どうしたの？」

翔「（首を振る）――」

木里子「乗らないの？」

翔「（コクンと頷く）――」

菊乃と新村が乗って、新村がドアが閉まらないようにボタンをプッシュしているので、

木里子「じゃあ、ここでバイバイしようね」

言って、乗って、

木里子「来週の木曜日に翔君のお部屋にいくからね」

ドアが閉まっていく。閉まり切るドア。翔はそのドアを見つめている。が、諦めて、肩を落として小児病棟へ帰っていく。そこへ、ひろみが通りかかって、その背に、

ひろみ「翔君、木里子《もくりこ》さんが退院しちゃって、寂しくなったね」

翔は立ち止まる。その背中が一瞬硬くなるが、翔はパッと振り向いて、

翔「平っちゃら、平ちゃら。ちゃら、平気！　ちゃらちゃら平気、ちゃら平気！　ちゃら、ちゃら平気、ちゃら平気！」

と節をつけて、歌いながら、腰を振って踊ると、小児病棟に向かって駈け走っていく。

○同・小児病棟への廊下
駈けてきた翔の足が止まる。翔の眼に涙が溢れる。手の甲で拭《ぬぐ》っても、拭っても噴き出す涙。翔はこらえ切れなくなって、壁に顔を押しつけると声を殺して泣く。泣く翔。

○龍雲寺・山門

周作の声「それから二十日後のことだった」

○同・庭

木々。苔。

○同・地蔵尊菩薩

○同・陽春の部屋

木里子から話を聞いた陽春が、

陽春「そうでしたか。……あの、涙ポロポロ少年が亡くなりましたか……」

木里子「はい。今日が初七日で、岡山にあるお祖父ちゃんのお墓に入るため、東京駅まで送ってきました」

陽春「それはご苦労さまでした。……明るい少年でしたのにね……」

二人は思い出す。

○聖ヨハネ病院・病室・五〇三号室（陽春と木里子の回想）

翔「（陽春を見て、驚く）あ?! お坊さんだ」

陽春「きみは？（木里子に）お知り合いなんですか？」

木里子「（微笑して）お友達なんです」

陽春「そうだったんですか」

陽春は翔の出現になぜかホッとしている。

木里子「（陽春に）翔君とエレベーターの前でお会いになったんですってね。あたしもそうだったんです」

翔「（木里子に）どうして、お坊さんを知ってるの？」

木里子「どうしてって、そう言われると……」

○木里子の自転車が横転する（木里子と陽春の回想）

通りかかった陽春が駆けよって、自転車を起こし、

陽春「大丈夫ですか?」
と立ち上がった木里子に渡す。
木里子「すみません」
その木里子の薬指が切れて血がしたたり落ちている。もう一度会釈をして去ろうとする木里子に、
陽春「お待ちなさい」
言うと、首に掛けていた頭陀袋から純白の晒布地を出すと、シャッ! と裂いて木里子の傷口に巻いてやる。

○聖ヨハネ病院・病室・五〇三号室(木里子と陽春の回想)
翔と陽春と木里子が笑っている。
翔「じゃあ、木里子《もくりこ》さんが転ばなかったら、知り合いにならなかったの?」
陽春「木里子《もくりこ》さん?」
翔「(指で空中に書いてみせながら)木里子《もくりこ》って書くじゃない」
陽春「ああ、木の里《さと》の子で、木里子が木里子《もくりこ》さんか」
言って笑う。
木里子「転んだ後、また、道でお会いしたり、病院でお会いしたりしたのよ」
翔「ふーん。それでラブラブになったんだね」

木里子「いやねえ。翔君ったら」
陽春「（木里子に）ラブラブって、なんですか？」
翔「知らないのォ。好き、好きってことだよ」
陽春「（赤くなる）――」
木里子「翔君、そんなことを言ったら陽春さんに失礼よ」
翔「どうして？　お坊さんはラブラブになっちゃあいけないの？」
陽春「（気持ちを立て直して）坊さんだって人を好きになることはあるさ。だけど、わたしは修行中の雲水だからね、ラブラブになってしまったら、この間、きみも会ったあの偉い坊さんに叱られてしまう」
翔「そういうのって、涙ポロポロって感じだね」
陽春「そうだな。涙、ポロポロだな」
と言うがその言葉には気持ちがこもっている。木里子は胸を突かれたように、陽春を見つめる。

○龍雲寺・陽春の部屋（現実）
陽春と木里子が翔の死を悼みながらも、あの日の互いの想いを思い出しているが、
陽春「（現実に返って）彼は何歳だったのですか？」
木里子「九歳でした」

陽春「まだ、九歳でしたか……わたしがあの少年に初めて会ったのは、病院のエレベーターの前でしたが、一緒にエレベーターに乗ると、いきなり『死んだらどうなるの』と聞かれました。わたしは咄嗟に、『それは死んでみないと解らない』と答え、『なんだ、坊さんのくせにそんな答えしかできないのか』と彼に笑われました」
木里子「(陽春を真直ぐ見て）本当に、お坊さんでも、死んでみないと解らないものなんですか?」
陽春「(その質問に驚いて、木里子を見る)――」
木里子「(切実な思いで）あたしも知りたいんです」
陽春「(詰まる)――」
木里子「あたしも、翔君と同じ白血病なんです」
陽春「(驚く)――」
木里子「血液の癌なんです」
陽春「(言葉がない)――」
木里子「あたしは慢性骨髄性白血病ですけど、インターフェロンという薬を毎日注射することで、白血球が増殖するのを抑えているんです。いつ危険な状態になるか解らないんです」
陽春「(木里子を見つめて）木里子さん、わたしになにかできますか?」
木里子「(も、陽春を見つめる)――」

陽春「わたしにできることがありましたら、何でも仰有ってください」
木里子「いいんですか？　本当のことを言っても？」
陽春「どうぞ」
木里子「心の中のことを、お話ししてしまってもいいんですね」
陽春「（本能的に感じるものがある）――」
木里子「（思いつめた顔で）あたし、もう、自分の気持ちを抑えることができないんです」
陽春「（木里子の想いが伝わって、胸を突かれる）――」
木里子「どうしたらいいんでしょうか」
陽春「（詰まる）――」
二人は見つめ合う。
木里子「病気だから、生き急いでこんなことを言ってるんではないんです、初めてお会いしたあのときから……」
「好きになったんです」と言おうとしたとき、隠寮から馬鈴の音が聞こえてくる。
陽春「（我に返った思いで）老師が呼んでおられます」
馬鈴が鳴る。
陽春「いかなければなりません」
木里子は悲しい。

陽春「（想いを断ち切るように）失礼致します」
　と部屋を出ようとして、
陽春「待っていてください。翔君のお供養をしたいと思いますので」
木里子「（頷く）――」
　が、想いを断ち切られてなす術もない。木里子の頬を涙が伝う。

○同・隠寮の前の廊下
　陽春がきて、正座、低頭して、
陽春「お願い致します」
宗達の声「うん」
陽春「失礼致します」
　と障子を開けて中へ。

○同・隠寮
　陽春が入ってきて、
陽春「お呼びしましょうか」
宗達「木里子さんはまだおられるのか？」

陽春「(見透かされたような思いで)はい」
宗達「何の話で見えたのだ?」
陽春「(はっとして)申し遅れました。病院で会ったあの翔少年が亡くなって、初七日の帰りだそうです」
宗達「あの少年が亡くなったのか。そうか、そうだったのか」
陽春「供養してあげたいと思います」
宗達「うん。わしの分までねんごろにな」
陽春「はい。ご用はそれだけでしたか?」
宗達「いや。頼みたいことがあるのじゃ」
陽春「なんでしょうか?」
宗達「供養が済んだら、紙屋にいっていつもの紙を買ってきてくれんか」
陽春「解りました」
宗達「少年の供養が済んでからでよいからな」
陽春「はい。失礼致します」
　低頭して、障子を閉める。

○同・庭

陽春の読経の声。（大悲呪）

陽春の声「南無喝囉怛那《なむからたんのー》　哆囉夜耶《とらやーやー》　南無阿唎耶《なむおりやー》　婆盧羯帝爍盋囉耶《ぼりよきちいしふらやー》……」

○同・本堂

座っている木里子。陽春が「俗名・上杉翔、行年九歳」と書いた紙を貼った白木の位牌を前に「大悲呪」をあげている。

陽春「菩提薩跢婆耶《ふじさとぼやー》　摩訶薩跢婆耶《もこさとぼやー》　摩訶迦嚧尼迦耶《もこーきやるにきやー》　唵《えん》　薩皤囉罰曳《さーはらはえい》　数怛那怛写《しゅたのーとんしゃー》　南無《なむ》悉吉慄埵伊蒙阿唎耶《しきりーといもうおりやー》……」

○走る中央線

夜。

○龍雲寺・陽春の部屋

陽春が机に向かって本を読んでいる。カメラが寄ると『白血病と言われたら』のページ「慢性骨髄性白血病」のくだりを読んでいる。そして隣には『生命の贈り物　骨髄移植の現場から』が置いてある。

周作の声「その日から、陽春は白血病の知識を本に求め始めていた」

○龍雲寺・隠寮

正月。床の間に「達磨」の軸。その下に正月の鏡餅が飾ってある。義明和尚が抹茶茶碗で般若湯を飲んでいる。その隣に、年始にきた周作と木里子、そして裕太と忍という順に座り、その前に精進料理のおせちを入れた重箱（木製・一重）が置かれ、陽春が木製の取り皿と箸をそれぞれの前に置いていている。

忍「このお料理、陽春さんがお一人でお作りになりましたの？」
陽春「はい」
忍「まあ、それじゃあ、お忙しい思いをなさいましたでしょ？」
　そのとき、本堂から数人の笑い声が聞える。
周作「（宗達に）どなたか、お客が見えているんですか？」
　宗達は一升瓶から酒を抹茶茶碗に注ぎ、それを茶筅で点てながら、
宗達「信者やら、檀家やら、坊主仲間で、正月は千客万来です」
周作「そんなときに、牛に引かれて善光寺詣りじゃありませんが、娘についいて、わたしまで飛び入りしてしまいまして」
宗達「いや、麻生先生には病院でお世話になり、こちらからご挨拶に上がらなければならないところでした。（茶筅を抜いて）春さん、これを麻生先生に」

と抹茶茶碗を前に出す。陽春がきて、それを周作の前に持っていき、

陽春「どうぞ」

周作「いただきます」

言って、呑んで、

周作「いや、これは美味しい。いくらでもいただけそうです」

木里子「パパ……」

とたしなめる。

宗達「般若湯は、抹茶を点てる要領で、点てますとな、アルコールの堅さが飛んでまろやかになりますのじゃ。（忍に）忍さんにも点てて進ぜよう。これは龍雲寺の正月の祝い酒じゃからな」

忍「まあ。ありがとうございます」

義明「春さん、わしは一升瓶を抱えて飲みたい口じゃ。すまんが、瓶ごとここへ貸して貰えんかな」

陽春「はい」

隅にいき、一升瓶を手に取るが底に僅かしか残っていない。その陽春の動きにかぶって、

宗達「明《みよ》っさんは、雲水の頃から酒好きで、武勇伝の多いお人じゃった」

で、義明と周作と忍の笑い声。そこへ玄関の喚鐘が鳴る。陽春を眼で追っていた木里子は、立ち

上がると忍たちの後方を通って、陽春のそばにいき声を落として、
木里子「あたしたちにできることがありましたら、お手伝い致します」
陽春「よろしいですか?」
木里子「はい」
陽春「では、わたしの部屋に一升瓶がありますから、どれでもかまいませんから、一本持ってきて、義明和尚に差し上げてください」
言うと、
陽春「失礼致します」
と一同に低頭して、部屋を出ていく。木里子もそっと出ていく。

○同・陽春の部屋

部屋の隅に「年賀」の熨斗が貼られた一升瓶が十本近く置いてある。木里子はそのうちの一本を手に取って、部屋を出ようとして陽春の机の上に視線を落とす。と、「白血病」という文字が飛び込んでくる。木里子は机のそばにいき、一升瓶を降ろして手に取って見る。机の上にあったのは『白血病と言われたら』という、患者、家族向けに書かれた本。パラパラとページを繰ってみると、「慢性骨髄性白血病」(P26)に、アンダーラインが引かれ、他の重要な個所にも入念なラインが引かれ、陽春の勉強の痕が見える。そして、その下には、『生命の贈り物　骨髄移植の現場から』、そ

の下には『霧の中の生命《いのち》　白血病を骨髄移植で治し、今日《いま》を生きる』等、白血病に関係した本が三冊積んである。

周作の声「陽春が、白血病を勉強してくれている。……それは、陽春の木里子への愛の証ではないか……木里子の胸に、熱いものがこみ上げてきた……」

○同・隠寮への廊下

陽春が廊下を渡っていく。

○マンション「ビュー・ステージ」・麻生家・木里子の部屋

夜。木里子がイルカのモビールを見つめている。

周作の声「陽春の自分への愛を知った木里子は、生きたいと思った。そして、どんなことをしても、生きようと思った」

○「かたつむり」・店の中

戸ノ山はいない。忍が電話に、

忍「木里子先生、龍雲寺さんの日供米《にっくまい》明日でしたかしら?」

○マンション「ビュー・ステージ」・麻生家・リビングルーム

木里子が電話に、

木里子「（頬が染まる思いで）そうですけど……」

忍の声「よかった。じゃないかと思ったんですけど、木里子先生に伺った方が確実だと思って。また、お茶の用意をしておきますから」

木里子「ありがとうございます」

忍の声「じゃあ」

言って電話は切れる。木里子も切る。

周作の声「それは、あの日から始まった」

○「かたつむり」・表の道（木里子の回想）

朝。雨が降っている。傘をさした木里子が登校してくる。と、前方から、網代笠《あじろ》に合羽を着た陽春がきて二人はばったり会う。木里子は思わず陽春にも傘をさしかけ、

木里子「日供米ですか？」

スーパー「日供米」

陽春「はい」

木里子「雨の中を大変ですね。でも、お会いできてラッキーでした」
陽春「（微笑して）きっと学校へいらっしゃる時間だと思いました」
木里子「（弾んで）じゃあ、時間を合わせてくださったんですか？」
陽春「（それには答えないで）濡れますよ。風邪をひくといけません。わたしは笠と合羽を着けておりますから」
言って木里子の傘の柄を木里子の方に向ける。そのとき「かたつむり」の戸が開いて、ごみ袋を持った忍が出てきて、
忍「あら、雨の中でなにをお話ししてらっしゃるの？　お二人とも濡れるからお入りになって。さあ、どうぞ」
陽春「よろしいですか？」
忍「どうぞ」
で、二人は店の中へ。
忍「あたしは、ちょっとごみを捨ててきますから」
言って、雨の中を飛び出していく。

○同・店の中（木里子の回想）
笠と合羽を脱いだ陽春が、テーブルをはさんで木里子と向かい合っている。

陽春「時間は大丈夫ですか?」
木里子「(時間を見て)後、五分」
陽春「では来月の日供米は、もう少し早く寺を出てきましょう」
木里子「いつですか?」
陽春「二月×日です」
木里子「その日は、あたしも早く家を出て、ここで×時×分にお待ちしています」
陽春「(頷く)——」

○同・表の道(木里子の回想)

周作の声「そして、それから一カ月後の二月」
　網代笠に脚絆の陽春がきて、急ぎ足で店の中へ。

○同・中(木里子の回想)

　陽春が入ってきて、網代笠を脱ぐと、木里子の前に座る。テーブルの上にはお茶の用意がしてある。
陽春「お待ちになりましたか?」
木里子「いえ、今、きたところです」
陽春「その後、病気はいかがですか?」

木里子「今のところ、落ち着いています」
陽春「それはよかった」
木里子「陽春さんも、お寺はお寒いんでしょ？」
陽春「寺の寒いのには慣れております」
木里子「冬でも素足なんですか？」
陽春「そうです」
木里子「お部屋に暖房器具はないんですか」
陽春「ありません」
木里子「風邪をひかないんですか？」
陽春「暖かいところにいて、寒いところに出ていくから風邪をひくんで、最初から寒いところにいれば風邪のひきようがありません」
言って、微笑する。木里子も微笑する。

○同・表の道（木里子の回想）

周作の声「そしてそれから、一カ月経った三月」
あじろ笠に脚絆の陽春が店の中へ入っていく。

○同・店の中

陽春を待っている木里子の前に座って、二人は話し始める。

周作の声「また、二人は出会った」

○同・奥の部屋・居間

忍がキッチンからハムエッグを盛ったお皿を運んできて、店の方を窺っている裕太に、

忍「裕太、なにやってるの?」

裕太「(テーブルの前に戻ってきて)また、木里子先生がきているんだね」

忍「そうよ。でも、誰にも言っちゃあだめよ」

裕太「なんで?」

忍「なんでって。陽春さんはお坊さんだからよ。いい? 戸ノ山さんにもよ」

裕太「言わないけど、やっぱり二人はラブラブだったんだね」

忍「やっぱりって、どういうこと?」

裕太「前にルナちゃんが言ってたよ。あの二人はラブラブだって」

忍「そんな噂が立ったら、陽春さんも木里子先生も困るんだから、あんた、絶対にルナちゃんになんか言っちゃあだめよ」

裕太「解っているよ」

○マンション「ビュー・ステージ」・麻生家・ダイニングルーム

木里子が焼魚とほうれん草のおひたしとだし巻き玉子とお新香としじみの味噌汁で朝食を食べている。周作がくる。

木里子「パパ、ごめん。お先にいただいてる」

周作「ああ」

言って、席に着いて、

周作「今日は早出なのか？」

木里子「そう。（食べ終えて）御馳走さま」

言って、慌ただしく食器をお盆に載せてキッチンへ運んでいく。お茶を淹れた菊乃がきて、

菊乃「（木里子に向かって）なにを慌てているの？」

周作「急いでるんだろ。（木里子に）木里子、慌てて怪我をするなよ」

木里子「大丈夫」

キッチンから戻って、二階へ。

菊乃「（見送って）なにかおかしいのよ」

周作「なにが？」

菊乃「生徒の家に寄っていくっていうんだけど、そわそわして、妙に落ち着かないのよ」
周作「気のせいだろ。こんな時間に生徒の家に寄っていくのに、そわそわしたってしょうがないだろ」
菊乃「ほんとに生徒の家かしら」
周作「ほかにどこへいくの？　七時×分だよ、いくとこなんかありゃあしないよ」
木里子の声「いってきまーす」
菊乃「いってらっしゃい」

○「かたつむり」・表の道

木里子がきて、店の中へ。

○同・店の中

木里子が入ってくると、今日は陽春の方が先にきて、いつものテーブルに座っている。
木里子「ごめんなさい。お待ちになりました？」
陽春「いいえ、今きたところです」
二人は向かい合って座る。テーブルの上には、忍が用意したお茶の葉の入った急須、茶碗、ポットが置いてある。木里子はお茶を淹れる。

陽春　「（その木里子に）昨日は病院の日だったんでしょう？」
木里子　「覚えていてくださったんですか？」
陽春　「毎週×曜日は気になっています」
木里子　「（嬉しい）ありがとうございます」
陽春　「それで、どうだったんですか」
　木里子は陽春の前にお茶を出して、
木里子　「病院ではなにも言わなかったんですけど、主治医の先生から夜、家に電話があって、
　今日、もう一度病院へくるように言われました」
陽春　「どういうことですか？」
木里子　「解りませんけど、なにか病変があったのだと思います」
陽春　「お父さまには話されましたか」
木里子　「いいえ。夕べ父の帰りが遅かったのと、今朝はあたしが早く家を出ましたから。でも、
　主治医の白井先生と父は親友ですから、父には解っていると思います」
陽春　「（心配）――」
木里子　「お茶を召し上がってください。冷めてしまいますから」
陽春　「（それには答えないで）木里子さん」
木里子　「（陽春を見る）――」

陽春「(も木里子を見て) 病気の経過がお解りになりましたら、わたしに教えてください」

木里子「(陽春の意図がわからない)――」

陽春「重い荷物は一人で持つより、二人で持った方が軽くなります」

その言葉は木里子の胸に浸み通る。

木里子「陽春さん……」

陽春「――」

二人は見つめ合う。

○聖ヨハネ病院・血液内科・診察室

白井の話を聞いた木里子が、

木里子「骨髄移植ですか?!」

白井「うん」

そこへ周作が入ってくる。白井はかまわず続けて、

白井「木里子ちゃんも知っている通り、慢性骨髄性白血病は、長い時間をかけて進行する病気だ。だから、初めのうちは元気で、日常生活にも支障はない。しかも、木里子ちゃんのようにインターフェロンで白血球をコントロールできているうちは、すこぶるいい状態を続けることができる。だけど薬だけではコントロールできなくなって、急速に白血病細胞が増え始

めると治療が難しくなる」
木里子「急性転化と呼ばれる状態に入ったんですか？」
白井「いや、まだそこまではいっていない。だが、そこへ移行していく時間がきたようなんだ」
木里子「（声が出ない）――」
周作「（聞いているだけでも辛い）――」
白井「だから、その急性転化の前に、骨髄移植を考えたいんだよ」
木里子「でも、移植は危険が伴うものなんでしょ？」
白井「それでも、移植を考えるのは今だと思う」
木里子「骨髄移植ってすごく苦しいんでしょ？　抗癌剤や放射線を大量に使って白血病細胞を全部殺してしまってから、ドナーからもらった骨髄液の移植を受けるから、始まったら、もうそのときは体はボロボロ。その上苦しくても、辛くても、たとえ問題が起きても、途中で止めることはできないんでしょ？　その上合併症が起きるかもしれないし、死んでしまうかもしれないんでしょ？　だったら、そんな辛い思いをして迄生きようとは思いません」

ほとんど同時に、
周作「ばかなことを言うな！」
白井「ばかなことを言っちゃあいけない！」
木里子「――」

C・M

○マンション「ビュー・ステージ」・全景

○同・麻生家・表

木里子と周作が帰ってくる。周作がチャイムを押す。インターホンから菊乃の声。

菊乃の声「はい」

周作「ただいま」

菊乃の声「お帰りなさい。木里子も一緒？」

周作「一緒だよ」

ちょっと間があって、玄関のドアが開いて、

菊乃「お帰りなさい。陽春さんが見えているのよ」

周作「（驚く）陽春さんが？」

木里子「いつ見えたの？」

菊乃「もう三十分ぐらい前からお待ちになってるのよ」

二人は急ぎ上がっていく。

○同・リビングルーム

陽春の前に、周作と木里子が座り、菊乃がお茶を出している。菊乃はお茶を出し終えても、気になってこの場を離れることができない。

陽春「(周作に) こんな時間に、突然失礼致しました」
周作「いいえ、それより、よくここがお解りになりましたね」
陽春「『かたつむり』で聞いてまいりました」
周作「そうでしたか」
木里子「陽春さん、なんでしたらあたしのお部屋にいらっしゃいませんか?」
陽春「いいえ。麻生先生にも聞いていただきたいと思います」
周作「なんでしょうか?」
陽春「老師の許しを得てまいりました。明日病院へ伺いますので、わたしのHLAの検査をしていただきたいのです」
周作「(陽春を見て) 木里子のドナーになってくださるというお話は木里子から聞いています。ありがたいと思っています。しかし、木里子の母はオランダ系のアメリカ人です。ですから、せっかく言っていただいても、木里子のHLAと陽春さんのHLAが一致することは、万に一つもないと、専門医の白井も言っています。ですから、お気持ちだけいただきます」

陽春「わたしも白血病に関する本を何冊か読んで勉強しました。ですから、その点は十分理解
していいるつもりです」

木里子「じゃあ、どうして？」

陽春「検査していただき、やはり一致しないことが解りましたら、骨髄バンクにドナー登録を
しようと思います」

木里子「なぜ？」

陽春「（木里子を真直ぐ見て）木里子さんが骨髄バンクに助けられるなら、わたしがそれを骨
髄バンクにお返しする。それは木里子さんのドナーとなるのと同じことだと思います」

木里子「（胸を突かれる）陽春さん。……陽春さんにそんな風に言われたら、……どんなに恐
くても、……あたし、逃げられなくなります」

陽春「一人だと思うから恐いのです。一緒に病気に向かい合えば、恐いことなどありませんよ」

木里子「（陽春を見つめる）――」

陽春「（も、見つめて）ですから、逃げないでください」

木里子「（頷いて）もう逃げません。だって、もう逃げられないじゃないですか。（見つめて）
だから一緒にいてください」

陽春「（も頷いて）約束します」

木里子「パパ、あたし、諦められないから、陽春さんのＨＬＡの検査結果を見て、やっぱり一

致しないことが解ってから、骨髄バンクに登録する」

周作「（木里子を見る）うん」

そして、陽春に、

周作「ありがとう、陽春さん。感謝します」

言って、陽春に頭を下げる。それまで黙っていた菊乃が、ティッシュペーパーで目頭を押さえて泣く。

○聖ヨハネ病院・血液内科・診察室

陽春が白井に血液を採取されている。

周作の声「そして、翌日、陽春のＨＬＡを検査するための血液採取が行われた」

○同・血液内科・医長室

白井が顕微鏡を見ている。そこへノックがあって、周作が入ってくる。

周作「陽春さんの結果が出たのか?」

白井「出た。驚いたことに血清学的には一致した」

言って、検査表を周作に渡す。周作は検査表を見るが、

周作「驚いたな」

白井「だが、遺伝子レベルでは無理だろう」

周作「そうだな」

白井「どうする？　木里子ちゃんに話すのか？」

周作「喜ばして、突き落とすことになるだろうが、陽春さんへの報告もあるから、隠すわけにはいかないだろ」

白井「それもそうだな。ところで、バンクへの登録申請に関する木里子ちゃんのデータは、いつでも提出できるようにすべて整えた」

周作「ありがとう」

○走る中央線

○聖ヨハネ病院・全景

周作の声「陽春が、ＨＬＡの遺伝子レベルの検査を受けて一週間が経った」

○同・第二内科・医長室の前の廊下

白井が慌ただしく医長室へ入っていく。

○同・第二内科・医長室

白井が入ってきて、電話をかけている周作に、

白井「おい」

周作「（白井を見るが、電話に）解った。それでいい。じゃあ」

言って切って、白井に、

周作「なんだ」

白井「驚くなよ」

周作「驚くなって、（白井を見て）まさか」

白井「そのまさかだよ。見てみろ、（用紙を渡して）今、検査室から届いたんだ」

周作は目を通す。

血清　A(0,0) B(0,0) OR(0,0)

遺伝子　A(0,0) B(0,0) OR(X,0)

周作「一座《いちざ》不一致なだけじゃないか」

白井「うん。DRB・1の一座が違っているだけだ」

周作「（白井を見る）――」

白井「木里子ちゃんが望んでいることだ。これでいこうじゃないか」

周作「大丈夫なのか？」

白井「うん。一座不一致なら大丈夫だ」

周作「こんなことってあるんだろうか」
白井「あったんだな。思う一念岩をも通すって、これは二人の念力だな」
言って笑う。

○マンション「ビュー・ステージ」・麻生家・表
木里子が急ぎ足で帰ってきて、インターホンを押す。
菊乃の声「はい」
木里子「あたし、ただいま」
菊乃の声「お帰り」
ちょっと間があって、ドアが開く。
木里子「おばあちゃん」
菊乃「パパから電話があって聞いたわよ」
木里子は入っていく。

○同・リビングルーム
二人は入ってきて、ソファに座る。
菊乃「よかったわね」

木里子「もう恐くない。……陽春さんの骨髄液に助けて貰えるんだもの。どんなに苦しくても、どんなに辛くても、耐えられるよ」
菊乃「(頷いて) 耐えて、治って、帰ってくるのよ」
木里子「勿論だよ。そうでなければ陽春さんに申し訳がたたないもの」
菊乃「そうよ。おばあちゃん、祈っているわ」

○龍雲寺・山門

○同・隠寮

床の間を背にした宗達が、周作と木里子の挨拶を受けている。陽春も同席している。

宗達「そのＨＬＡとやらは、めったに適合しないもののようですな」
周作「はい。木里子の主治医は、わたしの大学時代からの友人なんですが、ただでさえＨＬＡの一致は、数万分の一と言われているのに、木里子と陽春さんが一致するなど、奇蹟のようなものだと言っております」
宗達「その奇蹟じゃがな、聞くところによると春さんの父親の生家は長崎で一番古いオランダ菓子屋を営んでいるそうじゃから、長い歴史の中で先祖にオランダの血が混ざり、その遺伝子を春さんが継いだと考えれば、あり得る話かもしれませんぞ」

周作「なるほど、木里子の母はオランダ系のアメリカ人女性ですからね」
宗達「いずれにしろ、春さんがお役に立つわけで、なによりじゃ、のう、春さん？」
陽春「はい」
周作「本当にありがとうございます。また、ご老師にもご迷惑をおかけすることと思いますが、よろしくお願い致します」
宗達「それより木里子さん、移植を成功させて、必ず生還なされよ」
木里子「はい」

○聖ヨハネ病院・血液内科・診察室

木里子と周作も参加して、白井による陽春へのインフォームド・コンセントが始まっている。
周作の声「木里子と私も参加した上で、白井による陽春へのインフォームド・コンセントが行われた」
スーパー「インフォームド・コンセント」（十分な説明と同意）
白井「骨髄採取に伴う危険性は、針の穴からの感染や、針によって血管を傷つけることによる出血ですが、重要なことは麻酔に関することです。最悪の場合には命を失う危険性も、全くゼロではありません。それを承知した上で、ドナーを引き受けられますか？」
陽春「はい。お役に立ちたいと思います」

白井「解りました。では後で同意書をいただきます。時間がおありなら、この後、移植前の検査に入ります」
陽春「お願い致します」

○同・五〇五号室

ヒックマン・カテーテルをした木里子が、新村の手を借りてベッドに横たわる。
新村「大丈夫ですか？　ちょっと異物感があるでしょうけど、すぐ慣れますからね」
木里子「（頷く）――」
そこへノックがあって、陽春が入ってくる。陽春は、なんとなくいつもと違う感じなので、
陽春「（新村に）よろしいでしょうか？」
新村「（木里子を見る）――」
木里子「（頷く）――」
新村「（陽春に）今、ヒックマン・カテーテルをしてきましたので、ちょっと疲れていると思いますけど、どうぞ」
で、陽春はベッドのそばにくる。新村はその陽春に椅子を勧めて、
新村「（木里子に）なにかあったら、インターホンを鳴らしてください」
木里子「（頷いて）ありがとう」

新村は出ていく。

木里子「（疲れて、ボーッとした眼で、陽春を見て）二回目の蓄血《ちょけつ》にいらしたんですか？」

陽春「いえ、それはもう済みました。その帰りお寄りしたのですが、木里子さんはタクシーで歯医者さんにいかれたとかで、お留守でした」

木里子「ごめんなさい。検査だったんです」

陽春「今日は檀家にいった帰りなのですが、移植前に、もう一度お会いしたいと思ってお寄りしました」

木里子「（陽春を見る）――」

陽春「（優しく、励ます）大丈夫ですよ。頑張ろうとか、我慢しようとか、そう力《りき》むようなことは思わないで流れに任せていればよいのです。そうすれば、必ず移植は成功します」

木里子「（頷く）――」

そして、麻酔はまだ覚め切らない、ボーッとした感覚の中で、陽春を見つめる。

陽春「辛そうですね」

木里子「ちょっと疲れてボーッとしているだけです」

陽春「帰りましょうか」

木里子「大丈夫です。いてください」

言って、陽春に向かって右手を差し出す。陽春は、極く自然に、その木里子の手を両手で包み込むように握る。初めての、二人の触れ合い。二人は見つめ合う。僅かだが、深いときが流れる。そこへ菊乃が入ってくる。陽春はそっと手を離し、木里子の手をベッドの上に戻してやる。菊乃は見た。が、そこは年の功で、

菊乃「あら陽春さん、いらしてたんですか？」

陽春「はい、お邪魔しておりました」

菊乃「お茶も差し上げないで。今、お淹れしますわね」

陽春「いいえ、おかまいなさらないでください。わたしは寺に戻らなければなりません」

言って、立ち上がり、

陽春「では、木里子さん」

木里子「陽春さん、時間が出来たら、またきてください」

陽春「伺います。(菊乃に) 失礼致しました」

帰っていく。木里子の眼がその後ろ姿を追う。周作の声がかぶる。

周作の声「手を握っていた?!」

○マンション「ビュー・ステージ」・麻生家・ダイニングルーム

食事を終えてお茶を飲んでいた周作が、菊乃に、

周作「木里子の手を握ったって、坊さんのくせに？」

菊乃「お坊さんだって、人を好きになるでしょう。それに厭らしい感じはぜんぜんしなかったのよ」

周作「（あんまり面白くない）——」

菊乃「二人は好き合っているんだから、木里子が退院してきたら、結婚を考えてあげたらどうなの？」

周作「坊さんは厭だって言ってたじゃないか」

菊乃「そりゃあ最初はびっくりしたわよ。でも、礼儀正しいし、誠実だし、今どき珍しい青年よ」

周作「——」

菊乃「それに木里子の命を助けてくださる人よ」

周作「それはまあ、そうだが。なにも今、結婚をどうのって言うこともないだろ」

菊乃「やっぱり、厭なのね。木里子をお嫁にやるのが」

周作「（図星だが）そんなことはないよ。ただ、陽春さんは寺の息子じゃないって聞いてるからね。寺を持たない坊さんが妻帯したら、どうやって女房を食べさせていくの」

菊乃「どうにかなるでしょ。木里子は教師なんだし、体さえ治れば二人でなんとかやっていくわよ」

周作「——」

C・M

○聖ヨハネ病院・全景

周作の声「移植にそなえて、木里子が無菌室へ入ってから五日経った」

○同・無菌室

木里子がベッドに横たわって点滴を受けている。心電図のモニターが置かれ、枕元には吐しゃ物を受ける膿盆が置いてある。

周作の声「抗癌剤の大量投与によって、白血球、及び血小板が減少し始め、副作用による強い吐き気が木里子を苦しめていた」

マスクをした白井と周作が入ってくる。

白井「木里子ちゃん」

木里子は閉じていた眼を開ける。そして喋ろうとしたとき、こみ上げてくる嘔吐感に身をよじる。が、吐しゃ物は出てこない。

白井「いいよ、喋らなくて。明後日が移植だ。もうしばらくの辛抱だ」

木里子「(微かに頷く)――」

周作「木里子。明日、陽春さんが入院する」

木里子「(周作を見る)――」

周作「大丈夫だ。移植は間違いなく成功するよ」
木里子「（微かに頷く）――」

○同・病室・個室

新村を従えた白井が霜降りの着物を着た陽春に説明している。

周作の声「そして移植当日を迎えた」
白井「骨髄採取時の出血量は約八〇〇ミリリットルと考えられるので、採取と同時に、あなたが貯めておいた自分の血液を輸血します」
陽春「解りました」
白井「まもなく麻酔医がきて、麻酔の用意を始めます。ではわたしはこれで」

言うと出ていく。

新村「手術は二時間ぐらいで終わります。なにかありましたらコールしてください」
陽春「はい」

新村も白井に続く。

○同・廊下

骨髄採取バッグを抱えた新村が無菌室へ向かう。

周作の声「それから二時間後、採取された陽春の骨髄液が、木里子の待つ無菌室へ向かってい
た」

○同・無菌室

白井が、

白井「木里子ちゃん、陽春さんの骨髄液だ。今から移植するぞ」
言って、輸血同様の赤い血を点下させる。あえぎながらも、木里子はボーッとした眼で、赤い液
体を見つめる。僅かずつ、ゆっくりと木里子の体に点下されていく、陽春の骨髄液。ガラス越しに、
心配そうに木里子を見つめる菊乃がいる。

○聖ヨハネ病院・全景

夜。

○同・無菌室

陽春の骨髄液はもう残り僅かとなった。吐き気はあるが、木里子はやや落ち着いた感じで眼を閉
じている。周作が付き添っている。

周作の声「移植を始めてから六時間経った……」

白井が入ってきて、点滴容器を見て、

白井「そろそろ終わるな」

周作「うん」

白井「（木里子に）頑張ったな、木里子ちゃん」

周作「これからが大変なんだろ?」

白井「うん。骨髄液が生着するまで、まだ厳しい状態が続くだろう」

周作は木里子を見る。木里子は額に玉のような汗を滲ませて、あえぎ続ける。

○同・無菌室の内部が見えるガラス張りの廊下

ナースのみさおが陽春を案内してきて、

みさお「この電話で、患者さんとお話ができるようになっていますが、（覗いて）やっと、眠ったようですね。抗癌剤の副作用で、吐き気がひどくて眠れないいんです」

陽春は頷いて、ガラス越しに内部を見る。点滴に繋がれた木里子が、眠っている。陽春は見ているのが辛くなる。いつ去ったのかみさおの姿はない。そこへ典美がきて、

典美「陽春さん」

陽春「（典美を見る）――」

典美「一昨日《おととい》、移植したそうですね」

陽春「はい」

典美「セミナーがあって東京にいなかったものですから、今、学校を抜け出してきたんです」

言って、無菌室の中の木里子を見る。

陽春「（も、見て）辛いんでしょうね」

典美「でも、木里子は喜んでいると思います。陽春さんから命をいただいたんですもの」

陽春「――」

ガラス越しに見える木里子。

○同・無菌室

点滴の管に繋がれた木里子が高熱のため額に玉のような汗を滲ませて、あえいでいる。みさおが額の汗を拭いてやっている。

周作の声「四〇度にのぼる高熱が木里子を苦しめ始めたのは、移植後、四日目のことだった」

○同・無菌室

夜。そして五日後。高熱にあえいでいる木里子。白井がその木里子を聴診している。周作が入ってきて、

周作「熱はまだ下がらないのか？」

白井「うん。抗癌剤にも反応しないんだ」
周作「もう、五日目だろ？　どれだけ続くんだ？」
白井「うん」

○聖ヨハネ病院・全景

○同・無菌室

夜。点滴の管に繋がれた木里子があえぎながら眠っている。周作が付き添っている。

周作の声「木里子の高熱は移植後も続いていた。……そして移植十五日目の夜。木里子は夢を見ていた」

○木里子の夢

それは雲の上のような、捉えどころのない空間。遥か後方に、チャコを連れた翔が立って、こちらを見ている。木里子が、

木里子「翔君！　チャコもいるのね……」

言いながら彼らに向かって、駈けていく。が、木里子の動きはスローモーションで彼らに近づくことができない。

木里子「待ってて、今、いくから……」

と、陽春がこれもスローモーションで、木里子を追ってきて、

陽春「いってはいけない！　木里子さん！　いってはいけない！」

言って、木里子の腕をつかみ引き寄せる。振り向く木里子。二人は向かい合い、ひしと抱き合う。

舞いのように華麗な動きで、二人の初めての抱擁。

○聖ヨハネ病院・無菌室（現実）

朝の光が差し込んでくる。木里子が眼を覚ます。周作が気がついて、

周作「木里子、気がついたか……」

木里子は周作を見て、声を出そうとするが、出ない。

周作「いい、無理して喋るな」

木里子「……パパ、……生着、したの？」

周作「（頷く）――」

そこへ牧子が入ってくる。

牧子「いかがですか？」

周作「やっと、熱が下がってきた」

牧子「よかったですね」

周作「うん」
二人は木里子を見る。

C・M

○聖ヨハネ病院・第二内科・医長室
電話が鳴っている。

周作の声「移植から半月が経過した」
周作がきて、取って、

周作「第二内科です。……陽春さん、その節はお世話になりました。……木里子は一度熱が下がったんですが、まだご報告できる状態ではなかったものですから失礼していました。……いいえ、こちらこそ申し訳ありませんでした。ご老師によろしくお伝えください」
言って切る。そこへ検査表を持った白井が入ってきて、

白井「好中球が五〇〇、血小板はまだ二万、白血球もまだ少ないが、でも増え始めてはいる」
周作「生着し始めたのか？」
白井「明日、骨髄検査をして確かめよう」
周作「今、陽春さんから電話があったんだ」
白井「心配してるんだろ？　知らせてやれよ」

周作「うん、ありがとう、白井」
白井「うん」
二人は見合う。

○龍雲寺・山門

○同・隠寮
陽春が客に出した茶菓子の後片付けをしている。宗達が東司から戻ってきて、
宗達「客は帰ったか」
陽春「はい、お帰りになりました」
宗達「(座って)今日は来客の多い一日じゃった」
陽春「お疲れになりませんでしたか?」
宗達「それより、客の中から春さんの話が出た」
陽春「(宗達を見る)——」
宗達「春さんは、昔の歌に『手を打てば、魚《うお》は集まる、鳥逃げる、女は茶を汲む、猿沢の池』というのがあるのを、知っとるか?」
陽春「いいえ、知りません」

宗達「奈良、興福寺の塔が影を落とす猿沢の池のほとりで、（手を叩いて見せ）手を叩くとな、叩いた音は一色なのだが、魚は『麩がもらえる』と思って集まってくる。鳥は『危険が迫った』と思って飛んで逃げる。茶店で働く小女《こおんな》は客がきたと思って、茶を汲んで、『いらっしゃいませ』と出てくる。思い込みとはそんなものじゃと詠んでおるのじゃ」
陽春「『手を打てば、魚は集まる、鳥逃げる、女は茶を汲む、猿沢の池』……ですか」
宗達「人は十人十色の解釈をする。今日の客もそうじゃ。春さんは近く結婚をするのかと聞きよった」
陽春「（驚いて、宗達を見る）――」
宗達「わしは、そういう事実はないと答えたが、こういう噂は一人歩きするものじゃ」
陽春「――」
宗達「春さんは、今後どうするつもりでおるのか？」
陽春「（詰まる）――」
宗達「春さんは、木里子さんと結婚するのか、しないのか聞いておるんじゃ」
　陽春は「はっ」として、低頭し、
陽春「わたしは修行中の雲水です。結婚など滅相もありません」
宗達「雲水とて人間じゃ。結婚したければ、またそれなりの方法もあろう」
陽春「寺を持たないわたしには、家族を養う力はありません」

宗達「還俗《げんぞく》して、働き口を探す手もあろう」

スーパー「還俗」僧籍を離れて俗人に還《かえ》ること

陽春「(詰まる)――」

宗達「叱っておるのではない。手を上げよ」

が、陽春は手を上げることができない。宗達はその陽春を見つめているが、

宗達「宿題じゃ。よく考えて答えを出すことじゃ」

陽春「はい」

○同・陽春の部屋

陽春が座禅している。

周作の声「その日から、陽春はときを見つけては座禅し、」

○同・陽春の部屋

夜。陽春が『臨済録』を書写している。

周作の声「ときを惜しむように、『臨済録』の書写を続けた」

○聖ヨハネ病院・病室・五〇五号室

木里子がベッドに座って、お麩の煮付けと半熟玉子をおかずに、七分粥を食べている。

周作の声「そして木里子は、白井の言った通り、ゆっくりではあったが、薄紙をはがすように、快復に向かっていた」

○龍雲寺・夜の庭

月明かりに光る蹲踞《つくばい》。

○同・陽春の部屋

陽春が『臨済録』を書写している。陽春は最後の文字を書き上げて、筆を置く。大きな仕事を成し遂げた満足感が陽春の心を充たす。

周作の声「陽春は、長い時間をかけて書き写してきた『臨済録』の書写を終えた」

書き上げた机上の『臨済録』。

周作の声「そして、そのことが陽春に、大きな決意をもたらせた」

○龍雲寺・山門

○同・隠寮の前の廊下

陽春がきて、障子の前に正座、低頭して、

陽春「お願い致します」

宗達の声「うん」

陽春「失礼致します」

と障子を開ける。

C・M

○同・隠寮

陽春は入ってきて、宗達に向かうと、

陽春「老師にいただきました宿題、考えに、考え抜きました」

宗達「答えは出たか」

陽春「はい」

宗達「では聞こう」

陽春は低頭すると、

陽春「誠に勝手ながら、僧堂へ帰らせていただきたいと思います」

宗達「なぜじゃ」

陽春「わたしは雲水です。今まで通り修行を続けるのが最良の道と思います」

宗達「手を上げなさい」

陽春「失礼致します」

正座に戻る。

宗達「それで、未練はないのか」

陽春「(宗達を見る)――」

宗達「木里子さんに未練はないのかと聞いておるんじゃ」

陽春「正直申して、あります」

宗達「うん」

陽春「体中が未練のかたまりのように思うときさえあります。けれども、わたしには修行の道しかありません」

宗達「なぜじゃ。還俗して、木里子さんと結婚することができないわけではなかろう」

陽春「考えました。考えた末、わたしは木里子さんのドナーになることで、木里子さんへの愛を全うしたのだと思いました。あとは生涯修行を続け、もし万が一にも大悟《だいご》を得れば、多くの人のお役に立つことができます。わたしは、それを選ぶ決意を致しました」

スーパー「大悟」大きな悟り

宗達「そうか。よく解った。わしのことは心配せんでもいい。僧堂の知客《しか》さんに頼んで、春さんの替わりを探して貰おう」

陽春「（低頭して）我が儘、申し上げます」
宗達「よい。それより春さん、そこまで心を決めたのじゃ、大悟して、名僧になれよ」
陽春「（顔を上げて宗達を見る。心震える思いで）老師。……ありがとうございます」
低頭する。

○秋の深まる風景
周作の声「ときはまたたく間に過ぎて、秋も半ばを迎えた」

○走る中央線

○龍雲寺・山門
木里子が入っていく。
周作の声「退院した木里子は、まっすぐ龍雲寺に向かった」

○同・隠寮
木里子は抹茶を飲み終えて、茶碗を宗達に返す。宗達は受け取って、
宗達「麻生先生はお元気でおられるか？」

木里子「はい。今度の日曜日に、父も一緒にご挨拶に伺うつもりでいたんですけど……（言い澱む）」
宗達「春さんのことが気になって、急ぎやってきたということか？」
木里子「はい。陽春さんはいらっしゃいますでしょうか」
宗達「春さんは、もうおらん」
木里子「（急き込んで）どこへいらしたんですか？」
宗達「修行のため、僧堂へ戻ったのじゃ」
木里子「いつ帰っていらっしゃるんですか？」
宗達「もう帰ってはこん」
木里子「（宗達を見つめて）陽春さんはどうして僧堂へ帰られたのですか」
宗達「悩みに悩み、考えに考えた末の春さんの結論じゃった」
木里子「（すがるように）解りません」
宗達「男と女の愛は、時がたてば色褪せる。泥にまみれることさえある。だが春さんは、木里子さんに命という大きな愛を置いていった。その愛は、色褪せることもない。泥にまみれることもない。木里子さんの宝物じゃ」
木里子「（の頬に涙が伝う）——」
周作の声「そのとき木里子の心に」

○聖ヨハネ病院・無菌室

カニューラを通して木里子の体に点下されていく陽春の骨髄液。

周作の声「陽春の命を木里子に紡《つむ》いだ、あの赤い絲が浮かんだ……」

○龍雲寺・山門

冬の雲水衣を着た陽春が、白い脚絆、首に頭陀袋、太紐で振り分けにした袈裟文庫を前側に、雨合羽、白衣の風呂敷を後づけにしてひっかつぎ、網代笠を携えて、山門を出てきて立ち止まる。陽春は未練を断ち切るように網代笠をかぶると、立ち去っていく。

周作の声「陽春は去っても、あの赤い絲は木里子と陽春を永遠《とわ》に紡いでいくに違いない、木里子はそう信じたかった」

○桜町小学校・教室・五年二組

子供たちが木里子を囲んで歌う。

〽ぼくらはみんな　生きている
生きているから　歌うんだ

ぼくらはみんな　生きている
生きているから　かなしいんだ
手のひらを太陽に　すかしてみれば
まっかに流れるぼくの血潮
ミミズだって　オケラだって
アメンボだって
みんな　みんな生きているんだ
友達なんだ

ルナの顔。裕太の顔。大紀の顔。元の顔。おさむの顔。かおりの顔。ゆみの顔。ひさしの顔。皆、木里子先生が大好きな顔だ。木里子も歌う。木里子の顔が輝いていく。二番の歌詞に入ったとき、声がずり落ちて——。

周作の声「木里子は思った。陽春から貰った命を愛おしみながら、子供たちのために生きよう。教師として、精一杯生きよう、そう思った」

○天寧寺・山門

「天寧寺専門道場」の文字。

○同・僧堂・全景

○同・僧堂の中

座禅している雲水たち。陽春がいる。警策を受ける陽春。

○同・鐘楼

陽春が『観音経』を唱えながら鐘を撞いている。それらの画の下が黒地となって、スタッフ、キャストのタイトルが流れていく。

―完―

Ⅱ　私の脚本人生

デビュー作

人の一生というものは、あらかじめ設定されているのではないか、私はこの頃そう思うことがある。

出生も、辿ってきた幼年期も、少女期も、青春というあの時代の出来事も、すべて偶然によって連鎖したものではなかったように思えてくる。

シナリオ研究所（現在の「シナリオ講座」）に入所した時期一つを取っても、あの年が日本史上に残る安保闘争のあった一九六〇年であり、映画史上を飾った松竹の若手監督たちによるヌーベルバーグ台頭の年であったことも、私がシナリオ作家になる上でその影響が大きかっただけに、どう考えても偶然とは思えない。

それに私のデビュー作となった日活映画が「どん底だって平っちゃらさ」という、あの冴えないタイトルになったのも、とうに決められていたことであって、天のどこかで、私の人生のシナリオを書いておられるお方がいらっしゃるような気がしてならないのである。

「どん底だって平っちゃらさ」は私がつけたタイトルではない。企画担当のM氏がつけたのである。

私は厭だった。貧乏ったらしいし、泥くさいし、冴えないことおびただしい。夢にまで見たせっかくのデビュー作なのだから、もっと素敵なタイトルを選びたかった。

「別なのを考えます」

幾つかあげたのだがM氏は、

「これでいこうよ、これで通ったんだから」

と頑として譲らない。

内容は——貧しい少年とその幼い妹が母と死別して、血の繋がらない母の再婚相手の男に育てられるのだが、戦争で片腕を失った男には定職がなく、生きていくためには少年の幼い妹を里親制度を通して里子に出すしかない。生木を裂くような少年と妹の別れ。少年は貧乏を憎み、少年であるがための無力を痛恨する。だが、貧しさを共有していくうちに次第に男と心が通っていく——というストーリーで、私のオリジナルであったが、M氏が里親制度を扱った週刊誌のフォトストーリーを持ってきて、「これをヒントに作ってよ」ということから始まったのでM氏の企画である。

だから、厭だと思いながらもM氏に従ったわけである。

この厭だは、その後もずっと尾を引いて、

「デビュー作は？」

と聞かれる度《たび》に、

「どん底だって平っちゃらさ、です」

そう答えた後の穴があったら入りたいような気分は未だに続いている。

しかしこの拘りの深さにはもう一つの別な意味がある。

それは当時の私の生活が実際にどん底で、その年の私は二十九歳だったが、三十歳までにデビューできなかったら首を吊るしかないと真剣に考えていたほどだった。

一年前に離婚して、四谷三丁目の家賃六千五百円の台所付四畳半に住んでいたのだが、この六千五百円の家賃が払えない。

家主はアメリカの軍隊をリタイヤしたフィリピン系の二世で、一週間も滞納すると私の部屋のドアを開け、私を指差して、

「ユーアー・プアマン！」

と足を鳴らして叫ぶのである。

この声を聞く度に私は死にたくなるのだが、確かに家賃を払えないことは貧しい人間に違いないので返す言葉もなく身を縮め、室内を物色し、質屋に足を運ぶことになる。

毎月のことなので衣類は勿論のこと、時計、ラジオ、扇風機、ストーブ、最後にはコウモリ傘まで質屋に入ってしまった。

ちなみにコウモリ傘は五十円であった。

顔馴染みになった質屋のおじさんは、

「あんた、働きなさいよ」

と心配そうな顔で言ってくれる。

働いていなかったわけではない。

有楽町の毎日新聞本社の一階にある英文毎日で時給八十円のバイトをしていたのだが、

「バイトなんかしていたら、一人前のライターにはなれないよ」

口ぐせのようにM氏が言うから辞めたのである。

辞めてM氏の下で半年間、せっせとプロットを書いていたのである。このプロット代が安い。ペラ六十枚書いて千八百円、税金を差し引いて手取り千六百二十円である。しかも書いているプロットは「どん底だって平っちゃらさ」で、これを何回も書き直させられているのだから、プロット代は一本しか出ない。これでは生活がどんどん「どん底」に落ちていくのは自明の理だ。

「もう少し泣かせようよ。この手の企画を通すにはプロットで泣かせなければだめなんだよ」

M氏はしつこい。

「これで泣けないなんて、感受性が欠落しているんじゃないんですか」

「あ、そういうこと言うの。だったら感受性の欠落している人をも泣かせるプロットを書きなさいよ。これが通れば、あんた、ライターになれるんだから。もうひと書き頑張りなさいよ。自分のためだよ」

まあ、それはそうだけど、家賃も払わなければならないし、三度の食事を一度か二度にしたとしても、食べなければならない。

私には泣きついていく場所がなかった。

すでにばついちだった私と結婚するために大変なエネルギーを使ってくれた夫に、どうしてものを書いて生きたいから別れて欲しい、と我がままを言って強引にばつにになった私は、親戚縁者から爪はじきの目に遭っていた。

もっとも、今でこそばついちだばつにだと呑気に書いていられるが、あの頃はまだまだ離婚した女性に市民権はなかったのだから、二度も、となると親戚縁者が怒るのも無理はなかった。


ともかくその夜、私は真剣に考えた。

贅沢をする気は毛頭ないが、脚本家としてデビューするまでの間、家賃を払って暮らしていけるお金がどうしても必要なのに、貸してくれる人は誰もいない。バイトに時間を取られていては原稿が書けない。どうしたらいい。

あれやこれやと考えているうちに、天啓のように閃くものがあった。

そうだ。お金が必要なら拾えばいい。広い東京だもの、落とす人もいるだろう。

ここが私のだめなところで、そう思いついた途端、もう拾った気になってその夜はぐっすり眠ってしまった。

翌日私は新宿に出かけた。

勿論、お金を拾うためである。

二幸の前を皮切りに、紀伊國屋書店の前を通って伊勢丹を廻り、歌舞伎町界隈からまた二幸の前に戻り、武蔵野館から三越裏に抜け、再び伊勢丹へと三時間余り、私の眼は地面を這い廻ったが、眼に入るものは道往く人の靴の群れと、舞い上がる砂埃と紙屑ばかりで、お金など一銭も落ちていなかった。

結局、棚からぼた餅など落ちていないことを思い知らされた私は、疲れ果てた足を引きずって、二幸の前からバスに乗った。

忘れもしない、新宿駅東口の時計が三時十分を指していた。

翌朝、新聞を読んで飛び上がった。

棚からぼた餅は落ちていたのである。

三百万円、二幸の前の車道に落ちていたのだ。

しかも、昨日三時四十分頃、つまり私がバスに乗った三十分後にである。

落とし主は、集金した三百万円の入った紙袋を車のボンネットの上に置いたまま車を走らせてしまったと新聞には書いてある。拾った人は警察に届け、謝礼として三十万円貰っている。

三十万円あったら……。

ちなみに「どん底だって平っちゃらさ」の脚本料は十万円であった。

私は気落ちして、寝込んでしまった。

だがもし私が拾っていたら、警察へ届けただろうか。届けなかったら犯罪者となる。届けて三十万円の謝礼を貰ったとしても、当時の貨幣価値からいえば莫大な金額である。

私は浮かれて苦しい原稿書きを放棄したかもしれない。

あの日、三百万円が落ちる三十分前にバスに乗ったのは、天の配剤としか言いようがない。

その替わり、天は後年私にご褒美をくださった。

ご褒美は、この体験を思い出して、家計のやりくりに追われている主婦がある日、見知らぬ青年と相乗りしたタクシーの中で大金を拾ったために人生を大きく変えてしまう、というドラマを発想することで形になった。

テレビ朝日制作の連続ドラマ「雨のしのび逢い」(一九七八)、MBS制作の帯ドラマ「ある日、突然……」がそれである。


金策はできない。

助けてくれる人は誰もいない。

思い余って、離婚した夫に借金を申し入れる電話をかけた。

私の我がままで離婚した人に言える義理ではなかった。それなのに彼は「幾ら?」とも聞かずに待ち合わせの場所を指定した。

出かけていくと彼の方が先にきていて、黙って二万円渡してくれた。

涙がこぼれそうになった。

彼だってまだ三十歳になったばかりのサラリーマンである。二万円がどれだけ大きなお金か私には痛い程解っている。それなのに私は涙を見られるのが厭で、わざと明るい声を出して、

「昔、夫婦だったたって、素晴らしい関係だと思う」

と言ってしまった。

なんて思い上がった言葉だろう。私はこのときのこの言葉を思い出す度に、未だに自分が嫌いになる。

どん底だって平っちゃらさ

昭和の世相史を開いてみると、昭和三十七年は東京の人口が一千万人を突破して世界初の一千万人都市が誕生し、大都市への人口集中が始まり、テレビの普及率も五〇パーセントに近づきつつあって、人々の関心が「食べること」から「生活を楽しむこと」に移行し始めた年とある。

だが、離婚した相手から借りた二万円も、未払いだった家賃に充当するとすぐ底をついてし

まい、何度書き直しても手取り千六百二十円にしかならない「どん底だって平っちゃらさ」のプロット書きのため文字通りM氏に首根っこを押さえられていた私は、「生活を楽しむ」どころか「食べること」にも事欠いていた。

そんな時期、私はちょっと忘れられない体験をしている。

それは朝日新聞に掲載された広告から始まる。

広告は、「あなたに三千円差し上げます」という見出しで、「二十歳から三十歳までの女性に限る。日時、×月×日(日曜日)十時から十五時、於・丸の内第一生命ホール　アンネK・K」というものである。

なんだろう。十時から十五時までなら水商売ではなさそうだ。しかも三千円くれるというのだ。ともかくいってみよう。まさか只でくれるというわけではないだろうが、できそうもない仕事なら断ればいい。

指定の日曜日は寒かったように記憶している。

休日の丸ビル街は人っ子一人いないのが通常なのに、その日はやけに人が多い。

しかもほとんどが若い女性で、女子学生タイプに、若い主婦タイプ、それに当時はBGと言った今で言うOL風、それらに地方から出てきた上京型がちらほら混ざり、ともかく群れをなして一定方向に流れていく。向かう方向が同じなので、流れに従ってお堀端に出てみると、なんとその群れは第一生命ビルに吸い込まれていくではないか。

大ホールはたちまちのうちに満席となり、立ち見も出て立錐の余地もないほどの盛況となった。

三千円欲しい女性は、この大東京にこんなにも大勢いたのかと、私は感心したり、意を強くしたりしながら、入り口で渡された「アンネ・ナプキン」と書いてある今まで見たこともない、ふわふわとして柔らかい手触りの、楕円形の品を眺めていた。

と、ベルが鳴り、照明が落ちて、幕が開いた。ＢＧＭが流れ、スポットライトを浴びて舞台の中央に立った大柄な女性が、客席に向かって深く一礼した。

拍手が湧いた。

歌でも歌うのかと思って、私も拍手した。

ところが違った。

この会社の専務だと名乗る男性が現れて、彼女を、「これから創立するアンネ株式会社の社長となるＳ女史だ」と紹介し、

「アンネ株式会社とは女性の生理用品を製造販売する会社で、しかもその製品アンネ・ナプキンは画期的なもので、一つに、吸収性があるので洩れない。二つに、脱臭効果があるので臭わない。三つに、コンパクトに出来ているので持ち歩きに便利。という効用があるため、今日まで女性を苦しめ続けてきたあの生理日の不快感から、女性を解放するものである」

と述べ、

「さっ皆さん、今まで下を向き、『あれ』とか『あの日』とか声をひそめて言ってきた生理の日を、今日から大きな声で、明るく、胸を張って、アンネの日と呼びましょう」

と高らかに言った。

その瞬間、ファンファーレが響きわたり、待っていましたとばかり社長のS女史がくす玉を割った。

舞台一面に紙吹雪が舞い、舞台中央に「アンネの日」と書かれた垂れ幕が降りた。

拍手が起こった。

私もつられて拍手した。拍手しながら、アンネ・フランクの『アンネの日記』から取ったに違いないが、「アンネの日」とはよくもまあ付けたものだと感心した。

ところで、三千円はどうなるのだろう。

この新製品を街に出て即売してこいというのだろうか。

それは専務も言っているように、当時はまだ女性の生理については声をひそめていた時代であったから、かなり恥ずかしい、親が聞いたら嘆くに違いない行為であった。けれどもここまできたらやるしかない。

しかし、これだけの人数に三千円を払うとなると相当な額である。と、人の懐を心配したとき、まるで私の心を読んだかのように専務が言った。

「今日は大変大勢の方にお集まりいただきまして、私共は嬉しい悲鳴をあげている次第でございますが、我が社がお手伝いをお願いするのは百名。従ってこれから簡単なテストをさせていただきます。尚、パスされた方にはお食事の用意がしてございます」

なあんだ、というざわめきが起きたが、帰っていく人はいない。

ともかく三千円のためにテストを受けてみようじゃない、それにお腹も空いていて、用意されているというお食事とやらにも誘われる、というのが私を含めたあらかたの人の本音だったようである。

テストは、十人ほど並んだ試験官（といっても、社長と専務と社員たち）を薬局の主人と思い、アンネ・ナプキンの特徴を説明し、置いて欲しいと依頼することであった。

要するにさっき聞いた専務の話を要約すればいいことだったが、ほとんどの人が落ちてしまい、ざわざわ帰っていく中をパスした百名が集められ、用意されたお食事を手渡された。のり巻きといなり寿司の折詰だった。

なあんだ、と思った。二度目である。

三度目の、なあんだ、はもっとひどかった。

つまり三千円についてだが、今、試験官の前で言ったと同じことをこれから指定する三十軒の薬局へいって話してくること、そして更に一カ月後にもう一度いって、製品を置いて貰っているかどうか確かめてくること、しかも、カードを渡すからいったことを証明するために、その都度薬局のゴム判を押して貰ってくること、従って、一カ月後に六十個のゴム判が押されたカードを持ってきたら三千円を支払い、なお二千円に相当するアンネ社の製品を贈呈するというのである。

ＯＬ風が折詰を置いて黙って出ていった。

主婦タイプが「これはいただいてもよろしいんでしょ、今までいたんだから」と折詰を持って出ていった。

二十人ぐらい帰っていっただろうか。

結局残ったのは女子学生タイプと地方からの上京型と私の八十名ほどであった。

悔しいけど、どうしても三千円が必要な者だけが残ったのである。

ともかく、アンネという会社は頭のいい会社である。新聞に掲載した広告料が幾らだったのか、第一生命ホールに借り賃をどれだけ支払ったのか知る由もないが、ともかく八百人近い女性を集めたのである。彼女たちは、私が友人、知人にあの日のことを喋りまくったように、多くの人に話したに違いない。すごい宣伝である。しかも製品は当時にしては画期的で、申し分のない品であったから女性の間に浸透するのは早かった。

以来、女性たちはあの陰うつな日々から解放され、あの専務が明言した通り、今まで口ごもっていた「生理」を堂々と「アンネ」と呼ぶようになり、人前でも平気で「生理日」を「今日はアンネなの」と口にするようになった。

そしてそれと引き替えに女性は羞恥心を失っていった。

つまり女性の歴史はあの日を境に変わったのである。その境目の日に、私はあの場所にいたのである。

その年の秋もだいぶ深まった頃、七回書き直した私の「どん底だって平っちゃらさ」のプロットが日活撮影所の企画会議を通過し、映画化が決定した。

プロデューサーと監督が決まり、正式の脚本の執筆の依頼を受ける段になってM氏が、

「誰かベテランの脚本家《ほんや》について貰って共同脚本にした方が安全だと思うね」

と言い出した。

映画界では共同脚本を並びと言い、先輩の脚本家と並びでデビューするとなかなか一本立ちにして貰えないという話を聞いていたので、私は必死だった。

「一人で書かせてください」

「しかしねえ、クランクインも決まっているんだよ、失敗したらどうするの。失敗してから脚本家を探して頼むんじゃあ間に合わないよ」

「失敗はしません」

「そう言うけど、あんた、初めて書くんだよ。今まで書いてきたのは習作だろ。これは映画化される商品としての脚本なんだからね」

「何日私にいただけるんですか」

「何日って？」

「私が失敗作を書いたとして、迷惑をかけない日数です」

「三日だね。三日で書いてきなさいよ」

無茶苦茶な日数だった。ペラ二百四十枚前後の映画の脚本を三日で書けるわけがない。

さすがに同席していた岩井金男プロデューサーが口をはさんだ。

「M君、それは無理だよ」

「いや本人が強情を張っているんだからやらせてみればいいんですよ」

このとき私はM氏に激しい敵意を抱いた。

この敵意がなかったら、私は三日で映画の脚本を書き上げることができなかったと思う。

ほとんど眠らなかった。その間なにを食べていたのか記憶もない。ともかく書き上げた。

こうして「どん底だって平っちゃらさ」は森永健次郎監督に依ってモノクロで映画化された。

キャスティングは後年「狼少年ケン」の声で活躍した西本雄司君を少年に、奈良岡朋子さん、殿山泰司さん、中台祥浩さん、平田大三郎さん、田中筆子さんという実に地味なものであった。

まだ女性の映画脚本家は五指にも満たない時代だったので、私のデビューは「女性脚本家スタート」という見出しで日刊スポーツ紙に紹介された。

試写にいくお金のない私は、この新聞と台本を持って馴染みの質屋に駈け込んで、

「おじさん、出たの。ほら、私の脚本が映画化されたの。脚本料が入るのよ。だから二千円貸して」

そう言って、新聞と台本を交互に見せながら、眼を白黒させているおじさんから二千円借り受けた。

初号試写は日活本社の試写室で行われた。

昭和三十八年二月二十七日、その日は奇しくも私の三十歳の誕生日であった。

私の首は皮一枚で繋がったのである。

この日の太陽は私だけのためにあると思って見上げた空を私は忘れることができない。

空は鈍色《にびいろ》で、太陽はオレンジ色の輪郭をぼんやりと見せてはいたが、決して燦然とは輝いていなかった。

いかにも私らしい貧しげで、頼りなげな空と太陽だった。それでも私には限りなく優しい、暖かい空と、太陽だった。

だが、その空と太陽に象徴されたかのように「どん底だって平っちゃらさ」はあまりに地味だという理由で一番館では封切されないで、二番館の笹塚日活で封切られた。モノクロの二本立てで、もちろん入場料も安かった。

初日、笹塚日活に入って驚いた。

ぽつんぽつんと座っている観客は何度数えても十二人、私を入れて十三人だった。裕次郎さんの映画には立見はおろか、行列のできた時代である。十三人は侘しかった。どうか入ってください、どうか入ってください、外に出て呼び込みをしたい思いだった。ベルが鳴り、暗くなり、スクリーンに日活マークが出ても、もうそれ以上誰も入ってこない。寒い風が館内を吹き抜けていくような気がした。

そのとき初めて私は呟いた。

「どん底だって平っちゃらさ」

そして寒い風に立ち向かうように、少しだけ胸を張ったのである。

お早う、チンパン

テレビドラマの処女作はフジテレビで制作された一時間ドラマ「佃煮の歌」（一千万人の劇場）である。

放送されたのは、隅田川に佃大橋が新設された昭和三十八年だった。

この大橋開通に伴って、それまで佃島と対岸を結び、東京名物の一つとして、三百年の間人々に親しまれてきた隅田川の〝佃の渡し〟が廃止され、また一つ江戸情緒が消えていくので、その哀感をドラマで描こうというのが企画意図だった。

まだＶＴＲのない時代の生放送であったから、出演者が衣装替えをする間は別な場面で繋いでおくとか、出演者のセットからセットへの移動を考えた上で、芝居を組まなければならなかったり、色々と制約があってテレビドラマとはずい分書きづらいものだと思ったものである。

主演は伴淳三郎さんで、名作「飢餓海峡」に出演された直後であった。

モノクロの小品ながら、好きな自作として私の記憶に残っている。

だが実は、もう一つの正真正銘の処女作がある。

やはりフジテレビ放送の「お早う、チンパン」である。

スポンサーはバヤリースオレンジで、五分枠、内容は正味三分だったと思う。出演は二匹のチンパンジーで、二匹でお父さんとお母さんと子供を演じるので、親子三匹が揃って登場するシーンはない。

シナリオ研究所の先輩の紹介で執筆グループに参加したのだが、先ず局内の会議室に招集され、多摩動物園のチンパンジー飼育係から、チンパンジーの生態について講義を受けなければならない。

講義の後で質問を求められ、一人が早速手を挙げた。

「それで、チンパンさんはどの程度のお芝居ができるんでしょうか?」

「お芝居はできません」

「あ」

一同は絶句した。

「お芝居はできませんが、両手を合わせて上下に、バーン! バーン! と叩きます。そして、両手で自分の頭をバーン！　バーン！　と叩きます」

そう言って、飼育係氏は両手を合わせるとゆっくりした動作で上下にバーン！　バーン！

と叩いて見せ、頭も両手でゆっくりとバーン！　バーン！　と叩いて見せた。

なるほど、こういう動作をするわけだ。

「それで……」

と聞こうとしたら、飼育係氏はチンパンジーの動きをまねして、両手をだらりと下げてのっし、のっしと歩きながら、ひと廻りまわって見せた。

ライターたちが余程失望感を顕《あらわ》にしたのだろう、ディレクターが慌てて説明を始めた。

「これだけしかできないんですが、衣装を着せると、これがなんとも様になるんですよ。例えば手を叩くと『納得！　納得！』とか、『いい意見よ、あたしは賛成だわ』とか、『ああ嬉しい！』の表現にもなりますし、頭を叩くときは『まいった！　まいった！』それを言われると自尊心が傷つくんだよなあ』とか、いろいろ表情が出るんですよ」

「ということは、チンパンさん、芝居はできなくても、台本に書いてあることはある程度、表現してくれるわけですね」

と念を押した人がいた。

「いや、それは無理です」

飼育係氏は即座に否定し、

「彼らは字が読めませんし、動作は今お話ししたように二つのパターンしかできませんから」

と言い切った。

室内は再び静まり返った。

原稿料が三千円だというのでやってきたのだが、これはちょっと難し過ぎる。ともかくさっき質問しかけたことを聞くことにした。

「それで、あのォ……チンパンさんを通して何を語ればいいんですか？」

一番最初の質問者がさん付けをしたので、なんとなく皆呼《みんな》び捨てにできなくなって、私もチンパンさんと敬称を使った。

挨拶が済むとすぐ講義が始まってしまったので、なんとなく出番を失っていたプロデューサーが、待っていましたとばかり身を乗り出した。

「話が後先《あとさき》になってしまいましたが、皆さんの前にお配りしてある企画書に人物設定が書いてありまして、登場人物は、サラリーマンの山本太郎、妻の花子、小学生の息子、一郎です。この三人の家族が織りなすホームドラマを、皆さんに書いていただきたいのです」

「しかし、チンパンさんは台詞を喋れんでしょう」

別な人が聞いた。

「いいえ、台詞は、書いていただけば、声優が喋ります」

それを聞いて、ほっとした空気が室内に流れた。

「登場人物は三人に限定されるんですか？」

書く気充分になった人が、勢い込んで尋ねた。

「いや、そんなことはありません。隣の奥さん、会社の同僚、一郎の友達、自由に出してくださって結構です。ただし、チンパンジーは二匹しかいませんから、ワンシーンに三人の人物を出されては困ります」

理解を超えるプロデューサーの説明をディレクターが補足した。

「つまり、二匹のチンパンジーが衣装を替えることで、どの役もこなせてしまうってわけなんです」

「でも、顔が……」

違うんじゃないか、と私が言いかけたとき、

「大丈夫、大丈夫。同じような顔ですから、解りゃしませんよ」

とディレクターが言った。

すると飼育係氏が憤然とした顔で、

「お父さん役は太郎の方しかできませんよ」

と言うので、一同が、なぜ？　という眼を飼育係氏に向けると、

「煙草を吸えるのは太郎の方ですからね」

彼は得意そうに答えた。

これはチンパンジーとしては特殊技能で、白いYシャツにネクタイを締め、ぴしっとスーツを着こなしてすぱっ！　すぱっ！　と煙草を吸う姿は堂に入って、オンエアするとうけにうけた。

禁煙、嫌煙が言われている今なら、動物愛護協会からお叱りを受けるところだが、当時は煙草の害など言う人はいなかったので、私たちチンパン・ライターは大いに助けられたものである。

「ところで」

とプロデューサーが立ち上がったのは、説明もあらかた終わり、散会近くなったときだった。

「ご執筆いただく前に、お願いしておかなければなりませんのは、何分にも相手はチンパンジーなので、こちらの言うことをどれくらい聞いてくれるか解りません。あっちへいくように、と言っても、こっちへきてしまうかもしれません。そこで念のため、第一稿を書いていただき、それを基にディレクターが画を撮りますので、その画を見てから、改めて、チンパンジーの動きに合わせたダイヤローグを書き入れ、完成台本にしていただきたいのです」

なるほど、そのダイヤローグを声優がアフレコしていくわけだ……と感心したのと、その日に出た幕の内弁当がやたらに美味しかったのを未だに記憶している。

が、その後が大変だった。

口紅一つ買えないで、家計のやりくりに追われているお母さんが、毎晩お酒を飲んで帰ってくるお父さんと、まだ使えるノートを捨ててしまったり、食べものの好き嫌いを言ったり、贅沢ばかり言っている息子に愛想をつかして、それならあたしだって……と貯めておいたへそくりで口紅を買い、（デキレバ）鏡の前で嬉しそうに唇に塗る。

というような台本を書いて、その画の出来上がるのを待った。

何しろ、自分の書いた台本が映像になるのは初めてのことなので、たとえ役者がチンパンさんでもわくわくする思いだった。

出来上がった日、試写室へいっておどろいた。

理解できるのは、お父さんが煙草を吸っているシーンだけで、後はもう何が何だかさっぱり解らない画の羅列だった。

セットの中をお母さんが右往左往、のっし、のっしと歩き廻り、バーン！　バーン！　と頭を叩いたかと思うと、どっかへいってしまい、セットは無人になってしまう。と、家計簿らしいノートを持って戻ってきて、そのノートを床に投げつける。そこへ衣装替えして息子に扮したお父さんが飛び込んできて、いきなりお母さんを突き飛ばし、飛び出していく。お母さんはひっくり返ったまま、天井を睨んでいる。

シーン替わりして、セットはダブルベッドに立派なドレッサーのある寝室。

おめかしをしたお母さんが、ハンドバッグを片手に買物から帰ってきた感じで入ってくる。バッグの蓋を開け、中身をひっくり返したかと思うと、またどこかへいってしまい、どうやらスタッフが持たせたらしい口紅を持って再び登場。

ドレッサーの前に立つと何を思ったのか、鏡に口紅をぐちゃぐちゃ塗りたくって、画面はそこで、ぷつんと切れた。

フィルムを巻き戻して貰い、何回も見た。だが見れば見るほど頭の中は混乱するばかり。まあ、前半はなんとか台詞をかぶせられるとしても、ラストの口紅塗ったくりの件《くだ》りだけは、なんともし難い。

「明後日アフレコしますから、原稿は明日までに持ってきてください」

プロデューサーはいとも簡単に言うが、私は席が立てない。

そこへディレクターが入ってきた。

「あ、観てくれました？」

「ええ」

「口紅のところはどうでした？　テーマですからね、なんとしてでも撮らなければと思って頑張ったんですよ」

ディレクターはケロッとしていた。

その日、私は明け方まで考えた。考えて、考えて、考えた末に、
花子「口惜しい！」

と叫んで、感情を抑えきれずに、口紅を鏡に塗りたくる。

画面、ストップして――

花子「(我に返って)……もったいない、せっかく買った口紅なのに……これこそ本当の赤字だわ」

と書いた。

その前は忘れた。けれども、このラストの口紅のシーンだけは憶えている。

苦肉の策とはこのことである。

ところが、オンエアを観て驚嘆した。ドラマになっているのである。お母さんは生活の大変さを嘆き、お父さんは知らん顔で煙草を吸い、子供はお母さんに反抗し、お母さんは思わず、買ったばかりの口紅を鏡に塗りたくるほど逆上してしまう。山本家の日常は見事に描かれていたのである。

テレビの不思議さと言うべきか。

ここまで読まれて、なんだ、日光猿軍団の猿さんたちの方が、役者としてよっぽど優れているではないか、等と思わないで欲しい。

チンパンさんたちの名誉のために言っておくけれど、彼らは頭が悪いのではなく、飼育係氏が優しい、心温かな人だったのだ。

日光猿軍団の猿さんたちは、一見名演技をしているようだが、常に眼が、体が、脅えている。それが辛くて、私は見ないようにしているのだが、たまにワイドショーなどで見かけてしまうと、あのチンパンさんの、のどかで、ゆったりとした表情を思い出し、「時代なのかなあ」と思ったりする。

「お早う、チンパン」を書いたことを、私は人に言わないできた。

ところが先年、フジテレビでプロデューサーの遠藤龍之介さんにお会いして、

「フジテレビって、本当に懐かしいところなんです。まだ売れない頃、チンパンジーのドラマを書いたことがあるんです」

と口をすべらせてしまった。

遠藤プロデューサーは、私の顔をまじまじと見られ、

「バヤリースオレンジの『お早う、チンパン』でしょ？　ぼく、子供の頃、観てました。テレビに齧りついて観ていたんです。名優でしたよね、あのチンパンジー。いやあー、そうだったんですか。あの『お早う、チンパン』を書いていらしたんですか。尊敬します。ぼく、本当に尊敬しちゃいます」

と少年の日と同じ眼をされた。

あれから三十余年、おそらく鬼籍に入ったであろう、あの二匹のチンパンさんに、

「よかったね、チンパンさん、以って瞑すべし、……だね」

私はそう語りかけた。

ハムから煙《けむ》が出た

プロデューサーの水の江瀧子さんに呼ばれて、三田明の「美しい十代」を主題歌にした映画を作るので、そのシナリオを書くように言われたのは昭和三十九年だった。

時は橋幸夫、舟木一夫、西郷輝彦、御三家時代。その御三家にちょっと遅れてデビューしたのが三田明で、学生服の似合う可愛い少年だった。

「宮内君はカラー作品は初めてなんだろ？　頑張れよ、これで一人前になれるんだから」

当時はまだ課長だった黒須孝治企画部長から励ましの言葉をいただいて、頑張ったわりには自慢できる作品にはならなかった。

それでも脚本料は「どん底だって……」の倍の二十万円になり（但し、この後、他社で書くまで延々とアップしなかった）、三作目のこの作品で、私は晴れてシナリオ作家協会に入会した。研究生はフィルムをデザインした黒地の作協マークに、金文字で「研」と書いたバッジを貰って胸に着けていた。

協会員になるとバッジは銀色になり、「研」という字が消えるのだと、当時の事務局から聞

かされていた私は、文字通りの銀バッジを胸に飾れる日を夢に描いていたから、勇んで協会の事務局へいき、

「銀バッジをください」

と頼んだら、

「もう作っていません」

と簡単に断られてしまい、大いに落胆したものだった。

その翌年、黒須部長から、

「宮内君、山田信《ノブ》さんと共作してみないか?」

と言われた。

私は息を呑んだ。

すぐには答えられなかった。

当時、山田信夫さんといえば「陽に背く者」がシナリオ作家協会のコンクールに入選、その後すぐ日活と契約、「憎いあンちくしょう」「執炎」「美しさと哀しみと」等々、どきどきするような作品を次から次へと書かれ、私にとっては雲の上の先輩であった。

「由起しげ子の『ヒマワリさん』という原作があるんだが、小百合ちゃんの企画なんで、まだ一人じゃあ無理だろう」

「はい、是非、山田さんとご一緒させてください」

「うん。勉強してくるんだな」

黒須部長に連れていかれたのは、渋谷の南平台にある芙蓉荘という旅館だった。

日活の常宿で、日活映画を書くライターたちは、ここに缶詰にされることが多かった。

この日から二十日ほど私もここに缶詰となるのだったが、当時は山崎巌さん、小川英さん、才賀明さん、国弘威雄さんが入っておられ、廊下で顔を合わせ、若輩としては慌てて挨拶したのを憶えている。

山田信夫さんとは日活専属のシナリオライターの集まりであるライターズクラブでお会いしていたが、言葉を交わすのは初めてだった。

ちなみにこのライターズクラブには若き日の中島丈博さん、倉本聰さんも所属しておられた。

緊張して臨んだ山田さんとの打ち合わせは思ったより簡単に済み、

「まずハコを作って貰い、それをもとにして話し合いましょう」

と山田さんは仰有り、黒須部長は、

「それがいい。宮内君、ともかくハコを作れや。今日からここにこもって一週間後にまた信さんとここにくるから、頑張っていいものを作ってくれよ」

そう言われ、二人は私を置いてさっさと帰っていかれた。

さあ、困った。

ハコとは構成のことで、一種のシナリオ用語である。語源は知らない。ただ、シナ研時代の講師の先生から、「ワンシーンごとにカードを作り、それをファーストシーンからラストシーンまで床に並べ、ああでもない、こうでもないと、カードを入れ替えたりしながら構成を立てた有名ライターと有名監督がいて、そのカードが白い箱に似ていたことから、以来構成を立てることをハコを作ると言うようになった」と伺ったことがあるが、真偽のほどは解らない。

そのハコを、私はこれまで一度も作ったことがない。

ハコを立てずにシナリオを書いてきたのである。

というのも、シナ研のせいにするわけではないが、シナ研には、

「ハコを立てることを、まず勉強すること。ハコの立てられないシナリオ・ライターは長生きできない。たとえ二、三本は書けたとしても後が続かない。必ず潰れると思いなさい」

と言われる講師と、

「ハコなど作る必要は全くない。ハコを作っていると理に落ちて、登場人物の感情の流れや躍動する生命感をそこねてしまう。そういう弊害を生まないためにも、ハコなど作らず人物中心に生き生きと書くべきである」

と言われる二つのタイプの講師がいた。

私は迷ったあげく、というより、どうやってハコ（構成）を立てたらいいか解らないまま、「ハコなど作る必要は全くない」と言われた講師の教えの方を選んできたのである。

従って、「ともかく、ハコを作れや」と言われても、どうやって作っていいのか解らない。作り方が解らないのである。

非常に困った。

今更、「ハコの作り方が解らないのです」と泣きつくわけにはいかない。私は原稿用紙を前に、悶々と日を送った。そして、シノップシスのようなものを作って約束の日を迎えた。

今度はプロデューサーも同席した。

「じゃあ、始めてくれないか」

黒須部長に促されて、私は、シノップシスのようなものを読み上げた。

自信のない分早口になったせいもあって、あっと言う間に読み終えた。

三人の顔に落胆の色が浮かぶのを、私は素早く読み取った。

どうしよう、と思ったとき、

「宮内君はハコを作ったことがないのか?」

と黒須部長に聞かれた。

「はい」

「しょうがないな。どうする、信さん?」

「そうだね、今日からぼくも参加して、宮内さんと一緒にハコを作ろう」

山田さんが出してくれた助け舟だった。

それから一週間、私は山田さんからハコ作りの方法を学び、出来上がったハコをもとに第一稿を書くことになった。

書き上がった第一稿を読まれた山田さんは、「よくできている」と讃めてくださり、黒須部長に、

「いい脚本《ほん》だよ。ぼくが手を入れる必要は全くないから、タイトルは脚本・宮内婦貴子、構成・山田信夫にしたらいい」

と言われた。

私は驚いた。

なにしろ、脚本を一字も書いていないアシスタント・プロデューサーの名前が、共作者として台本に並んでいるので強く抗議すると、

「一緒に苦労したじゃない」

と、いいしれっとした答えが返ってくる。

確かに、シナリオハンティングに一緒にいって貰ったり、資料集めはして貰った。けれども脚本を共作した憶えはない。それをプロデューサーに申し立て、台本から名前を消してもらうのに一苦労したことがある。

そうかと思えば某監督などは、生原稿《なま》を読みながらコンテを考えていきたいと、私のもとから出来上がっている原稿を、せっせと運んでいき、

「ついでに印刷屋へ出しておいてあげたよ」

と言うから、「ご親切に」と思いお礼を言えば、刷り上がった台本にちゃっかり自分の名前を共作者として並べている。

「冗談じゃない！　どういうことですか、これは？」

と詰め寄れば、奥さん同伴でやってきて、

「すまない。家を改造してその費用がいるので、この通りです」

と二人並んで頭を下げる。

そういうことを体験しているだけに、山田さんの言葉は「潔《きよ》い」神の声のように聞こえた。

結局構成タイトルは前例がないという理由から、山田さんとの並びタイトルになったが、「これは宮内さんの脚本《ほん》だから」と山田さんは私をメインに押してくださった。

当時は、先輩とタイトルが並ぶ場合は、どのようなことがあっても無条件に先輩がメインになるのが恒例であったので、私は山田さんに深く感謝した。

そしてこの感謝の気持ちをなんとかして形にしたいと思っていた。

その年の瀬、当時私が住んでいた上北沢の商店街はお歳暮の売り出しで賑わっていた。

そうだ、山田さんにお歳暮を贈ろう、と思った。

だが、売れっ子ライターの山田さんは贅沢なものを食べているに違いない、下手なものは贈れない、とも思った。

肉屋の前で足が止まった。

店先にお歳暮用に箱詰めされたハムが並んでいる。

ハムの一本詰め、二本詰め、それに缶詰だの、ソーセージだのが詰め合わせになっているのもある。

贈るとすれば、これだ、と思い値段を覗いてみると思っていたよりも遥かに高い。

その頃、私は家賃一万六千五百円の１ＤＫ、トイレ付アパートに住んでいた。

六千五百円の家賃を滞納するたびに、「ユーアー・プアマン！」と私をなじったあのフィリピン系二世が家主だった四谷三丁目時代に較べれば、格段の出世である。

それなのに、私はお金の使い方が下手なのか、相変わらず貧乏していた。

ところで、あの頃のハムは今のハムよりも高級感があって、値段も他の食品に較べるとずば抜けて高かったような気がする。

贈りたい気持ちはあっても、やはり手が届かない。帰りかけたとき、端《はし》の方で落ちかかった一本詰めのハムの箱が眼に入った。

なんとなく気になって、親切のつもりで箱をもとの位置に戻してやるために、押してみたら、箱は押し返されたような形で、私の手の中に落ちてきた。

私は両手で受け止めた。

誰も見ていなかった。

そのとき、悪魔が私の耳もとで囁いた。

「プレゼントだよ。山田さんに持っていっておあげ。きっと喜ぶよ」

私はその箱を抱えて一目散に走った。

部屋に戻ってからもしばらく動悸は続いた。

やっと気持ちが落ち着いたので、改めて箱の中を覗いてみると、ハムはつやつやとした光沢を放ちながら、細く切ったパラフィン紙の切り屑の中に堂々と収まっていた。

山田家に届けるためには包装しなければならない。お歳暮と書いた熨斗紙も必要だ。と思い巡らしていたら、蓋のないことに気がついた。普通、蓋を開いてある場合は本体の箱に重ね合わせてあるものだが、これにはない。まさか肉屋に蓋を貰いにいくわけにはいかない。

ハムだけ包装していくしかないが、箱がないと安っぽい感じはまぬがれない。どうしよう。思案しているうちに、私はまた悪魔の声を聞いた。

「山田さんは食べ飽きているよ、ハムなんか」

そうか、あちこちから貰っているに違いない。箱のないハムなんかばかにされるのがおちかもしれない。そういえば、ハムなんて久しく食べていなかった。厚く切って、お腹一杯食べたらどんなに幸せだろう。

私は決意して、ハムを持って台所に立った。

ハムの皮は硬かった。なんでこんなに硬いのか、と思いながら力を入れたら、やっと包丁が入った。

その途端、ぽわーっとハムから煙《けむ》が出た。

なんだ、これ?!

私はごしごしと力一杯ハムを切断した。

切り口から、細かい、粉のようなおがくずがざーっとこぼれた。

頭の中が空白になった。

次の瞬間、私は理解した。

これは「見本」だ。

思えば、あそこにずらりと並んでいた大箱は、すべて見本《サンプル》だったのである。

「よかった、山田さんに届けなくて」

そう思ったとき、私は腰を抜かして、包丁を持ったままへなへなと床に崩れた。

それからときを経て山田さんと映画やテレビを何本か共作し、家族ぐるみのお付き合いをするようになってから、私は「ハムから煙《けむ》が出た」話をした。

山田さんは涙を流し、お腹を抱えて笑い、

「宮内、よかったよ。そのハムをうちに持ってきたら、よっちん（故山田夫人）のことだから『金のない宮内さんがトラの子を出してせっかく買ったハムなのに、商品見本を間違えて売るなんて、なんてことをしてくれたのよ！』そう言って、血相変えて上北沢の肉屋に怒鳴り込んでいたぞ」

と言われた。

そのよっちゃんはもういない。

よっちゃんが生きていて、この文章を読んだら、

「そうそう、そんなことがあった、あった。それでうちっとこ、家族全員、下痢したんだったよね、あの煙《けむ》の出たハムを食べて……」

と言ったに違いない。

よっちゃんもまた、粗忽にかけては人後に落ちない人だった。

夏、あの夏を思い出して

夏になると、日本人の意識は否応なく一九四五年の八月に向けられる。
一九四五年、八月六日、広島に原子爆弾
一九四五年、八月九日、長崎に原子爆弾
八月十四日、日本政府、ポツダム宣言を受諾

八月十五日、天皇「終戦」の詔勅を放送と、あの夏は歴史が大きく変わった夏だった。

それだけに、あの年、生を受けていた日本人なら、老いも、若きも、忘れることのできない夏である。

今、私はその前年の一九四四年の八月六日に東京帝国大学（現・東大）の学生が、法文経二十五番教室で、出陣学徒壮行大音楽会を開催し、ベートーベンの第九交響楽・第四楽章「歓喜の歌」を聴いて、戦場に向かった、という実話をもとに、二時間ドラマ「桜　散る日に」を書いている。

その二日前の昭和十九年八月四日に、当時十一歳だった私は、東京都向原小学校から、六年生として、山梨県南巨摩郡増穂村真浄寺に学童疎開している。

今でも記憶しているのは、出発が夜であったこと、高張提灯をかかげた夜の校庭に集合した私たちを、日の丸の旗を振りながら、

〽勝ってくるぞといさましく
誓って国を出たからは……

と歌って送ってくれた低学年の後輩、父兄、国防婦人会の小母《おば》さんたちの間を、胸を張って、堂々と行進していったことである。

当時の小学生は少国民と呼ばれ、日本の次代を担う者として、責任ある生き方をしなければならない、と教育されていたので、さながら、国を守るために戦場に向かう兵士のような心境であった。

新宿から中央線に乗り、甲府へ着いたのは早朝だった。身延線のマッチ箱のような電車で、増穂村まで運ばれていったのだが、窓から手を伸ばせば葉が摘み取れるほどの近さに桑畑があった。

生まれて初めて見た甲府盆地は、周囲をぐるりと山に囲まれていて出口がない。屹立する山々は、まるで家族の住む東京とこの地をはばむ屏風のように思えて、心細さに、人知れずしゃくり上げたのを今でも憶えている。

「時節柄とはいえ、親元を離れて、けなげにもよくやってきた」と地元の人たちが歓迎の意を表してくれたのは最初だけで、厄介者を背負い込んだという顔になっていくのに、そう時間はかからなかった。

もっとも食糧が乏しいため、常にお腹を空かせている疎開学童が、きゅうりや、トマト、大根、人参、その他、生で食べられる物なら手当たり次第いただいてしまうという、畑泥棒になっていくのも早かった。

女の子たちは、

「なっている物をもいだら泥棒ですよ」

という先生の言葉をしっかり守って、決してなっている物はもぎ取らず、学校の帰り道にしゃがんで渋柿が木から落ちるのをひたすら待って、落ちた渋柿を拾って、丸ごと干せば時間がかかるので、薄く切って日に干して、出来上がった紙のような干柿を口に入れて飢えをしのいだ。

ともかく食べ物がないのである。

東京にいた頃は、大豆を炒って、炒り上がった大豆に醤油を落とし、じゅっと音を立てて香ばしい匂いの広がる炒り豆や、薩摩芋の粉を練って蒸した真黒な芋団子などをおやつに食べていたが、疎開してからはそういうものもなくなって、くる日もくる日も、お寺の境内に持ち出した大釜で、グラグラと茹であげられた茄子の塩茹でがおやつだった。

一列に並んで、茹でた茄子を一本貰って、境内の思い思いの場所に座って食べるのは子供心にも惨めであった。

朝五時になるとお寺の太鼓が鳴った。

鐘ではなく太鼓なのは、物資不足となった日本は兵器を製造するために、寺院の鐘までも強制的に供出させていたので、鐘楼はあっても釣鐘はなくなっていたからである。

起きると私たちはお寺の境内を流れる小川で顔を洗い、東京方面に向かって整列し、担任教師の号令のもとに皇居を遥拝してから、大東亜戦争の必勝祈願と戦地で闘う兵隊さんの武運長久を祈願するため、近くの八幡神社まで裸足参りをするのだった。

畦道を走るときはまだ良かったが、砂利道を走るときの裸足は足の裏が痛く、冬になったらどうしようと、先のことまで心配になった。

社に向かって手を合わせると、心の中に思わず飛び出してくる言葉は、

「神さま、どうか、お母さんと一緒に暮らさせてください」

だった。

「そのためなら、……戦争ニ、……負ケテモ……イイデス……」

と続く言葉は、心の奥深くに呑み込んで、後ろめたさに周囲を窺うのが日課となってしまった。

戦争が終わってから、仲の良かった友達に、あのときなにを祈ったのか、聞いてみると、

「早く東京に帰れますように」

「お母さんが迎えにきてくれますように」

「一日も早く、家族で一緒に暮らせるようになって、お腹一杯、白いご飯が食べられますように」

だったそうで、一人も必勝祈願をしていた者はいなかった。

今思えば、これが本音と建前の最初の出合いであったと言える。

恥ずかしい話だが、私の母は一人っ子の私を手放せなくて、寮母となって増穂村まで付き添ってきたのだが、同じ宿舎に親子がいては他の子供たちにしめしがつかないという理由から、母は私のいる真浄寺から歩いて小一時間かかる善住寺に四年生の寮母となって配属されていた。

面会日以外は母に会うことを禁じられていたが、辛抱のない私は真浄寺を抜け出し、善住寺に向かって、桑畑を何回歩いたことか。

その度に、先生から強《きつ》く叱られた。

そんな私を不憫に思った母は、

「こんな辛い思いをするくらいなら、一緒に死のう。爆弾が落ちて死ぬときは死ぬとき」

と、覚悟を決めると私を連れてさっさと東京に帰ってきてしまった。

このときほど私は嬉しかったことはなかった。

東京に帰ると、小学校には体の弱い子、どうしても親離れできない子たちが、七、八人残留組と称して残っていた。当然私もこの組《クラス》に入れられ、その後卒業の日まで通うことになるのだが、親元を離れ、果敢にも山村に学童疎開している学友《クラスメート》たちへのコンプレックスは、誰の胸にも深く刻まれていて、それぞれが、子供なりに心に陰影を持っていた。

なかでも学友《クラスメート》を置いて逃げ帰った私のコンプレックスはとりわけ深いものであったが、彼女たちと友達になることで少しずつ癒されていった。

彼女たちは体の弱い分、心の成長が早く、おませな子供が多かった。彼女たちが貸してくれる吉屋信子や川口松太郎の恋愛小説を、警戒警報と空襲警報の合間を縫って、私は読み漁った。

それが私の読書にのめり込むきっかけとなったのだが、もの書きになる種はこの時期に蒔かれたように思えてならない。

親元を離れて学友《クラスメート》たちが辛い思いをしているときに、母のそばにいることのできた私は、天罰を下《くだ》されたように、翌昭和二十年五月に母を失った。

だが、十二歳で母と死別することが決められていたから、天は、最後の時間を私に与えてくださったのかもしれない。

ともかく「桜　散る日に」を書いていると、いつもの夏よりも遥かに強く、今年の夏はあの昭和二十年の夏の日が思い出されてならないのである。


弟子……


東京オリンピックの翌年だったろうか。

シナリオ研究所の事務局から電話があって、研究生に講義をして欲しいと言ってきた。「講義時間は三時間、『私のシナリオ作法』という題で、喋って欲しい」と言う。

「はい」

私は大きな声で答えた。実はこの日を、私は夢に描いていたのだ。研究生時代、いつか私もシナリオ作家になって、あの壇上に立ち、研究生に講義をするようになりたい。いや、なってみせる。そう思って、奮闘努力してきたのだ。

だから、三時間がいかに長い時間か、それを埋めるだけの講義内容が用意できるのか、それを考える前に私の心は跳んでいた。

「ふーさん、喜んでいる場合じゃないよ。練習しなきゃあ、練習を」

当時、「コメットさん」（九重佑三子主演）を共作していた大野武雄君が心配してくれる。彼もまた研究所出身なので、私の心を理解してくれているのである。

私はひそかに練習を始めた。

「えー、ご紹介に与りました宮内です。私は皆さんと同じ研究所出身です。五年前は研究生として、皆さんと同じ席で、同じように講師の話を聴いておりました。それが今、こうして、講師として皆さんと相対しておりますことは、正直に申しまして、感慨深いものがあります」

ちょっと正直過ぎるかな……まあ、いいや、出だしはそれでいくことにして、あとは脚本を書くに当たっての私なりのセオリーを喋ればいい、と、それもまとめて、用意万端整えた。

「ふーさん、人差指と中指の間にこよりをはさむとあがらないんだって。オフクロにこよりを作らせてきた」

心優しい彼は、一本のこよりを持ってきてくれた。

「なんでこよりなの？　こよりになにか意味があるの？」

「いや、こよりでなくても、人差指と中指の間に、なにかをはさめば、気持ちが落ち着くんだってさ」

　私は大事に、上着のポケットにこよりを入れ、彼に送られて青山の獣医師会館へ向かった。当時、シナリオ研究所の教室は獣医師会館の二階にあった。

　教室は満席であった。

　教壇の上に立つと動悸がした。

　まず事務局からの紹介があった。

「宮内さんは研究所の出身で、皆さんの先輩です。五年前は皆さんと同じ席に座って、同じように講師の話を聴いておられたわけです。それが今日、講師として教壇に立たれたわけですから、感慨深いものがおありのことと思います。皆さんも、宮内さんの後に続くように、頑張ってください」

　あ、それを言われてしまったら、私の出だしの言葉がなくなってしまう……そう思った瞬間、頭の中が空白になってしまった。

　事務局の人は出ていき、教室の中はしーんと静まり返って、研究生の視線が私に集中している。そうだ、こより、こより。私はポケットからこよりを出そうと手を入れたが、こよりがない。右のポケットにも、左のポケットにも入っていない。慌てた。講師が、講義も忘れて、なにやら夢中で探している図はかなり滑稽に見えたに違いない。

　研究生の好奇の眼が私に集中している。

そうか、なにかを、はさめばいいのだ。こよりでなくても。大野君の言葉を思い出し、私はバッグの中から煙草を出して、一本取り出すと人差指と中指の間にはさもうとした。と、どういうはずみか、その煙草を取り落としてしまった。煙草は教壇の下に落ち、床をコロコロと転がっていく。私は夢中で追いかけた。

そのとき、どっと笑い声が起こった。

私はようやく拾い上げた煙草を、しっかりと人差指と中指の間にはさんで、教壇に戻った。研究生たちはまだ笑っている。

私の気持ちは落ち着くどころではない。

頭にカアーッと血が昇って、もうほとんど興奮状態で、いきなりシナリオをどう書くかについて喋り出した。三時間という時間計算ができていなかったのに加えて、興奮した分、早口になったせいもあって、

「では皆さん、作家をめざして、頑張って勉強してください」

と締めの挨拶をして、教壇を降りようとしたら、前方の壁に時計があって、針は一時三十分を指していた。

授業開始は一時であったから、まだ三十分しか経っていないのに、私の講義は終わってしまったのだ。授業終了時間は四時と言われている。あと二時間三十分残っているではないか。

「これで終わりです」

と教壇を降りてしまうわけにもいかず、時間延ばしに、

「あとは質疑応答ということにして、なんでも質問してください」

そう言ってごまかした。

ところが、煙草のことといい、三十分で講義を終えてしまったことといい、粗忽さをさらけ出してしまった私は、研究生にすっかりなめられてしまい、「結婚をしているのか」「なぜ離婚したのか」「恋人はいるのか」等々、シナリオとは関係のない、どうでもいいような質問攻めにあって、今なら「そんなことはどうでもいいでしょ。もっと実《み》のある質問をしなさい」と一喝するところだが(もっとも、今なら、そんなことは誰も聞いてくれないが)、まだ若かった私は、真面目に答えて、その結果、さらに面目を失ってしまった。

シナリオ研究所との関わりはこうして始まり、以後、研究生の提出作品を読んで面接指導をしたり、ゼミを持つようになった。


あれは一九六七年だっただろうか。

研究生の提出作品の中に、「フィナーレ、1970」というやけに分厚い作品が紛れ込んでいた。

正直言って、読むのはしんどいな、と思い一番最後に残したのを今でも記憶している。

読まないわけにもいかず、仕方がないからページをめくると、原稿用紙にミミズが這ったような下手な字が並んでいる。これはかなり努力のいる作業だな、と思いながら読み始めると、

これがなんとも面白い。

三年後に迎える七〇年安保の一日をパロディックに描いていて、全共闘から各セクト、ノンポリ学生、サラリーマン、映画人、テレビ局、一般市民は勿論、当時流行していたフーテン族に至るまであらゆる階層が登場してくる。

声をあげて笑いながら、一息に読み進んでいくと、真ン中あたりに空白の原稿用紙がはさんであって、

「お疲れさまです。この辺で一休みして、お茶を召し上がってください。煙草をお吸いなら、一服なさってください」

と書いてある。

心憎い奴だな、と思いながら、スリーエーを吸ったのがいまだに忘れられない。

ともかく最後まで読み終えて、これは近来にない傑作だと思った。

どんな人物が書いたのか、会うのが楽しみになった。

面接指導は赤坂のシナリオ会館の隣の喫茶店で行われる。当日喫茶店へ入っていくと、五人の青年がいた。見廻したが見当がつかなかった。「フィナーレ、１９７０」を一番後に残して、一人ずつ呼んで作品を批評していった。すると、グリーンのセーターを着た、ひょろひょろと背だけは高いが、青年というより少年のような痩せっぽちが一人残った。

決してこの人物ではないだろうと、それだけは見当をつけていただけに、私は、

「きみが、首藤剛志君?」

と、「フィナーレ、1970」の作者の名前を言って確かめた。

「はい、そうです」

これが首藤剛志君と私の出会いであった。

「きみは、年は幾つなの?」

「十八歳です」

「十八でこれを書いたの?」

「はい」

私は改めて、痩せっぽちの彼を眺め、作品を讃めてから「力作を書いたご褒美に夕食をご馳走してあげる」と言うと、彼は、

「あ、それなら、食事よりも、お酒の方が……」

と言う。

「でも、きみは未成年じゃない」

「十八だって言われなければ、二十歳《はたち》ぐらいに見えませんか?」

どう見ても、少年のような風貌だが、まあ、いいか、私も十八ぐらいから飲んでいる。どこで、なにを、どう飲んだか憶えていないが、翌日首藤君がアパートに訪ねてきた。

「財布を預かっていました」

「きみに預けてあったの？」

落としたものと思いがっかりしていた私は、ほっとして受け取り、中を覗いてみると財布の中は空っぽだった。

彼はケロッとした顔で、

「夕べ先生をタクシーでお送りしてから、飲み足りなかったので、家の近くで飲み直して、ラーメンを食べて、今日ここまでの電車賃をいただいたら空っぽになりました。シナリオライターの財布って、もっと入っているのかと思ったら、意外と少ないものなんですね」

そう言った。

さすがの私も、あっ気にとられて、痩せっぽちの顔を改めて眺め直したのだが、縁というものは不思議なもので、以来今日まで三十二年、彼との付き合いは続いている。

この弟子、才能があるのに横道にそれることが多かった。

恋にうつつを抜かしたり、酒を飲み過ぎて、先輩諸兄のひんしゅくを買ったり、麻雀に夢中になって本業を忘れてしまったりで、私は叱っていることが多かった。

あるとき、師匠の私が女性だからよくないのだろうと思い、山田信夫さんに預かってもらったことがあった。

だが、一カ月もしないうちに、山田さんから電話があって、

「宮内、首藤君だが、あれは返すよ。だめだ、あれは」

そう言われた。

理由を聞くと、「だらしがない、時間には遅れてくる。約束は守らない、生き生きしているのは酒を飲んでいるときだけだ」と言われる。これは耳が痛かった。当時の私がいつも山田さんに叱られていることだった。

「宮内、よくしたもんだな。お前の弟子は、お前と瓜二つだよ」

山田さんはケラケラ笑った。

この瓜二つの弟子が頭角を現すのは二十八歳のときだった。

私のところへきてから十年目である。

才能はあるのだが日常的なドラマに向いていない。どうしたら彼の才能を開花させることができるのか、思い悩んでいたときに、日活時代から親しくしていたダックスインターナショナルの丹野雄二さんが、「まんが世界昔ばなし」を制作するに当たって脚本家を探しておられることを耳にした。

そうか、向いているかもしれない。そう思った私は、早速丹野さんに電話をして、「首藤君を使ってみてくれませんか」とお願いした。

丹野さんは快く承諾してくださった。

「いい？　私のところにいるようなわけにはいかないのよ。世の中に出ていくんだから、緊張感を持って人に接していきなさいよ」

懇々《こんこん》と言いきかせて送り出したのだが、それは私の杞憂に過ぎなかった。

彼は水を得た魚のように、アニメ界で頭角を現し始めた。

そして、「まんがはじめて物語」「さすがの猿飛」「魔法のプリンセス　ミンキーモモ」で、第一回日本アニメ大賞・脚本賞を受賞、『戦国魔神ゴーショーグン』『永遠のフィレーナ』全九巻等の数多くの著書も生んだ。

私が湯河原に居を移して間もなく、彼は早川海岸に仕事場を持った。海続きで、車を走らせれば二十分とかからない。

その首藤君が、シナリオ作家協会シナリオ講座を経て、第二十五回新人テレビコンクールに「水蜜桃」が入選、その後ドラマやアニメを書いていた菊池有起さんと結婚し、今年の夏に長女の三穂ちゃんを誕生させた。

私は孫ができたように嬉しい。

あれから三十二年、三穂ちゃんを愛しそうに眺める首藤君を見ていると、どうしても痩せっぽちの、あの少年のような風貌が思い出され、時の流れの早さに、今更のように驚かされる。

ところで、あれは首藤君がくるようになってから二年後の、一九六九年だったろうか。

そろそろ、本格的にテレビを書こうと思い始めた私に、

「テレビを書くなら貧乏はだめ。映画界では通る貧乏が、テレビ界では嫌われる。だからまずマンションに引っ越しなさい」

そう忠告してくれたプロデューサーがいた。

そうか、マンションか。弟子もできたことだし……とアパートの窓から見上げた視線の先に、建設中の九階建てのマンションがあった。

あきれたマンション

マンションは甲州街道沿いにあった。

九階建ての七階にある2DKに転居したのは一九六九年の春先だったような気がする。

嬉しかったのはバスルームがあることだった。もう銭湯に通わなくてもいい。入りたいときに、蛇口をひねってバスタブにお湯さえ充たせば、いつでも入れるのだと思うと、幸福感が喉元まで溢れ出てくるような気がして、私はタイル張りのバスルームを毎日せっせと磨いた。

ただ、気になったのはレストランになるという一階フロアーが板囲いをしたままで、いつまでたってもオープンする気配がないことだった。

階下にレストランがあれば私のような原稿書きを生業《なりわい》とする者には至極便利と、それが入居の楽しみの一つになっていたので、レストランのオープンは待ち遠しかった。

ある日、七階でエレベーターを降りると、同じフロアーに住むアメリカ人のデビッド氏に呼び止められた。

「一階ガパチンコ屋ニナルノ、知ッテイマスカ?」

「いいえ」

私は驚いた。

「覗ケバ、パチンコ台ガ並ンデイルノガ見エマスヨ」

デビッド氏が言うので、私は慌てて一階まで戻り、板囲いの間から覗いてみると、成程、パチンコ台が行儀よく整列し、奥のカウンターには景品までが並んでいる。

一体どういうことなのか。

マンションの所有者は施工した建設会社で、一階に事務所を置いている。

デビッド氏と私はまずここに駆け込んで、事情説明を求めた。

担当の総務部長は、

「確かに最初はレストランのつもりでいたのですが、事情が変わって……」

と歯切れが悪い。

「事情ハ変ワッテハイケナイノデス。ボクタチハ、レストランダカラ、コノマンションニ引ッ越シテキタノデス。パチンコ屋ダッタラ、引ッ越シテハコナカッタ」

「そうですよ。これは明らかに契約違反です」

デビッド氏と私は抗議した。

「なぜ、パチンコ屋ではいけないんですか？」

総務部長が聞き返したとき、デビッド氏の怒りが爆発した。

「ナゼデスッテ?! パチンコ屋ハ娯楽施設デス。住居ノ下ニ娯楽施設ハ欲シクナイ!!」

「パチンコ屋になれば色々な人が出入りするでしょ。このマンションを管理しているのはお宅の会社だけど、夜になると皆帰ってしまうし、防犯の上でも安心できないじゃないですか。第一パチンコ屋の上に建つマンションなんて、マンションとしての格が下がります」

デビッド氏と私は口角泡を飛ばして抗議したが、総務部長はのれんに腕押しで、パチンコ屋にすることは最初からの計画だったらしい。

それを公表しないで、レストランにすると言っていたのは居住者を募るための方便だったと思うと、その精神の姑息さに改めて腹が立ち、デビッド氏と私は、パチンコ屋を撤退させるために居住者の団結を図ろうと誓い合った。

デビッド氏はアメリカの大学で日本語を専攻し、留学中の和子夫人と結婚して来日したというだけあって、日本語が達者であった。

しかも真面目な人で、何事に対しても追及の手を緩めない。かねてよりこのマンションの電気代が高いことに気がついていた彼は、東京電力までいき理由を確かめた。するとマンションの屋上にある大きなネオン点灯のため、所有者の建設会社が東京電力から電気を買い取り、その電気を市価より高い値段で居住者に売っていることが判明した。つまり家主が電気代のさやをとっていたのだ。

キロワット幾らだったか、細かい値段はもう忘れてしまったが、

「一カ月、七百円カラ千円近イオ金ヲ払ワサレルンデス。一年デ計算スレバ大キナオ金デスヨ」

とデビッド氏が息巻《いきま》いていたのだけは憶えている。

私も徹底的に闘うなら、家賃不払い運動を起こす方法があることを弁護士から教わっていた。問題が解決するまで家主に家賃を支払わない替わりに、法務局に毎日の家賃を供託していけば支払う意思のあることが認められ、居住権を失わないというのである。

これは伝家の宝刀とばかり、私は得々として、居住者に緊急集会を呼びかけた。

だが集まったのは四十世帯ある中の五、六世帯だけで、家主と闘うような不穏なことはしたくないというのが総意であった。

これは不穏なことではないのだ。自分たちの住居をよりよくするための最も単純な主張なのだ。とデビッド氏と共にいくら説明しても、彼らは納得しなかった。

この年の前年は、日大闘争、東大闘争、安田講堂攻防戦と、スチューデントパワーが燃え盛った年であったが、反面高度成長が勢いを得始めた年でもあった。

従って居住者の中にはいまでいう転勤族の先駆《さきがけ》と言える人たちもいて、彼らは会社から支払われる住居費の中の電気代が高かろうが、低かろうが頓着なく、ましてや二、三年で転居していくマンションの階下に、パチンコ屋が出来ようが出来まいが、そんなことはどうでもいいこ

とであったのだ。

デビッド氏は、そうした日本人の体質をどうしても理解することができなくて、

「ココハ、マンションデハナイ、スラムデス。心ニスラムヲ持ツ人ト同ジ屋根ノ下ニ住ムノハ耐エラレナイ」

そう言って、潔《いさぎよ》く引っ越していってしまった。

私だって思いは同じなのだから恰好よく、デビッド氏の後に続きたい。

けれども、とてもそんな余力はなかった。

結局、デビッド氏が去って間もなく、パチンコ屋は派手にオープンし、マンションのエレベーターはパチンコをする親についてきた子供たちの遊び場となり、廊下を居住者以外の者が往来し、ついに九階の一室に空巣が入るという、危惧していた不祥事が起こり始めた。

その頃になって慌てて始めた主婦が、「せめて管理人の設置を」等と家主に懇願し始めたが後の祭りで、家主代行の総務部長は聞く耳を持たなかった。

それればかりではない。

それから二年ほど経った頃、エレベーターで奇妙な人種と同乗するようになった。

黒のYシャツ、黒のスーツ、黒のサングラス、黒ずくめのお兄さんである。

あまり大勢見かけるので、東映映画のロケでもあるのかと、彼らの行先までついていって覗いてみると、驚いたことに二部屋ぶち抜いて賭場のご開帳が始まっていた。

どういうことになっているのか、これは？

が、調べる術《すべ》もなく、ただただ仰天していると、心配して駈けつけてくれた山田信夫さんと、
当時作協の理事でやはり同じ桜上水に住む鈴木尚之さんが、

「家主である建設会社と組が繋がっているのだろう」

と推理して、

「宮内、早く引っ越した方がいい。ドンパチが始まって流れ弾にでも当たってみろ、それこそ取り返しがつかないぞ」

「そうだよ。金がないなんて言っていられないぞ。命の方が大事なんだ、すぐ逃げろ」

と脅かしながら、追い立てて、

「それにしても、なんで宮内のいく先々には波瀾万丈が待ち受けているんだろ」

と山田さんは呆れた顔で私を見た。

結果私は、井の頭線の東松原のマンションに引っ越すことになるのだが……。


その前に。

当時の私は、デビッド氏を見送った頃から、自分がシナリオ・ライターであることに深い疑問を持ち始めていた。

それは最初、棘のように私に刺さり、私の内部で化膿し、膿が蔓延していくという風で、膿は、

作品を一本書き上げる度に起こる制作者とのいざこざ、監督とのいき違いという実情を伴って、私の内部に長い時間をかけて、蓄積していったものだった。

実際私は、それまで映画シナリオを十数本書いてきて、そのうち映画化されたのは半数にも充たない数であったが、傷を負った記憶もまた少なくなかった。それも作品作成上のことではなく、決まって人間関係に於いてである。まだシナリオ・ライターになりたての頃などは、オリジナルに原案者が登場したり、書かない共作者が現れたりという、ほとんど暴力に近いめに遭うことも多かった。

当時はまだ擁護してくれる組合もなかったし、私に作家協会員の資格もなかったから、結局一人で闘うほかなかったが、その度に私の喪失するものは大きかった。

ともかく、シナリオとはなにか。私はその本質論の以前に、シナリオが出来上がるまでの人間関係の行程で躓《つまず》いてしまうのである。

私は同じ日活の契約ライターであり、友人である服部佳氏に真剣に相談したことがあった。私が人間的に欠落しているから、問題が多いのか、そうだとしたら私は私の手で人間改善をしなければならない。

しかし、服部氏の答えは意外であった。

服部氏もまた、大なり小なり私と同じ思いをしてきたというのである。

私たちがどうしてそういうめに遭うのか。

共通していることは二人とも女性シナリオ・ライターであることだった。つまりどこかに、まだ男性優位社会の残滓《ざんし》があって、自己を確立しようとする私たち女性脚本家に、彼らは手ひどいしっぺ返しをしているのではないか。

私の膿は、私の深部にまで流れ出していた。

そのとき私は、ふと、女性上位時代などとマスコミが喧しく騒ぎ立てる一方で、当の女性はそのお囃子に乗って、マイホームという城壁の中でだけ権限を確保して、自己満足に陥り、重要であるはずの自己主張を次第に喪失していくという、奇妙な現象がすでにこの頃から始まっていることに思い至った。

マンションの問題が、そうした主婦の在りようを如実に表しているではないか。

そう思ったとき、私もまた、シナリオ・ライターとしてそれに近い思い違いがあったのではないか、例えば、自分の書いてきた作品を披瀝してみると、これが私のシナリオだと言えるものが一篇もない、つまり闘いの土壌を構築することを怠って挑戦を試みても、それは砂上の楼閣でしかないことにようやく気がついたのである。

私は体内で異臭を立てて濁流する膿の摘出のためにも、自分のシナリオを書かなければいけないと思い始めていた。

それはシナリオ・ライターであることを辞めるにしても、続けるにしても私には必要なことであったのだ。

一九七〇年……

東宝から「その人は女教師」の企画が通って「赤頭巾ちゃん気をつけて」と併映することが決まったから、急遽執筆して欲しいと連絡があったのは一九七〇年の五月だったと思う。

「その人は女教師」は一九六八年、フランスのパリ五月革命のとき、闘争中の三十二歳の女教師が教え子の高校生と恋愛し、高校生の父親から未成年略取誘拐罪で訴えられ、獄中で自殺したという実話からヒントを得て、ストーリーを創った作品であった。

日本も、六八年から始まった東大闘争をはじめ、日大、早大、京大、阪大、九大と大学紛争は全国六十四大学に広がり、それは高校にも飛び火し、一九六九年十月二十一日の国際反戦デーには、新宿駅で学生と警官隊が衝突して、騒乱罪が適用される等騒然とした状況下にあった。

私はシナリオを書くに当たって改めて紛争中の高校生を取材した。

開口一番、教師と生徒の恋愛等あり得ないと言われた。

「なぜ?」

と聞くと、

「信頼関係が全くないところに、愛など生まれるはずがない」

そう答え、別な生徒は、

「教師はブタだ。人間はブタと恋愛しませんよ」

と冷笑した。

ただ彼らの理論は強固で、これが高校生かと思われるほど緻密だった。

次に私は、生徒から敵対視されている教師を逆取材した。

ちょうど高校時代の恩師であるK教師が、紛争が終結したばかりの高校に赴任していた。

紛争に携わった生徒の一人一人から、保証人連署の確約書を取る等、終結に至る苦労話を聞かせて貰った後で、私が、

「A高校の生徒を取材したら、教師はブタだと言っていましたが……」

と言うと、K教師は顔を歪めて、

「ブタは奴らだ。たいした思想もないくせに、政治的になりたがる。時代の風潮に乗せられているに過ぎないんだ」

そう言われた。

私が高校二年のとき、K教師は国語の青年教師として、私の通う高校に赴任してきた。

それまでとは全く違う斬新な授業に私たちは魅了された。

私の文学志向は、この教師によって芽を吹き始めたと言っていい。

そのK教師が今、教え子たちを、吐き捨てるように「ブタだ」と言う。

信じられないことであった。

ともかく私はそういう状況を充分認識した上で、新橋の第一ホテルに入ってシナリオを書き始めた。

今度この文章を書くに当たって、本誌（『ドラマ』）一九七〇年十月号に掲載された「女教師」（上映に際して「その人は女教師」と改題した）のシナリオを、二十五年振りに読み返した。読んでいて、辛くなるほど気負っている。

ああ、こんな時代があったんだと、その気負いと青さに、私は愛《いと》おしさを感じた。時代が出ているので、同誌上に一緒に掲載された「創作ノートより『女教師』について」を転載してみる。

この作品は一昨年、フランスの「五月革命」のとき、実際に起こった事件からヒントを得て書いたものである。

現実には、三十二歳の女教師が自殺している。

しかし私は少年を殺して、女教師を生き残した。物語のあと、少年と女教師のどちらが重い荷を背負って生きていかなければならないかというと、勿論女教師であるからだ。

女教師の肩にくい込む荷の重さ、そこに私は主体性を確立しようとした女性の明日を見る思いがした。

これが私の発想の基点であった。

主体性の確立こそ民主主義の根本原則であるはずなのに、民主主義国家日本に於いて、今日それが至難のわざであることを、日常性の中に経験する人は少なくないはずである。

そして、それをはばんでいるものは、世間とか社会とかいう以前に、それを構成している一人一人の、自由を拒絶する保守的な反動性なのである。

半年前、私は自分の住んでいるマンションの契約違反のことで、隣人のデビッド・グッドマン氏と一緒に、全居住者に呼びかけたことがあった。政治活動でもなければ、経済闘争でもない、全く自分たちの住居をより良くするためのもっとも単純な主張である。だがそんな単純な自己主張さえも、家主との対立を恐れてあらかたの人が拒否したのである。デビッド・グッドマン氏は、そうした日本人の体質を理解できなかったらしく、「心にスラムを持つ人と同じ屋根の下に住むのは厭だ」と言って、引っ越してしまった。

私は彼の後ろ姿を見送りながら、彼の祖国アメリカが、終戦時におみやげのように置いていった民主主義が、手つかずのまま今日の日本の民主主義になっていることを痛感しないではいられなかった。

現在、私の住むマンションには、東映映画から抜け出てきたようなやくざ一家が住みつき、あのとき主張することを拒否した奥さんたちが廊下でひそひそと家主のいい加減さをなじり、やくざ一家の出入りに脅えているのであるが、その奥さんたちの慌てようを見るたび、そのあまりの象徴的光景に、私は、日本という国は民主主義が育たない土壌なのか、或いは、日本民族の体質が民主主義アレルギーなのか、そこまで疑いたくなってしまうのである。

もともと日本の民主主義は、日本人の手でかちとったものでは決してない。いわばアメリカの借着である。戦後二十五年借着をうまく着こなしていたに過ぎないのだ。

そうした日本的風土は、例えば女教師速水マキにどんな牙をむき出してくるのか、私はそこを直視したかった。

彼らは常識という手垢にまみれたルールからはみ出ることを怖れ、それを他人にさえも許そうとはしない。現状変革に熱意を示さない彼らにとって、常識こそ、あらゆる意味での安全地帯だからである。

嗅覚の鋭い権力がそこを見逃すはずがない。権力は彼らを利用し、彼らは権力に身をゆだねる。その相互関係が、「未成年略取誘拐罪」という狂気に近い暴力を生んでいくのである。

速水マキは、少年が自殺したことに於いてだけ敗北した。

私は書きながら、その敗北感を受ける速水マキの残念、無念の心情が痛いほど伝わってきて、体の震える思いであったが、少年が生をまっとうすることで、速水マキが勝利する時代はまだまだ遠い先のことだと考え、敗北の現実を語ることに終始した。

だが速水マキは、物語の以後を確実に生き続けるであろう。

その速水マキの明日こそ、私自身の課題なのである。


この文章も青い。

だが、「その人は女教師」は私の通過儀礼のようなもので、この作品を書くことによって、私の青さがやっとはじけたのであった。

女教師には岩下志麻さん、少年には三船敏郎さんの長男三船史郎君がキャスティングされ、出目昌伸監督によって映画化されたのだが、クランクインの前に岩下さんから、「取材された高校に連れていって貰えないか」と連絡が入った。

岩下さんは役作りに熱心な女優さんで、保険の外交員を演じたときは外交員と一緒に廻って歩いたと聞いていたので、私は岩下さんと当時岩下さんのマネージャーだった市川しげ子さんを、K教師の勤める横浜の高校に案内した。

岩下さんの演じる女教師は数学専攻と設定してあったので、三年生の数学の授業を参観し、生徒とフリートーキングをし、別に教師とも父兄とも懇談した。

その席に、紛争時闘士だったという生徒たちがなだれ込んできて、

「あなたたちはァー、日本帝国主義のォー、資本によってェー、映画を作ろうとしていることヲー、自己批判するべきであるゥー」

と迫られたのを思い出す。

あの変革志向むき出しの、勇ましかった生徒たちが、今や四十代に入り、もうアッシー君やミツグ君は古くなったそうで、ネッシー（ねるだけ）君だの、リーマン（サラリーマン）のヤンパト（ヤング・パトロン）氏を相手にする少女たちや、その少女たちを③B（ビンボー・バカ・

ブス）と嘲笑する少年たちの父となり、母となっているのかと思うと、なんとも皮肉で、時代の変遷を感じずにはいられない。

それはともかく、あの日、あの闘士たちを相手に必死の防戦をした連帯感が、岩下さんとの友情を生み、以来何本か岩下さんのドラマを書き、いまだに交友が続いている。

「その人は女教師」は色々な意味で忘れられない作品である。

その年の十一月二十五日、三島由紀夫氏が陸上自衛隊市ヶ谷駐屯地の総監室で割腹自殺した。三島文学に接したのは高校時代で、綺羅星の如く文壇を飾った三島作品はいつも眩しく、それだけに夢中で読みあさったものだった。

氏の自決は人々に大きな衝撃を与えた。

ブラウン管に映し出された、バルコニーから隊員に決起を呼びかける自決直前の氏の姿は、今でも目前に迫るものがある。

一九七〇年は七〇年安保の年であり、万博が華々しく開幕したかと思うと、赤軍派学生によるよど号乗っ取り事件があったり、東京では初の光化学スモッグ注意報が出されたり、ウーマン・リブ第一回大会が開かれたり、なにやら騒がしい年であった。

忘れられない厭な話（前）

「あれは一九六九年か、七〇年、その付近のことでしたよ。ぼくが十九歳か二十歳のときだったと思いますから」

と首藤剛志君は言う。

「圭子の夢は夜ひらく」が流れていたように記憶するから、三島由紀夫割腹事件の後だったと思う。

その電話がかかってきたのは、夜十時を過ぎていた。

電話の主はNHKのテレビ制作部の××だと名乗った。

私の経歴をよく知っていて、作品名を幾つかあげた後、

「今度、女性アーティストの日常生活をドキュメントする企画が決まって、第一回は演出家の渡辺浩子さん、第二回を宮内婦貴子さんにと思っていますが、撮らせていただけますね」

と言ってきた。

おかしい、と思った。こんな時間に、まだ会ったこともない人物が電話で仕事の話を持ち込むことは、まずあり得ない。そう思った私は、「ご意向は解りました。返事は明日、局の方にお電話します」

用心深く答えた。

「……明日は出張で局にいないものですから、またこちらからかけさせて貰います」

電話は慌てて切れた。

やっぱり変だ、と思ったので翌日NHKに電話をして確かめた。やはり××なる人物はいなかったし、そんな企画も存在しなかった。悪戯電話にしては手が込んでいるが、たとえ私がひっかかったとしても、彼にメリットはないはずだ。ただ、「バアカ」と笑うだけのことだろう。馬鹿馬鹿しい話だと思い、私は忘れた。

ところがそれから一週間後の夜、電話が鳴ったのでとると、いきなり耳元で私の嫌いな音がした。

「きゃあー‼」

私は黄色い声をあげて受話器を投げ捨てた。

時計を見ると十時を過ぎていた。

一週間前のあの電話と同じ時刻だ。

咄嗟に私はあの男だ、と思った。あの男が誰であるか解らないが、誰かが悪意を持って私になにかをしかけていると直感した。

どうしよう。だが、だからといって、電話に出ないわけにはいかない。仕事の電話もかかってくる。翌日から電話が鳴ると恐々《こわごわ》出る。友達だったり、プロデューサーだったりする。怪しい気な電話はかからない。ほっとしてもう大丈夫、と受話器をとると、警戒心を解いたのをまるでどこかで見ていたかのように、耳元にあの音を浴びせてくる。

「ぎゃあー‼」

心臓を素手で摑まれたような思いで私は飛び上がる。

これが毎日となった。

それも、一日一回と決まっていた。ここが憎いところで、この一回のために電話が鳴る度に私は脅えなければならない。

そうでなければほっとし、そうだと、さすがにもう「ぎゃあー‼」は言わずにガシャッと電話を切るのだが、このときの心臓への衝撃はすこぶる体に悪い。

困り果てていたところへ日活の元村プロデューサーが打ち合わせにやってきた。事情を話すと男気《おとこぎ》のある彼は、その電話がかかるのを待って、

「警察だが、つまらない悪戯は止めなさい。これ以上続けるなら、逆探知して逮捕することになる」

そう言ってくれた。

電話は慌てて切れたそうだ。

あのときの、低音で、実に頼もしい声は今でも忘れられない。

ともかくあの電話はそれきりかからなくなって、日常が戻った。

私は仕事に専念し、あの電話のことなどすっかり忘れてしまった。だが、そんな私を見越したように、敵は第三の手を使ってきた。

その日、電話をとると遥か彼方から「ふーちゃん……」「ふーちゃん……」と呼ぶ声がする。思わず乗せられて、「もしもし、聞こえないけど、誰？　もしもし……」と聞き返してしまった。すると、その遥か彼方から聞こえてくる声は、かすかだが次第に荒い呼吸を呈していって、「なんだ、これは？」と思っている私の耳に、ほんとにかすかな吐息のような声で「ヤリタイ……ヤリタイ……」と吹き込んできた。

「こいつは、あいつだ‼」

私はそう確信して、ガチャッと電話を切った。切った瞬間、頭にカッと血がのぼり、体中が怒りに震えた。

もう凝《じ》っとしてはいられなかった。私は弟子の首藤君に付き添って貰い、成城署に飛び込んだ。

詳しく説明した後、

「どうしたらいいでしょうか？」

急き込む私に、応対に出てくれた刑事がまず聞いてきた。

「ふーちゃんという呼び方は皆がするんですか」

いや、そんなことはない。限られている。

「ふう」と呼ぶのが浦山桐郎監督で、「ふーさん」は白坂依志夫さんと今は亡き直居欽哉さんで、「ふーちゃん」と呼んだのは重森孝子さん親娘だったが、それはこの事件のずっと後のことだった。大体において、「宮内」か「宮内さん」である。

「では身近にいる変質的な人物の名前をできるだけ多く書き出して、その中であなたに恨みを持つ人物、家族がいてはこんな電話はかけられないだろうから一人暮らしの人物、時間に制限なくかけてくるのだから自由業もしくは無職の人物、それからその音をあなたが嫌っていることを知っている人物、それを項目別に分けて当てはまる人物に丸をつけてください。丸の数が多いのが要注意人物ということになります」

身の廻りに変質的な人物はいなかったし、人から恨まれるようなことは、全くといっていいほどなかった。それに私があの音を嫌っていることは、極《ご》く親しい人しか知らないはずである。だが間違いなく、電話の向こう側には悪意に満ちた人物がいるのだ。

途方に暮れている私に刑事が言った。

「これから先もその電話が続くようだったらテープにとられたらどうですか。声紋で犯人をつき止めることができますからね」

そうか、捕まえることができるのか。

私は早速テープレコーダーを買い、電話機につないで、「あいつ」からかかってくるのを待った。なにがなんでも捕まえてやる。その気になっているから、「あいつ」からかかってきた電話は途中で切るわけにはいかない。吐き気のするような卑猥な声を最後まで聞いて、電話が切れると巻き戻して再生する。

かすかだが入っている。

「あいつ」は私が切らないで聞いているので、いい気になって、というよりも私もその気になっているると思っているらしく、射精するような声まであげてくる。

ところが、用心深い奴で、声量を極度に控えていて、再生すると聞き取れることは聞き取れるのだが、音量を捉えるテープレコーダーの針はかすかにしか動いていない。

声紋を取るためにはもう少し声を出させなければならない。

そのためには、相手になって話しかけ、「あいつ」を乗せなければならない。

なんだか奇妙なテープが出来上がってきた。

やがて「宮内が怪電話に悩まされている」という噂が広がり、好奇心豊かな先輩たちがウイスキーをさげて見舞いにくるようになった。

その度に私はテープを披露した。彼らはそのテープを肴に、持参のウイスキーを飲みながら次第に調子を上げていって、

「宮内、どうせならもっと色気のある声で応答してやれよ。これじゃあ味も素っ気もなくて、相手が可哀想だ」

「しかしなんだな。宮内を相手にその気になるなんて、やっぱりこいつは相当な変質者だ」

等々、勝手なことを言い、「ウヒヒ」「ワハハ」と笑いながら帰っていく。

私は傷つき、「あいつ」に対する怒りが体中を駆け巡る。

そして電話に向かい合い、電話の向こう側にいる「あいつ」にむき出しの敵意を持つ。

当然のように、仕事が手につかなくなってくる。

「しっかりしてくださいよ。振りまわされない方がいいですよ」

首藤君が心配してくれる。

だがすでに振りまわされ始めた私は、止《とど》まることを知らずに、深い穴に陥《おち》ていく。

そんなとき、白坂依志夫さんがきてくれた。

「大変なんだって？」

私はテープを再生した。

聴いていた白坂氏が、突然声をあげた。

「あ?!　これ、『狙撃』だよ」

「狙撃?!」

私は白坂氏を見た。

「間違いない。『狙撃』だ。ほら、『狙撃』『また、狙撃』『またまた、狙撃』あいつだよ」

白坂氏は言い切った。

忘れられない厭な話（中）

怪電話がかかり始めてから一カ月近く経った頃だろうか。怪電話に悩まされている私を見舞いにきてくれた白坂依志夫さんが、収録しておいたテープを聴いて、

「間違いない。『狙撃』だ。ほら、『狙撃』『また、狙撃』『またまた、狙撃』あいつだよ。間違いない」

と言い切った「狙撃」とは、先年度のシナリオ研究所の私のゼミにいたX《エックス》君のニックネームである。

もっともこれは白坂さんが命名して、私と白坂さんだけが呼んでいたのだが、その謂《いわれ》はこうである。

ご存じのように、シナリオ研究生は半年間の在所中二本の作品を書いて提出し、講師の指導を受けることになっている。

X君は私に「――」（あえてタイトルは伏せる）という作品を提出してきた。なかなかよく書けている作品で、筆の運びもなめらかで台詞も生き生きしている。引き込まれるように読み進んでいって、「待てよ」と思った。これは永原秀一氏が書かれた「狙撃」で、すでに東宝で映画化されたシナリオではないか。

念のため、永原氏の「狙撃」を読ませていただくと、写したのではないかと思われるほど似ているのである。

面接指導のとき、

「率直に言うけど、これは永原さんの『狙撃』じゃないの。もう一度見てあげるから、改めて

自分の作品を書いてきなさい」

私がそう言うと、

「解りました。もう一度書いてきます」

X君は素直に頭を下げた後、

「……そうか……やっぱり『狙撃』になってしまったか……」

と呟いた。

いまだに、耳の底にあのときの彼の呟きが残っているのだから、「変なことを言うな」という思いが強かったのだと思う。

だが彼は非常に礼儀正しく、研究生には珍しいスーツにネクタイというフォーマルスタイルで、好青年という印象を私に与えていた。

それから二、三週間後、X君から新たに書き直した二作目の作品が自宅宛に送られてきた。

読んでみるとまた「狙撃」であった。

「どうしたの、また『狙撃』になってしまっているけど……」

私は彼を呼んでそう言った。

彼は眉を八の字にして「うーん」と呻《うめ》いていたが、やがて顔を私に向けると、

「どうして『狙撃』を書いてはいけないんですか？」

と聞いてきた。

「どうしてって、『狙撃』はすでに永原秀一さんが書いたシナリオなのよ。それをあなたが書くということは盗作じゃないの。人の作品を盗んでいいわけがないでしょ」

私は子供を諭すように彼に話してみたのだが、彼の頭には入らないらしい。

「そうでしょうか。例えばぼくが伊豆を旅していて、川端康成の『伊豆の踊子』と同じ発想をしたらどうなるんですか。『伊豆の踊子』を書いてはいけないんですか?」

「なに言っているの。『伊豆の踊子』は川端康成の名作でしょ。ご本人（当時まだ氏はご健在であった）の承諾を得て、しかるべき原作料を支払って脚色するならいざ知らず、それ以外に手を出すことは著作権侵害です」

「――」

「第一あなたが、踊り子も存在しない現在《いま》、どうして『伊豆の踊子』を発想するの。つまらない屁理屈を言わないで、早く『狙撃』を卒業して自分の作品を書く努力をしなさい」

私は強い声で言ったが、彼は不服気な眼で私を見ただけで答えようとはしなかった。

その話をして「困った研究生がいる」と白坂依志夫さんに言ったら、白坂さんは笑っていたが、

「ぼく今度、『狙撃』の姉妹篇として『弾痕』という作品を書くから、その彼を手伝わせてみようか。『狙撃』から抜け出せるかもしれないから……」

そう言ってくれた。

「そうして貰えれば、彼のためには非常にいい結果を生むと思う。筆力はある子だからよろし

く お願いします」

私は白坂さんに頼み、白坂さんの都合のいい日に改めて彼を私のマンションに呼んで、白坂さんに引き合わせた。

「『狙撃』元気にしている？」

「ああ、毎日、通ってきている」

私は彼をお願いした後も、何回か白坂さんに電話をして彼の様子を聞いている。

ところが、二カ月とちょっと経った頃だったろうか。

白坂さんから電話があった。

「だめだ、ふーさん。『狙撃』だけど、書かせるものすべてが『狙撃』なんだよ。『狙撃』『また、狙撃』『またまた、狙撃』。あれはやっぱり駄目だよ」

「そう。ごめんね、迷惑かけて」

私は白坂さんに謝って、白坂さんのところにこなくなったという彼のことを忘れた。

彼はもう、研究所を修了していたし、彼の姿を見ることもなくなったからだ。

それが一年近く経ったいま、突然浮上してきたのだから、戸惑った。

「でもどうして『狙撃』があんな電話をかけてくるんだろ？」

「アブノーマルだからだよ。書いても書いても、書くものが『狙撃』になってしまうなんて、どう考えたってノーマルとは言えないでしょ。そういう人物って、なにを考えているか解らないもの」

「それは言えるけど……でも、どうして、私があれを嫌いだってことを『狙撃』が知っているんだろ」

「あの日、ほら『狙撃』を紹介された日、ぼくとふーさんの会話の中にふーさんの嫌いなものの話が出て、『狙撃』はそこに座ってそれを聞いていたじゃない。だから知っているのよ」

「ああ、そういえばそうだった」

私は思い出した。

しかしあのときの彼は正座し、背筋を伸ばして緊張感溢れる顔で私たちの会話を聞いていたではないか。あの彼が、あんな電話をしてくるだろうか。

まだ半信半疑の私に、

「こりゃあ大石さんに相談した方がいい」

白坂さんはそう言うと早速シナリオ作家協会の事務局に電話をし、シナリオ研究所担当の大石さんを呼び出して、

「宮内さんが怪電話に悩まされているんだけど、どうも犯人が研究生らしいんで相談にのってあげてくれる?」

と声をかけてくれた。

駈けつけてくれた大石さんに、私は黙ってテープを聞かせた。

「間違いなく、Xですね。彼は電話魔で、用もないのによく事務局に電話をかけてきたんですけど、音声に特徴があるんです。あいつはミステリーをよく読んでいましてね、声紋を取られない音声の出し方を研究しているなんて言っていたことがありました」

私は仰天した。

やっぱり、「狙撃」だった。……でも、なんで?!

大石さんは当時のゼミの幹事で、彼とも親しくしていたI君を呼び出した。

「彼は信用できる男ですから」

大石さんは私にそう言い、I君に事情を説明した上で、

「Xの最近の生活情況を調べて、できれば電話をかけている時間をチェックしてくれないか」

と頼んでくれた。

それから一週間ほど経った頃だろうか。I君がやってきた。

「彼には彼女がいて、A町にある彼女のアパートにほとんど毎晩泊まっているようです」

「やっぱり彼じゃあないのかな。彼女がいるのにあんな電話をかけてくるなんてあり得ないし、ましてや、彼女の前でかけられるわけがないし……」

「ぼくもそう思ったんですけど、自分のアパートにも帰っているんですよね。会ってみますか、彼に？ ……なにか、掴めるかもしれませんから」

「どこで会うの？」

「先生のことを言わずに、ぼくが会いたいと言って、スナックに呼び出します。……先生とは偶然会ったことにしたらどうですか」

「なるほど」と思った私はI君のセッティングした四谷・荒木町のスナックのカウンターで彼を待った。

入ってきた彼を見て驚いた。

彼はもうフォーマルスーツなどは着ていなかった。たっぷりした黒のトックリのセーターに細身のジーンズをはいて、髪も当時としては長めにカットして、人が変わったようにラフなスタイルになっていた。

忘れられない厭な話（後）

彼は私を見つけると、用心深い眼になって、

「どうして、ここに？」

私とI君の両方に聞いた。

「新宿でばったり、先生に会ったんだ」

「そうしたら、きみと約束しているって言うから、じゃあ一緒にいくってついてきたのよ。元

気だった？」

「ええ、おかげさまで」

彼は答え、私の隣に座ると、

「先生はビールでしたね」

新しくビールをオーダーしてくれる気遣いを見せた。

彼の立ち振舞は相変わらず礼儀正しく、変わったのはスタイルだけで、とてもあの怪電話の主《ぬし》と同一人物とは思えない。

飲みながら、三人でゼミの思い出話などをしているうちに時間はどんどん経ってしまい、そろそろ引き上げなければと思ったとき、I君がトイレに立ち、私と彼が二人になった。

そのとき彼の体がゆらっと傾いて私の肩に倒れかかった。

「どうしたの、酔ったの？」

彼の方に顔を向けた瞬間、私の耳に「ふーっ」と息が吹き込まれた。

息は吐息のように「ふーちゃん……」「ふーちゃん……」と囁いている。

私はゾクッとした。

それはまさに、電話で毎日囁いてくるあの音声そのもので、「あの電話はおれだよ。おれがかけているんだよ」と私に告げているではないか。

背筋が凍るような薄気味悪さを感じた。が、私は聞こえなかったふりをして、トイレから戻ったI君と一緒に店を出た。

そしてI君だけに、今あったことを話し、彼に間違いないという確信を得たと告げた。

「そうですか。やっぱりあいつだったんですか。気味の悪い奴だな」

I君は怒りの表情を露にして、

「それで、これからどうしますか？」

と私に聞いた。

その頃、怪電話事件は威力営業妨害罪として、担当の捜査官が成城署から派遣されていた。ともかく、担当の刑事に今夜の話をして、意見を聞くことにした。

収録した電話の声を再生する度に、

「厭な奴だな。声紋を取られまいとして、吐息のような声しか出さない」

とこぼしていた刑事は、

「そうですか。ついに姿を現しましたか。なんとか会う段取りを電話でつけてください。場所が決まったら張り込みます。あなたの前にきたら現行犯逮捕ができます。ただし、あくまで彼との怪電話の中で会う場所を決めてくださいよ」

そう言った。

その日の夜、

「フーフー、ハーハー」

言い出した電話に私はいきなり、

「X君」

と呼びかけた。

一瞬、沈黙があった。

「X君、やっぱりあなただったのね」

「ドウシテ、解ッタ？」

「そりゃあ解りますよ。この間のあなたは以前のあなたと違っていたもの」

「――」

「ところで、この間はI君がいたけど、今度は二人きりで会いたいんだけど……」

「――」

「もしもし、もしもし」

「――」

沈黙が続いた。

と、急にハー、フー、ハーが始まって、射精したような声をあげたかと思うと電話はぷつんと切れた。

嘔吐しそうな不快さを覚えたが、毎晩かかってくるこの電話を止《や》めさせるには刑事に言われた通り、なんとか会う段取りをつけて捕まえて貰うしかない。

そう思って、私は「フー、ハー、フー、ハー」の電話がかかってくる度に、辛抱強く、彼に語りかけた。

一週間くらい経った頃だったろうか。

「ソンナニ、ボクニアイタイ？……」

相変らず吐息のような声で、得意そうに問いかけてきた。

〈お前なんかに会いたいわけがないでしょ！　なにを色男ぶっているんだ！〉

そう怒鳴り返してやりたいのを、

「会いたい。……会って話がしたい」

と私は切実に言った。

「ドコデ、会ウ？」

「どこでもいい」

「ホントニ、一人デクル？」

「勿論一人でいく」

「ジャア、……モーテルデ」

〈ふざけるな！〉

怒鳴りたいのをまたこらえる。

「その前に、やっぱり、喫茶店で」

「考エテオク」

電話は切れた。

そして翌日かかってきた電話で、私はやっと二日後に新宿の歌舞伎町にある「蘭」という喫茶店で七時に会う約束を取りつけた。

その夜は遅かったので、翌日私は成城署へいき、担当刑事に報告し、「蘭」のある場所を説明した。

刑事は張り込むことを約束してくれ、「蘭」は業界の人たちがよく使う喫茶店だと私が話したのに留意して、X以外の人物に声をかけられたときはなにもしなくていいけれど、Xが席に着いたら間違いなくXだという証にバッグの中から煙草を出して、テーブルの上に置くようにと言われた。

それを確認してから刑事が彼の前に現れるという手筈となった。

まるで刑事ドラマだ。

〈ざまあみろ！　これでやっとあいつを逮捕することができる〉

そう思って、私は浮き浮きと家路に着いた。

が、時間が経つにつれて気持ちが重くなってきた。

〈実に厭な奴だけど、彼は私のゼミの生徒だったたし、私は講師だったのに、目の前で、しかも

私の手で、警察に渡してしまっていいものか、どうか……〉

心が揺らぎ始めた。

私はシナリオ研究所担当の大石さんに相談の電話を入れた。

大石さんは私のマンションに駈けつけて、

「そう思ってくださるなら、ぼくに彼を説得させてください。自首させます。やっぱり研究所から逮捕者を出すようなことは避けたいんです」

そう言った。

それは私も同感だった。

「彼が自首してくれれば私はその段階で告訴を取り下げます。……だけど認めるかしら、あの電話が自分だってことを……」

「それは、このテープが証拠だと言えば彼としては言い逃れできないと思うんです。X君と名指しで話しかけ、彼はそれに答えているんですから」

私は大石さんと成城警察へいき、その旨を担当刑事に話した。

刑事は、

「あのテープでは声が小さすぎて、声紋はとれないんですよ。物的証拠はなにもないんだから、現行犯逮捕か、自首しかないんです。逃げられたら終《おしま》いですよ。せっかくここまで追い込んだのだから仏心は出さない方がいいと思いますよ」

と反対したが、

「大丈夫です。私が誠心誠意彼を説得します」

大石さんは言い、私たちはその夜I君の案内で、A町にある彼女のアパートに泊まっているはずだというXを訪ねた。

まず私が部屋をノックした。

応答があってネグリジェ姿の女性が顔を出した。

「Xさんが見えているでしょ？　シナリオ研究所の宮内ですが」

女性は引っ込んでパジャマの上にガウンをはおったXが現れた。

彼は私を見るとニヤッと笑って、

「明日まで、待てなかったの？」

と言った。

そのとき、

「ふざけるな、X‼　自分のしていることをなんだと思っているんだ‼」

ドアの陰にいたI君が、もう堪えきれないという風に怒鳴った。

と、咄嗟に彼の表情が変わった。

彼の眼が素早く動き、I君と大石さんを捉えた。

「な、なんですか？　大石さんまでがこんな時間に。なにかあったんですか？」

「外で話そう。着替えてきなさい」

大石さんは静かに言った。

深夜喫茶に入ると、

「びっくりしましたよ。こんな遅くにお揃いで見えるなんて……」

と言うXに、大石さんはいきなりぶつけた。

「きみに自首をすすめにきたんだ」

「自首?!」

「明日の件だが、歌舞伎町の『蘭』には威力営業妨害罪できみを逮捕するために警察が張っている。きみが宮内さんに謝罪してもう二度とあんな電話をかけないと誓うなら、宮内さんは告訴をとりさげてくださると言ってるんだ」

「なんのことですか、藪から棒に!」

「とぼけないで、真面目に聞きなさい」

「とぼけてなんかいませんよ。なんのことだかさっぱり解りませんよ。『蘭』だの、あんな電話だのって、一体なんのことなんですか」

白を切り続けるXをI君がたまりかねたように怒鳴った。

「大石さんと先生はお前の将来に傷がつくのを心配して言ってくださっているんだぞ! 素直になれよ!」

「きみまでなにを言うんだ！　妙な言いがかりをつけるなよ」

「じゃあなんでさっき、明日まで待てなかったの？　って先生に言ったんだ。明日会う約束をしているから出てくる台詞じゃないか」

「そんなことは言わないよ。どうしてここが解ったの？　って聞いたんだよ」

これは水掛け論だと思った私は、最後の切り札としてテープレコーダーをテーブルの上に置いた。

「明日、『蘭』で七時に会う約束をしたでしょ。そのあなたの電話の声がテープに録ってあります」

Xの眼がレコーダーに張り付いた。

そのXに追い打ちをかけるように大石さんが言った。

「ダビングして警察にも届けてある。きみの声紋を取れば解ることだ」

Xの眼が微かに泳いだのを私は見逃さなかった。

「こんなことで経歴に傷がついたらつまらないでしょ」

テープレコーダーに張り付いていたXの眼が私に向けられた。

「よく解らないけど、ぼくの声だって言うなら聴かせてください」

私はたじろいだ。

聴かせてしまったら終《おしま》いだ。声紋の取れない吐息のような声しか録れていないのだ。

「だめだ。それは警察から禁じられている」

大石さんが助け舟を出してくれた。

「それより、ぼくも一緒にいくから警察にいこう。告訴を取り下げて貰えるんだからいまなら始末書だけで済むんだ」

Xは頬に薄ら笑いを浮かべると、

「ぼくじゃありませんよ。ぼくだという確証がないから聴かせられないんでしょ?」

そう言って、「バイトで朝が早いんです」

と私たちを振り切るようにして店を出ていってしまった。

「待ちなさい!」

追いかけていった大石さんは外でXを捕まえて押し問答をしていたが、やがて戻ってくると私に頭を下げた。

「申し訳ありません。ぼくが甘かったんです。彼にも良心があるだろうと思ったのが間違いでした」

こんなに簡単にかわされてしまうとは思ってもいなかっただけに私たちの落胆は大きかった。

ともかく、Xを連れてくるのを待っている担当刑事にこの成り行きを報告しなければならない。

I君と別れてその足で成城署に向かった私と大石さんは、刑事にこっぴどく叱られた。

「明朝任意出頭させますが、自白しなければそれまでですよ。こっちはきめてになるものがないんだから。それを知らせにいったようなものじゃないですか。だから仏心は禁物と言ったんです。全くやりにくいことをしてくれたもんですよ」

翌日、昼食を摂っていると電話が鳴った。

「Xです。今朝警察がきて任意出頭させられまして、いま成城署を出たところですが、どう考えたっておかしいですよ。誰かがぼくを陥れようとしているんです。今夜『蘭』にぼくが張り込みますから、先生は言われた七時にいってください。絶対真犯人が現れると思うんです。どんな奴か知らないけど、ぼくを陥れ、先生にご迷惑をかけたそいつをぼくの手で捕まえてやります」

〈阿呆らしい。なにを寝呆けたことを言ってるの！　犯人はお前さんなんだよ〉

そう出かかる言葉を呑み込んで、

「いきません。そんな暇はありません」

私はぴしっと言ってやった。

「そうですか。じゃあ、ぼく一人でいきます。怪しい奴を見かけたらお電話します」

電話は切れた。

〈なんて奴だ！〉

結局、この事件には終わりがなかった。

「蘭」にはベレー帽をかぶった男が現れ、自分を見ると慌てて逃げ去ったとか、何者かにいきなり後ろから襲われて、数発殴られて気を失ったとか、いつも尾行されている感じがするとか、そういう電話が彼からかかり、その合間に「フーハー」や「厭な音」が入り、

「今日は例の電話は入りましたか？」

と聞いてくる。

彼がかけてくるので、嘘をつくわけにもいかない。

「ありましたよ」

「何時頃ですか？」

「八時頃です」

「先生、めげないでください。ぼくも闘っているんですから」

〈阿呆らしい〉

私は心底そう思う。

「阿呆らしいと思ったら、止めろよ、もう」

「そんな奴にいちいち答えることはないんだ。切っちゃえよ」

山田信夫さんと鈴木尚之さんが忠告してくれたが、

「もう、いい加減にしなさい！」

と私が電話を放り投げたのは、その年の大晦日のことだった。なんと半年近くもXの怪電話に振り廻されていたのである。

その間に私はノイローゼを患い、事件は「威力営業妨害罪」から「脅迫罪」となっていたが、ときは三億円事件の容疑者が捕まり、白であった容疑者に警察が訴えられるという事件が起きた時期と重なり、刑事たちもこれといった決め手のないXを追い込むことに躊躇していた。

一度放り投げてからは、憑物が落ちたようにXからの電話は「フーハー」も含めて、徹底的に切ることにした。

思い出すのも厭な事件で、これを書いている間も淵に落ち込んだような重い気分が続いたが、この事件で得た教訓はのせられてはならないということだった。だいたい私はのせられやすい方だから、以来、気味の悪い人物を見かけたら素早く逃げる。妙な電話がかかったらいち早く切る、そういうことを心がけるようにしている。

幸いなことに以後研究生との付き合いは数多くあったが、Xほど奇怪な人物にはまだおめにかかったことはない。

Ⅲ　静岡新聞「窓辺」より

親孝行

父が早逝したのは私が六歳のときであった。

父は私との別れが早いことを予感していたのか、六歳の私に向かって幾度となく、

「獅子は子を産むと千丈下の谷底に突き落とし、這《は》い上がった子だけを育てると言う」

と話して聞かせ、その度に、

「這い上がれるか？」

と深い眼で、私の顔を覗き込んだ。

幼い私はライオンの子供が谷底に転がり落ちる画像をイメージし、その度《たび》に恐ろしさに震えた。

父の言葉の意味を理解したのは母と死別した後だった。

十二歳で一人になった私は、文字通り谷底に突き落とされたのである。

這い上がるしかなかった。

私は高い崖をよじ登りながら、いつも父の視線を感じていた。

処女作が日活で映画化され、やっと大地に足をつけた頃から、「親孝行」という文字が心

の中にちらつき始めた。だが「孝行」したくても親のいない寂しさはたとえようもなく、その思いは故郷《ふるさと》の三島に向けられた。故郷こそ父であり、母であるように思えて、その懐《ふところ》に抱かれたい思いは年を重ねるごとに募っていった。

そして半世紀の余を経て、この夏、私はやっと三島に帰りついた。

「お父さん、お母さん、三島に帰ってきました」

と仏壇に向かって手を合わせたとき、私は初めて親孝行した気持ちになった。

人は定められた人生を生きるものなのだろうか。幼くして谷底に突き落とされたことも、それを予知して這い上がることを示唆して逝った父のことも、故郷に終《つい》の棲家《すみか》を得るに至ったことも、すべてが天の配剤であったとしたら、私の今後の使命もまた定められているに違いない。

その使命の中に、たとえ僅かでも郷土の役に立ちたいという願いを私は込めたい。

郷土の役に立つこと、それこそが親孝行の完遂なのだと父の声が聞こえるような気がするからである。

勘違い

今でこそシナリオが映画及びテレビドラマの脚本であることは周知の事実であるが、私がデビューした一九六三年頃はまだ知る人は少なかった。

　ある日スーパーに買いにいくと、主婦でもなければ、勤めにいく様子もない私に不審を抱いた八百屋のおばさんが、「ねえ、なんの仕事をしているの？　いつもぷらぷらしているみたいだけど……」と聞いてきた。

「シナリオを書いています」

「誰のを？」

　おばさんは主演俳優は誰かと聞いているのだと思ったから「吉永小百合です」と答えた。

「へぇー、すごい技術を持っているんだ」

　おばさんはいたく感心して買い物にきた主婦に言った。

「ちょっとちょっと、この人、珍しい仕事をしているのよ。吉永小百合の着物に支那の絵を画いているんだって」

　私は仰天した。すごい勘違いである。

　私の母は映画が好きだった。

　父と死別してからその寂しさを埋めるように、幼い私の手を引いて映画館に通った。

　その頃、三島では映画が終わることを活動がはねると言っていた。幼い私はスクリーンが、パーンと音を立ててはじけることによって映画は終わるものだと思い込んでいたから、それが恐くて最後の方は眠ってしまうことに決めていた。

帰り道、母の背中で眼を覚ますと、映画館で一緒になった近所のおばさんの声がした。

「よかったじゃないの、眠っちゃって。やっぱりこいの話は子供には見せられないもの」

母の答えはなかったが、そういえば映画の中で、川崎弘子という女優が池の鯉に餌をやっているシーンがあったのを、私は幼い頭で思い出し、鯉は子供が見てはいけないものだと信じ込んだ。それからは三嶋大社の境内に入っても池の端を通るときは、決して鯉は見まいと必死に眼をそらせた。

恋と鯉の違いに気がついたのは初恋を知った頃だったろうか。すごい勘違いである。

こうして笑っていられる勘違いはいいが、勘違いすることで思いやりを欠くことがあってはならないと、それだけは戒めている。

東海地震を迎え撃つ

「東海地震間近?!」という週刊誌の見出しは、地元に住む者にとって気味のいいものではない。それでなくてもあちこちが揺れている昨今だから、心構えを急《せ》かされる。

「地震がきたらうちだけが潰れるんじゃないからさ、皆の家《うち》も潰れるんだからさ」

と言う声を、こっちにきてからよく耳にする。皆の家も潰れるのだから諦めがつくと言いたいのか、だから手のほどこしようがないと言いたいのか、追及したことがないから真意は解らないが、消極的過ぎないか。

私が三島に家を建てることに一番反対したのは、女優の小川知子さんだった。

「わざわざ大地震がくると言われている所にいくことないじゃないですか。湯河原も危ないから、東京に帰ってきたらどうですか」

湯河原に住んでいた私はそう言われたが、東京だって危ない。日本国中が地震の巣なら、いっそ故郷《ふるさと》の三島で、東海地震を迎え撃つしかないではないか。

迎え撃つと言うと人は笑うが、戦争中小学生だった私は生死を分けるような大事を思うと、つい敵機（敵の飛行機）襲来にそなえる心構えになってしまうのである。

地震で怖いのが火であることは誰もが知っている。

戦争中の空襲も火災が怖かった。

なにしろ、焼夷弾は地上を焼き尽くそうと、意思を持って空から大量に降ってくるのである。それに較べれば地震による火災はまだ自分の手で防ぐことができる。

転倒したら火は必ず消えるかどうか、改めて暖房器具の点検をしてみてはどうか。

大地震を体験した人は揺れ出したら火を止めにいくどころではないと言う。

だったら、火を使って煮炊きするときは必ず火のそばにいることにしたらどうか。手を伸ばせば消せる位置にいたら、火を止めて逃げることができる。そういう小さな心構えの点検を怠らないようにしたい。

厭だと言ってもくるものなら、県民スクラムを組んで、東海地震を迎え撃つしかないではないか。ひるんではいられない。

消えもの

「映画やテレビの脚本というのは、俳優が喋る台詞《せりふ》の全部を書くんですか？」

よく人にそう聞かれる。勿論台詞のすべてを書く。それだけではない。画面を設定し、登場人物の動きのすべてをト書にする。

さらに私は登場人物が囲む食卓の献立を刻明に書く。

食べ物ほど生活を語るものはないからである。

朝食はパンなのか、ご飯なのか、お粥なのか、それだけでも年齢が出る。

ご飯ならば味噌汁のみはわかめなのか、大根の千六本なのか、それとも豆腐と油揚げにねぎの白じゅくを短冊切りしてあるか、いやいや、そんな手の込んだことは一切御免蒙って、いつもインスタント味噌汁か。

味噌汁一つとってもその家庭が見えてくる。

お金があるなしではない。主婦の生活への姿勢が滲み出てくるのだ。

登場人物の出身地によっても食べ物は違ってくる。

静岡県出身なら昼食に桜えびの焼飯《チャーハン》を作る。箸休めには黒はんぺんにわさび漬を添えるのもいい。北海道人ならタラコは決して焼かない。生で食べる。関西人は勿論薄味である。

こうして脚本の指示に従って、ドラマの中の食卓にのる食べ物が作られる。

これを業界では「消えもの」という。

食べてしまえば消えてしまうからである。

スタッフの中には消えもの係がいて専門に作っているのだが、「消えものさんがいいから、食事シーンが楽しみ」と腕のいい消えもの係は出演者に喜ばれる。ところが、せっかくの料理をアップにしない演出家がいる。こういう演出家に限って味覚音痴で、私と消えもの係はがっかりしてしまう。

以前、家計のやりくりをする主婦の工夫の一つとして、梅干の種を抜き、刻みねぎとやはり叩いた納豆に和えると、一つの梅干と一包みの納豆で四人家族なら二回分に使える。と書いたら、視聴者から問い合わせや、試してみたら美味しかったという投書をたくさんいただいた。

消えものはドラマの中だけではなく、日常の食卓にのるものだ。日々、工夫をしたいものである。

富士山の穴

父と死別した後、母に手を引かれて故郷の三島を出たのは八歳のときであった。

転校先の東京の小学校で図画の時間に、なんでも好きなものを画くように言われて私は富士山を画いた。

「この富士山の真ン中にある丸はなんですか？」

先生に聞かれて、私は胸を張って答えた。

「富士山の穴です」

「富士山にはこんな穴なんかありませんよ」

「あります」私は断固として言い切った。三島から見る富士山にはまるで傷口のようにぽっかり開いた穴がある。私は毎日眺めていたのだ。嘘ではない。

「おかしいわね。じゃあ校庭に出て、見てみましょう」

先生はクラス全員を連れて校庭に出た。まだ東京からも富士山を望むことのできる時代であった。

「あっ?!」私は息を呑んだ。遠くに眺望する富士山には穴がなかった。私は言葉を失って、授業中なのに家に飛んで帰り、

「富士山に穴がなくなった……」

と泣いて母に訴えた。事情を知った母は私を連れて学校へ向かった。

「富士山には宝永山という噴火口があって、見る場所によって火口が真ン中に見えたり、それが鋭角的に突き出て見えたりするのです。ですから三島の子供は穴を画き、清水の子供は富士山の右肩に、突き出した小山を画きそれを裾野までなだらかに落としていきます」

と清水生まれの母は先生に向かって力説した。

先生は母に詫び、生徒に、

「先生の間違いでした。三島から見る富士山には穴があるそうです。皆さんが大きくなって三島を通ることがあったら見てみましょう」

そう言ってくださった。

戦争のため学童疎開をしたり、空襲を受けたりした私たちがクラス会で再会したのはそれから二十五年後のことだったが、あの日のことを憶えていた一人が「富士山の穴を見たわよ」と言うと、「あたしも」「あたしも」「三島から見る富士山には本当に穴があったのね」と何人かが同調した。

教育というのはこういうことなのか。あの日の先生も、母も、立派だったと改めて思った。いじめも、登校拒否もない時代の話である。

ドラマの中の動物

私は犬が好きだ。

あのなにかを訴えるような犬の眼を見ているとたまらなくなる。だがきっと、可愛さあまって甘やかしてしまうに違いないし、犬の寿命を考えると別れが辛くて飼うことができない。だからせめてドラマの中の人物たちに飼って貰うことにして、せっせとドラマの中に犬を登場させ、犬を心の友とする孤独な女性を設定し、誰にも言えない本音を犬に語りかける芝居を書いてきた。ところが犬嫌いな女優がキャスティングされると、味が出ないどころか厭がっている気持ちが滲み出てしまう。

有吉佐和子さんの「三婆」を母体に「新・三婆」というドラマを書いたことがある。妻と愛人と妹が遺産相続をめぐって争うドラマだが、この三婆を久我美子さん、初井言栄さん、中原早苗さんが演じた。三人とも動物好きと聞いて、三人が同居する家で本妻の久我さんが、迷い込んできた子犬の駄犬を飼うことにした。ローンと名付けた。このローンが実に利口で、泣くときは悲しそうな声を出すし、食べ物を与えれば嬉しそうにガツガツ食べる。「いよォ！千両役者」私は図に乗ってローンの出場《でば》をどんどん増やした。

或る日スタジオで初井さんと会い、食事をする機会を得たらいきなり言われた。

「ドラマに動物を出さないでください」

「え?!」私はおどろいた。

「作家の方は終始スタジオにいらしてないからお解りにならないけれど、本当に可哀想なんです。食べさせるシーンでもし食べなかったら困るから、前の日から絶食させるんです。だからあんなにガツガツ食べるんです。それに時間内に撮らなければならないからＡＤさんは殴ったり、蹴ったりしながら言うことを聞かせるんです。ですから犬がお好きなら、もうドラマには出さないでやってください」

それが初井さんとお会いした最後だった。初井さんはすでに癌を病んでおられ、その年に亡くなられた。あれは動物を愛した初井さんの私への遺言であったと思い、以来私は動物をドラマに出すことは一切していない。

ただ、日光猿軍団をテレビで見る度に、初井さんの言葉を思い出し、猿たちの舞台裏を想像すると、猿たちの悲鳴が聞こえてくるような気がして、一人胸を痛めるのである。

演技

演技とは文字通り演ずる技《わざ》である。

この技が見事であればあるほど、名演技と人々は賞讃する。

演ずるとはどういうことか。役になりきること、と一口に言ってしまえば簡単だが、自分という実在から、役の上の人物という他者になるには、その間に横たわる眼に見えない溝を飛び越えなければならない。

溝は深いか、遠いか、それは人の感じ方によって異なる。

岩下志麻さんは役づくりに熱心な女優で、その溝を飛び越え、役になりきるために足を使う。例えば保険の外交員を演じたときは、外交員と一緒に一軒一軒回って歩いたし、高校教師のときは高校までいって授業を参観した上に、生徒とフリートーキングをし、別に先生とも父兄とも懇談する。染織家を演じたときは浜松のざざんざ織を一緒に訪ねた。

岩下さんはそういうプロセスを辿りながら役を呑み込んでいき、華麗に役に変身する。

そして映画やドラマが完成すると、木札に、演じた役名を書いて焚き上げ、役の上の人物を供養し、そこから抜け出して実在の自分に戻ると言う。

見事である。

ところが今の若いタレントたちは演じる努力などさらさらしない。自分と役の間に横たわる溝など感じようともしない。

だから人の命を救う医師を演じても、人の命を無残に奪う殺人犯を演じても同じである。OLを演じてもナースを演じても、役づくりどころか自分自身の延長でしかない。聖女と悪女の区別もなく、演技などとはほど遠い。

それでも人気といううけに乗って通ってしまう。その人気を煽っているのが、また、ドラマのテーマなどはどうでもいい、ただのりだけで見てしまうという若い人たちだ。

これではドラマは疲弊する。

思いは視聴者も同じで、大人の観るに足るドラマを創って欲しいという声が届く。そうした声を聞く度に、まだまだ老いてはいられないと、私たち創り手は思うのだが、若い人たちからは煙たがられる。

ハコの話

シナリオを書くときは構成を立てる。

だらだら書いてもドラマにならないからである。ドラマには視聴者の心を誘うイントロ（導入部）があり、クライマックスを迎え、ラストシーンで締めていくというプロセスがあって、これを無視するわけにはいかない。それに加えて連続ドラマの場合は、次の回への興味を高めてから「つづく」としなければならない。それには細かな計算がいる。そのために構成を立てるのである。

この構成を立てることをシナリオ用語でハコを作るという。語源は解らないがハコという言葉は古くからシナリオ界に定着している。

ともかくこのハコが出来上がるとあとは書くばかりである。

「ハコはいつごろできますか？」

プロデューサーの原稿の催促はそこから始まる。ハコができるとプロデューサーは安心する。ときにはハコの段階でキャスティング（配役）し、セットの杯数《はいすう》を決め、ロケハンまでしてしまう。

日活時代、当時「木枯紋次郎」を書いていた服部佳さんと同じ電車に乗り合わせ、「もうハコできた？」「やっと二十とちょっと」「全部で百二十ぐらい？」「ううん、今度は話が重いから百十いかないと思う」とシーンの話をして、

「ともかくハコができたら電話する」

「できたらやろう」

と麻雀の約束をしてホームに降りたら、後ろから買い物籠を持った主婦に声をかけられた。

「済みませんが、私にも紹介していただけませんか？」

「なにをですか？」

「私もしたいと思っていたんですが、手づるがなくて……」

「あの、なんのことでしょうか？」

「内職していらっしゃるんでしょ、箱作りの」

あのとき、説明するのに大変な時間を要したのを今でも記憶に残している。以来、ハコの話をするときはふっと周囲を気にする癖がついてしまった。

人生もハコが立てられればいいのだが、そうはいかないところが難しい。せめて神意に背かないよう、誠実に歩を進めていきたいものである。

臨死体験

二年前に大病をした。

酸素の取り込みが悪くなる病気で呼吸困難が続いた。呼吸がスムーズにできなくなるほど苦しいことはない。溺れていると同じ常態なのだ。入院して酸素療法を受けることになったが、発病前に連続ドラマを引き受けていた。オリジナルなので人に替わって貰うわけにはいかない。酸素を吸いながら病院のベッドの上で書き始め、退院後も在宅酸素療法を続けながら、半年かけて千二百枚書き上げたときは、体重が二十五キロになっていた。皆が死ぬと思ったそうだ。私もそう思った。あの千二百枚は気力で書き上げたのだと今にして思う。

放送が始まると視聴者の反響を呼んで、小説化の話が持ち上がった。

だがその頃はもう、私の体力は限界を超えていた。しかも動くと酸素を消耗するのでトイレにいくのも苦しく、家の中を歩くこともできなくなっていた。「虚空を摑む」という言葉があるが、息ができなくなると本当に空《くう》を摑んで助けを求めた。

そんなときであった。

寝ていると、足もとから風が吹いてきた。爽やかな風だった。風は私の髪をなびかせ、持ち上げるようにして私を天空に運び始めた。気持ちがよかった。苦しさが嘘のように消えていた。私はどんどん上昇していく。〈あ、もしかしたら、これは死ぬことなんだろうか〉私は思った。〈だとしたら、娘になにも言い置いてこなかった。どうしよう。まあ、いいか。なんとかやっていくだろう〉〈だけど、これが死ぬことだとしたら、生から死への間《はざま》を越える恐怖感も、孤独感もないではないか。……しかも、いく先で亡くなった両親や、友達に会えるなんて、素敵なことではないか〉。

頭上に柔らかで、暖かい光の色が見えてきた。その光に向かって風が私を運んでいく。そのとき私は思った。〈あ?! 小説を書かなければならなかった〉そう思った瞬間、私はものすごい勢いで下降し始めた。〈待ってください！ せっかくきたんです。せめて見せていただくだけでも〉職業柄、向こうの世界を取材したかった。だが光は急速に遠のき、急降下した私はすとんと寝ている自分の中に収まった。

これが生から死へ移行するプロセスだとしたら、死は決して怖ろしいものではないと、人に伝えたいと思っている。

ドラマのやり繰り

家計にやり繰りがあるように、ドラマにもやり繰りがある。

家計の場合はお菜《かず》をつめて倹約するか、サラリーの前借をするか、それともへそくりで補うか、方法は幾通りもあるがドラマの場合はそうはいかない。

「あのー、すみません。二分三十秒足りないんですが」ディレクターが言いにくそうに電話をかけてくる。「なんですって?!」思わず私の声が尖《とが》る。大変なことなのだ。

テレビドラマの時間枠はＣＭを入れて何十何分と決められている。その枠からはみでることも、足りなくなることもあってはならない。それを計算してハコ（構成）を立て、原稿用紙の枚数を決めて書いているのだが、早口でまくしたてる女優がいたり、芝居の間を取らないタレントがいたりすると計算違いが起きてしまう。そういうことのないように時間をチェックするのがタイムキーパーなのだが、ときにミスすることがある。

「それで申し訳ないんですが、もうセットをばらしてしまって惣菜屋しかないんです」「役者は誰が残っているの?」「すみません、惣菜屋の夫婦だけなんです」。私は絶句するが「仕出しは使えるんでしょうね」とそれだけは念を押す。仕出しとはエキストラのことだ。これからが私のやり繰りの始まりとなる。

私は台本を開き惣菜屋のシーンを拾う。惣菜屋は主人公がパートで働いている店だが、もう主人公は使えないというのだから夫婦の芝居で繋ぐしかない。女房が店を片付けている。主人公から忘れ物をしたと電話が入る。声はなし、女房の受けの芝居にして二十秒。亭主が奥から出てきて「配達にいくついでに、おれが届けてやろう」「なにもわざわざいくことないでしょ。あなたは彼女に甘いんだから」で言い合いになって一分二十秒。客（仕出し）が覗いて、その応待に二十秒。翌朝、女房が店を開け、通りかかった近所の主婦（仕出し）と朝の挨拶で三十秒。なんとか辻褄を合わせるがこれが結構苦労のいる作業なのだ。

といって脚本料が増えるわけではない。放送を見た娘に「さすがプロだわ。つぎはぎの痕《あと》が見えないもの」と讃《ほ》められ、ちょっと得意になるだけのことだ。どんなやり繰りにも苦労がある。

意地悪

私の母は意地悪を嫌った。

「怒ることと意地悪することは違う。怒らなければならないときは大いに怒りなさい。だけど意地悪はいけない。意地悪ほど人の心を傷つけることはないのだから」

母は繰り返し言った。私にはその違いがよく解らなかった。ただ、その違いについて考えていくと一つだけ思い当たる光景があった。

まだ小学校に上がる前であっただろうか。

講談社から出版されている絵本があった。「おやゆび姫」だの「牛若丸」だの、色々な国の童話や物語が一冊ごとに収められていて毎月一冊ずつ配本されていた。色彩が深く、華麗で、当時としては高価な絵本であった。蝶ネクタイにタキシードを着たモグラの紳士や、五条の大橋で弁慶と闘う牛若丸の凜々しさが未だに眼に浮かぶくらいだから、あの絵本には子供の胸をどきどきさせるものがあったに違いない。ともかく毎月、私はその絵本の配本を待ちに待った。そして発売日に本屋まで走ってくれるのは、お手伝いのちいちゃんだった。その日なにを勘違いしたのか、ちいちゃんが買ってきたのは前の月に発売された絵本で、すでに私は幾度となく読み返していたものだった。「違う。これはもう読んだ」そう言えばよかったのだが、あまりの失望感に声が出なかった。その代わり、絵本を私に渡そうと前に出したちいちゃんの手の甲を、私は思いきり強くつねった。つねった指を離すと、しもやけで真っ赤にふくらんだちいちゃんの手の甲に、血の気を失った白い痕《あと》が残った。その白い痕が少しずつ、ゆっくりと、元の赤さに戻っていくのを私は凝《じ》っと見つめた。

記憶はそこでぷつんと切れている。

だが「意地悪」という言葉を聞く度に、未だに私は、反射的にちいちゃんの真っ赤にふくらんだしもやけの手に残ったあの白い痕を思い出し、あわせて「意地悪ほど人の心を傷つけることはないのだから」と言った母の言葉を思い出す。

今、ちいちゃんは入院して老人病棟のベッドに横たわっているが、もう言葉を失っていて、私がいくとあの日と同じ手が私の手を握りしめてくる。

　私は半世紀余り前の贖罪を込めて、ただひたすら握り返している。

ドラマ「桜　散る日に」

太平洋戦争が始まったのは私が八歳のときであった。十一歳で学童疎開にいき、十二歳で終戦を迎えるまでの僅か四年の間に、沢山のお兄さんたちが兵隊さんとなって出征していった。その度に私たち小学生は、先生に引率されて、日の丸の小旗を振りながら駅まで送っていった。この中には徴兵猶予を取り消され、余儀なくペンを捨てて、剣をとる「学徒出陣」のお兄さんたちがいた。

　いくらお国のためとはいえ、昨日まで道ですれ違っていた大学生のお兄さんたちが、学帽をかぶり、学生服にゲートルを巻き、友人たちが寄せ書きをした日の丸の旗を襷《たすき》にかけて、見送る私たちになれない手付きで敬礼する姿は、子供心にも辛いものがあった。引率の女の先生が泣き、国防婦人会のおばさんたちが泣いた。

　そして、やがて英霊となってお兄さんたちは帰ってきた。戦死され、白木の箱に入ったお兄さんたちを私たちは弔旗を持って迎えにいった。「あの箱の中には遺骨は入っていないそうだ」。

大人たちがそうささやき合うのを耳にして、荒涼とした戦場にお兄さんたちのお骨が散らばっている風景を思い描いて、私は、お兄さんたちは寒いだろうな、と思った。

大人になってあのお兄さんたちを思い出す度に、戦争さえなかったら、あのお兄さんたちは生きて、人生を全うできたのに、あの時代に生まれたことを、さぞ無念に思われたことだろう。そう思うようになった。

あのとき、日の丸の小旗を振って見送った小学生が、長じて、脚本家になったのである。あのお兄さんたちの無念さを、あのお兄さんたちの犠牲の上に今の平和があることを、ドラマにして人々に訴えるのが私に与えられた使命ではないか。そう思うに至った。

一九九五年の今年は戦後五十年である。

この年を逃したらもう機会はないと思い、私は脚本「桜　散る日に」を書き上げた。書きながら私は泣いた。本当に悲しい時代が、この日本にはあったのだ。繰り返してはならない。そのことを戦争を知らない人たちに訴えて欲しい。そういう、あのお兄さんたちの魂の叫びがこのドラマである。十二月二十四日、夜十時からＳＢＳ（静岡放送）で放送される。一人でも多くの人に観ていただきたい。

打ち上げパーティー

「打ち上げは×月×日になりました。サヨナラ・ロールは×時×分Aスタジオで、シーン○○・△△家の居間になります。お越しください」。プロデューサーから連続ドラマの最終回の最終収録日を知らせる電話がかかってくる。これで長い時間をかけて脚本を書き、何カ月かかけて撮影してきたドラマが収録を終了するのである。サヨナラ・ロールとは最終回に於ける主役のハイライト・シーンを一番最後に持ってきて、それでこのドラマの収録をサヨナラするという意味だ。「ハーイ! OKでした! これをもちましてドラマ××は終了致しました。お疲れさまでした」ADが終了を告げるとライトが消え、「蛍の光」が流れる。そしてスタジオのライトが一斉につき、スタッフの拍手の中で主役の女優・男優に花束が贈られ、私もいただく。このときほど脚本家になってよかったと思うときはない。書き過ぎてもはや痛みを伴っている肩こりも、指の痺《しび》れも、一瞬にしてかき消えてしまうほど充足感に包まれる。

その後一同はビールで乾杯、主役二人は衣裳替えをし、スタッフたちもスーツに着換えてパーティー会場に向かう。このパーティーを打ち上げパーティーという。会場には子役をはじめ脇役に至るまで、このドラマに参加したすべての役者が集っている。そしてテレビ局の上層部をはじめ、俳優たちの所属するプロダクションの社長及びマネージャーが参加し、パーティーは賑やかに、盛大に行われる。更に二次会、三次会、四次会と続き朝を迎える。それほど離れ難いのだ。一つのドラマの中で夫婦になり、家族になり、恋人になる、それを書いた脚本家、演出したディレクター、制作したプロデューサー、皆が仲間なのだ。朝の光の中で、抱き合い、握手をし、別れを惜しんで散っていくのだが、不思議なほどこの惜別は後を引かない。いつまでもそこに止《とど》まっていたのでは次なるドラマに入っていけないのを、皆が一様に知っているからだ。

さて、ドラマではないが十月から始まったこの「窓辺」が、この回で私の回は打ち上げとなる。お読みいただいたことを、沢山のお声をいただいたことを、心から感謝し、今宵は一人で、打ち上げの至福に浸りたいと思っている。ありがとうございました。

（「静岡新聞」一九九五年十月四日～十二月二十七日）

Ⅳ　寄稿

激論時代

若松節朗

とことん話し合う

僕の初監督作「ゆく道くる道わかれ道」（一九八〇、テレパック／フジテレビ）のライターが、ふうちゃんでした。「土曜ナナハン学園危機一髪」という単発の九〇分枠で、主人公を演じたのは小林聡美さん、渡辺篤史さん。小林さんが中学三年生、四人兄弟の長女役。父親は他界していて、母親がある日、男と家を出てしまう。見かねた中学校の担任教師である渡辺さんが、残された兄弟姉妹の面倒をみる……というストーリーでした。

監督の仕事というのは、ストーリーの舞台を一から構成していきます。ライターが書いた設計図の家を建てるように、実際の場面を撮影していくわけです。どんな町、どんな学校、どんな家庭にするのか。どこでロケーションするのか。セットを作るにしても、すべて自分の責任の上で判断しますが、このときは、ロケハンのアイディアを全部、ふうちゃんが出してくれて、そこから僕が選択できるという、とても恵まれた環境でした。ふうちゃんは、ロケハンにも付き合ってくれました。

シナリオができるまでは、当時の湯河原のお宅に通いました。なにしろ僕にとって、監督としては初めてのことばかり。ふうちゃん――そのときは宮内先生とお呼びしていましたが――の言うことを「はい、はい」と聞きながら、どうしても解らないところは僕から質問するスタイルで。とくにドラマの中で、兄弟姉妹の長女役である小林さんが「子供は親を選んで生まれてこれないもん」と言う台詞があって、それがまさしく作品のテーマだったのですが、この台詞をめぐっても、さまざまに話し合いました。

湯河原から帰ってくる最終の東海道線で、ふうちゃんの話のメモをとっていたのを憶えています。「監督」という存在はこういうほうがいいんじゃないの、というつよい思いがふうちゃんの中にあって、宮内婦貴子流に言う監督像は、ということをよく僕に聞かせてくれました。

ふうちゃんはこう言っていました。「監督が、作家の意図をよくわからずに演出するのはだめ。徹底的に理解した上でやるべきだ」と。作家が書いていることが解らないときは、ここはこうじゃないかと意見していい。監督として脚本に対する異論は当然あるし、作家としても、作品としてさらによくなる解釈を選択すればいいのだから、と。監督も作家もお互いに、ものを言い合うことの大切さをおしえてもらいました。

「それはないでしょ」はないでしょ

この初監督作の五年前、僕は「放浪家族」（一九七五、テレパック／毎日放送）の助監督になりました。脚本はふうちゃんで、監督は小田切成明さんでした。

小田切さんのお宅に、よくふうちゃんがきていて、僕はお茶を出しながら打合せを小耳に挟んでいました。小田切さんが、ふうちゃんを罵倒するんです。もちろん愛情ある罵倒ですけれど。「ふう、なに言ってるんだ、そんなことも書けないのか。いいか、ここはこうやで」なんて小田切さんが言うと、ふうちゃんは「はいはい、はいはい、でもな」とやわらかく反論するんです。

ふうちゃんとしては、自分が書いたものを否定されるわけですよね。たとえばそんな場面設定はお金がかかるとか。小田切さんが「いやあ、これはないだろう」と言うと、ふうちゃんが、「これはないだろう、というのはないんじゃないの。ためしにやってみる、チャレンジしてみる、という発想は、お父さん（小田切さんのこと）の中にはないの？」「わたしは作家だから書いてみた。実際に撮影できるかはわからないけど、わたしの創作の中にこの場面はあるんだから」といったディスカッションを、夜中までよく交わしていましたね。平行線を保っているようで、互いに納得感を得るために、激論を交わしているんだなと僕は感じました。

いまは時間もないからまあいいか、と、なかなか激論になりませんけれど、昔は監督も作家も、いい意味で突っ張っていました。だからこそ、いい作品を創ることができたのではないでしょうか。僕はいまも、役者さんに「この台詞はないでしょ」と言われたら、「作家がこう書いてきたんだから、とりあえず言ってみようよ」と返すようにしています。

ドラマは一人では作れない

ふうちゃんは、テレビドラマも映画も共同作業であるということを、ことあるごとに強調していました。「監督の思い、監督のテーマはもちろん必要。ただし、テレビドラマも映画も、一人で作ることはできない。みんなの協力が必要」だと。

監督が一人で作品を作るのではない。みんなからいいアイディアが出てくるチーム、「組」の力が、作品にはにじみ出るものです。映画は総合芸術と言いますが、チームの総合力が作品に表れるとも言えるのです。

「ゆく道くる道わかれ道」の撮影中に、大きな地震がありました。たまたま一面ガラス窓の喫茶店で撮影していて、窓が大きくたわみ、波を打つほどの揺れでした。小林聡美さんと、弟役の子ともう一人、三人の子どもがいたので、僕は真っ先に子どもたちをまとめて外に出ました。それを見ていたふうちゃんが、すごくほめてくれたのを憶えています。僕としては咄嗟の行動だったけれど、この出来事でスタッフ内の信頼感が増したというか、チームの力は確実にアップしましたね。

ほかの俳優たちも、母親役の吉行和子さん、塩沢ときさん、河原崎長一郎さんといった、ふうちゃんの懇意にしていたベテランが協力してくれました。撮影後、初監督なのに打ち上げをしてくれて。役者さんはいなかったけれど、スタッフみんなに胴上げされました。監督って幸せだなあ、かつがれてなんぼだなあ、と身にしみて感じました。以来、役者だけでなくスタッフに支えられて監督がある、と肝に銘じています。いまの僕がテレビを離れて、映画でも監督としてやっていけているのは、ふうちゃんにおそわったことを着実に実践しているからかもしれません。

ふうちゃんとは家族付き合いもありましたね。女房も子供もみんな紹介したくなる、そんな魅力がありました。仕事でおそわったこともたくさんありますが、仕事を離れても一人の人間同士としてお付き合いした中で、いま思えば人の温かさをおそわった気がします。

投げられたボールは受け取る

やはり人間は、育てられて伸びるものです。自分に投げられたボールは、ひとまずキャッチするといい。キャッチしてから、そのボールはどうなのかをジャッジすればいいのですし、キャッチすることによって自分でまだ気づいていない力が、引き出されるのかもしれません。

僕は、周りの人にほぼ助けられっぱなしです。自分の投げたボールだけでは、とても勝負できないことが自分でよくわかっているんです。だからこそ、いろんな人がいろんなボールを僕に渡してくれます。

「作品は一人ではできない。だから周りの人に助けてもらいなさい」というふうちゃんのおしえは、僕の原点と言ってもいい。助けてもらう力が自分の武器ですから、いかに、周りにエキスパートをそろえるか。そしてこちらが聞く耳を持つこと。それが、監督の勝負どころだと思っています。

そういうスタンスでいると知らないうちに、違う世界に連れていかれることが多いんです。たとえば反権力とか、そんな世界観は、僕には正直わからない。本当は、「沈まぬ太陽」を監督するような人間ではないんです。権力に言いたいことは、少しはあるかもしれませんが、それは僕の本心ではありません。

でもなぜか、いわゆる社会派作品のオファーがくることが多いんです。「僕、あまり興味ないんですけど」と答えても、「いや監督だからできるんですよ」と言われる。もしかしたら向こうの世界で、ふうちゃんや小田切さんが采配しているのかもしれない、と思うときがあります。自分じゃない力がはたらいている、とでも言うのかな。

ただこうしてチャレンジャーでありつづけるのは悪いことではない、チャレンジする機会を与えられていることは、ありがたいことだと思っています。自分で努力しなければ、チャレンジャーにはなれませんから。（談）

（わかまつ・せつろう、映画監督）

宮内さんと私

伊東雄三

骨身を削って

宮内さんは八〇年代初めから昼の十五分連続ドラマ（TBS系全国ネット）を執筆されていたが、小生がプロデューサーとなって以降、子供の死と家族を描いた「命みじかくシリーズⅠ～Ⅲ」（一九九〇～一九九二）を執筆、好評を得た。

民放のドラマは、視聴率をとらなければならない。この時点ですでに宮内作品は、生と死をみつめる、社会性のあるピュアな作品として視聴者の期待感が定着していた。そこで一九九三年、思い切って「命ささえて　ママ、パパはエイズなの？」（小川知子さん主演）を企画した。HIV（エイズウイルス）は当時、世界的にも話題でセンセーショナルなテーマだった。差別や偏見もあった中、この難しいテーマにがっちり向き合った連続ドラマは、日本では後にも先にもなかったと思う。

医学博士の安永幸二郎先生に医事指導監修を依頼し、感染経路や治療の経過など、正確な知識に基づいて宮内さんが毎回オリジナルのストーリーを考案した。しかし、書けば書くほど新しい問題やドラマが湧きあがってくる様子で、鶴の恩返しではないが文字通り骨身を削った宮内さんは、ゲッソリ痩せられた。一時は予定通りに原稿が上がらず、撮影を休止して宮内さんの体調回復を待ち、何とかピンチをしのいだ。宮内さんは、後に雑誌のインタビューで「あのときは、お筆下がりとよく言いますでしょう、もしかしたら上の方から書かされていたのかなと思うくらいでした」と答えておられる。

「命ささえて」はヒロイン役の小川知子さんの熱演もあり大きな話題を呼び、投書やハガキが多数寄せられ、各新聞のテレビ時評や投書欄でも毎週のように取り上げられた。そこで宮内さんと相談して、二時間の総集編を作ろうということになった。

時事ニュース性に富んだドラマでもあったので、MBSサブ（副調整室）に小川知子さんを招き、平松邦夫アナウンサー（当時ニュース番組のキャスター）が投書を紹介しながらインタビューするコーナーを収録して、総集編の冒頭に付け加えた。これが日本民間放送連盟賞優秀賞を受賞し、苦労をともにしたスタッフやキャストが一堂に会して祝杯を挙げた東京の夜が、忘れられない思い出となった。

戦争と震災

夜ドラマでは「桜　散る日に　出陣学徒の交響楽〝第九〟歓喜の歌」（一九九五）が、もっとも印象深い。戦後五十年特別企画、毎日放送開局四十五周年の冠付きに相応しい内容を考えていたとき、一九九五年一月十七日に阪神・淡路大震災が発生した。私も自宅のマンションが被災してライフラインがストップし、幸い家族はみな無事だったが、宮内さんには随分、ご心配をおかけした。

テレビでドラマを作ることに、何の意味やメッセージがあるのか？　一回きりの人生を理不尽な力によって無理やり終えさせられた人たちの無言の叫び、憤り、生きる喜びなど、根源的な問いを投げかけたい、今日的な視点をドラマに据えたい……宮内さんとは企画意図からさまざまに語り合った。

昭和ひとケタ世代の宮内さんは、一九四四（昭和十九）年八月六日、東京帝国大学で出陣学徒の「ベートーベン第九」演奏会が開催された話を、朝日新聞社の元アメリカ総局長・栗坂義郎氏が一九七八（昭和五十三）年八月の『文藝春秋』に紹介されていることをご存じだった。戦争で散った若者たちの切ない恋と別れ、家族の悲しみ、魂の叫び、平和の尊さをドラマ化したい、今だからぜひとも書きたいと願っておられた。小生は、阪神大震災で自ら経験したこと、死者への鎮魂、被災地の復興と再生への祈りを、毎日放送主催の年末恒例「サントリー一万人の第九」コンサートと重ねることによって、戦後五十年の時空を結びつけることが出来る、と確信した。

東京大学の協力を得て、三四郎池周辺、安田講堂前、学舎前での撮影を敢行。とくに真夏の「第九」の再現は、ドラマのヤマ場だけに気を抜けなかった。交響楽団員や合唱隊、観衆エキストラなど総勢四百名近い衣裳や装身具を揃え、メイクなど時代考証にも間違いがないよう注意を払った。芦屋の倒壊した家屋や三宮の被災地、年末の大阪城ホールでの「第九」撮影を加えて、十二月二十四日の夜に二時間のスペシャルドラマとして放送された。

当然ながら、「第九」を聴いて出陣学徒が戦地へ赴いたという劇的なストーリーの裏には、数々の悲劇があった。戦後を生き延びた女性からすれば、残酷な話である。小生はそういう視点も盛り込み、単純に過去の話だけにはしたくない、という思いがあった。

ドラマは、次のような場面から始まる。悲劇の想い出を抱えて戦後五十年生きてきた女性が、神戸の大震災で被災する。そして自分の孫に、「五十年前に好きな人がいたの。その人は東大の学生さんで、〝第九〟を聴いて戦争にいって、亡くなったのよ」と語るのである。その女性を加藤治子さんに演じていただいた。女性が五十年間、内に抱えてきた想いをじつにうまく表現してくださった。

「桜　散る日に」は震災と実話、例のない東大構内の撮影、「一万人の第九」とのジョイントなど、スケールが大きいだけに苦労も多かったが、幸運と偶然が幾重にも重なり合って成し遂げた作品だった。これも一九九六年度の日本民間放送連盟賞優秀賞を受賞する栄誉に恵まれ、宮内さんとの苦労が報われる思いであった。

宮内作品の魅力

宮内さんは常々、いくら作家が書きたいテーマを持っていても、共鳴するプロデューサーと監督に出会わなければドラマは作れない、とおっしゃっていた。逆にいくら監督やプロデューサーの思いがあっても、それに応えてくださる脚本がなければ番組は成立しない。そういう意味で宮内さんと毎日放送及び小生との、長年のお付き合いは本当にありがたいものだった。作家と制作者との人生観、生き方において波長が合ったのであろう。宮内さんの書かれるドラマを我々もすんなりと理解することができたし、視聴者にアピールしたいポイントも、お互いに一致してドラマを作ることができた。

日本の脚本家の中で、当時ストレートに医療問題を書く方は少なく、宮内さんは医療ドラマの分野でも先駆者であり第一人者だったと思う。扱ったテーマは小児癌、白血病、エイズ。専門家などに非常に緻密に、膨大な量の取材をし、それをヒューマン・ドラマに仕立てる。その力量が抜群だった。

宮内ドラマは医療ものでも純愛ものでも、その底辺には思いやり、人が人をいたわる気持ちが必ず流れている。「ピュア・ラブ」は、そうした宮内さんご自身がもつ温かさ、やさしさが、とりわけ前面に出たドラマになった。

例えば明石焼きの店「かたつむり」の忍。妹の子供を預かって育て、木里子と陽春の人目を忍んだデートに力を貸す人物で、彼に語らせた言葉、彼が作り出す居場所は、視聴者にとってもあこがれの、理想郷的存在だった。ユートピアなど実際にはないと言われるが、ドラマの中にユートピアがあってもいい。現実世界をそのまま切り取ることがドラマではないのである。現実を脚色し、美しく仕立てるドラマも必要だし、そうしたドラマを求める視聴者もおられる。「ピュア・ラブ」にはまった人々＝ピュアラーという呼称も生まれ、「ピュア・ラブ」は一つの社会現象にまでなった。人々を魅了する大きな力が、宮内さんのドラマにはあったのだ。

人の心に生きる言葉

宮内さんは俳優をご自宅によく招待された。仕事だけではない、より深いお付き合いを志向していたのだが、それは作品に如実に表れていたと思う。

宮内さんは俳優をイメージしてシナリオを執筆されるので、メインキャストを先に決める。俳優が決まった後で、たとえば篠田三郎さん、あるいは小川知子さんなら、この言葉をどう言うだろうか、と、宮内さんの頭の中で登場人物が動き出す。自在に動いてくればくるほど、生きた言葉が生み出されてくる。

宮内さんの台詞は、だれでも言える台詞ではない。俳優が宮内さんのシナリオを読むと、ああ、これは自分にあてて書かれた言葉だ、とわかるのだと言う。「この台詞は私にあてて書かれた本ですね」と、ほとんどの俳優さんが言っておられた。生きた人物像、生きた台詞。俳優としては役者冥利に尽きることだろう。そんな現場だからスタッフの気持ちも乗ってくる。そうしたドラマ世界の一体感は、視聴者にも伝わるのではないだろうか。改めてシナリオを読み直すと、宮内さんの台詞の上手さを感じる。言葉や台詞は人の心の中で生きていくものだと、つくづく思う。

宮内さんと出会い二十年間、ともに全力で取り組んできた多くのドラマ作品は色あせることなくさん然と光り輝いて、われわれドラマスタッフの誇りになっている。

（いとう・ゆうぞう、元毎日放送ゼネラルプロデューサー）

命・戦争・恋・絆

山本実

ドラマの種が蒔かれるとき

新幹線の三島駅から十五分程タクシーを走らせると、宮内さんのご自宅に着く。十年ほど通い続けた道。門扉の横には、運転が大好きな宮内さんの愛車が、やや無造作に止められている。玄関を入って、フロアーにある大きな本棚の前の階段を上り切ると八畳間の和室がある。この新しい畳の香りのする部屋で、私たちはいつも、次に作るべきドラマの内容を決める打ち合わせをしていた。

しばらく話し込んでいると、娘の貴子さんが、抹茶と菓子をはこんでこられるので、これをいただいてから本格的な打ち合わせとなる。打ち合わせと言っても初めのうちは、最近読んだ本とか、観た映画とか、気になった事件などが中心の、とりとめのない話をしているのだが、そのうち、ふと宮内さんの表情が変わるときがある。眼が変わるのである。眼の輝きがなくなって、言葉は悪いが、ガラス玉のような眼になる。話の中のなにかに強く興味をひかれたサインである。こうなると宮内さんは、もうその「なにか」に集中して無口になり、私は安心して、逆に饒舌になる。そしてまた一つ、ドラマの種が出来上がる。
結果、宮内さんと私は七本のドラマでご一緒させていただいた。

「光」の存在

宮内さんが好んで取り上げられたテーマは「命」「戦争」「恋」「絆」だと理解しているが、二〇〇〇年八月から放送された「ディア・ゴースト」は、この四つのテーマを集約させた宮内さんらしいドラマであった。太平洋戦争で戦死した海軍将校の霊（ゴースト）と現代の若い人妻が恋をするという話で、理屈抜き、なんでもありの現在ではありがちな設定だが、当時は珍しいドラマだと注目された。放送後の評判もよく、視聴率も合格点。特に将校役の猪野学氏が人気を呼んで、次の「ピュア・ラブ」の青年修行僧役へとつながった。

宮内さんは主要な配役を決めるとき、知らない役者は、その出演番組や舞台を録画したビデオを取り寄せて、自分の眼で確かめて納得しないとキャスティングにオーケーを出されなかった。当時、無名の新人だった彼も、宮内脚本の前作「命賭けて」で試された後、本作品に大抜擢されたわけである。

「ディア・ゴースト」についての思い出としては、宮内さんの知り合いで海上自衛隊の将校の方がいらっしゃったので、その方のお宅にお邪魔して色々と話をうかがったこと。宮内さんご自身が、美味しいものが大好きで、料理も得意で詳しかったことから、洋食屋を舞台に取り上げられたこと。それから、ご自身で体験された不思議な出来事の数々をうかがったこと。これは立花隆氏にインタビューを受けた『証言・臨死体験』（文春文庫）に詳しく書かれているが、臨死体験をされたこと。また、東京の某ホテルの一室で、霊の行列?! というほかはない不思議な一群を目撃されて驚愕されたこと、等々。

これらの霊的体験が、結局、このドラマの最後に登場する「光」の存在を生み出したのではないだろうか。宮内さんは学童疎開も経験しておられる。空襲で家もなくされた。戦争の悲惨さを厭という程、実感していらっしゃる。にもかかわらず、反戦を声高には訴えず、霊と人間の女性とのラブ・ストーリーという、ひねった設定の裏側に、さりげなく戦争の哀しさを忍ばせておられる。宮内脚本共通の「粋さ」だと思う。

「ピュア・ラブ」三部作

宮内さんご自身が代表作と言っておられた「ピュア・ラブ」三部作は、二〇〇二年に放送が開始された。このドラマは、携帯電話を介さない恋人関係。近くにいるのに簡単には会うこともできない、そんな現代では珍しい二人の恋を描いてみたい、という宮内さんの思いと、ご自宅に雲水（修行僧）が托鉢にくるという環境や、尊敬する老師（禅宗の高僧）をご存じだったという縁もあって、常々禅の世界に強くひかれておられた宮内さんが、足かけ三年をかけて書き下ろされた、宮内さんにしか書けない大作である。設定の新鮮さと内容の深さ、登場人物の魅力で、視聴率も並のドラマの二倍。毎日放送に寄せられた感想のメールやハガキは数万通を超え、最終回はヤフーのニュースにも取り上げられる人気となった。

このドラマ、白血病の小学校女教師・麻生木里子と青年修行僧の遠宮陽春との純愛物語であるが、いわゆる恋人同士のラブ・シーンは一度も出てこない。二人は手すら握ったこともない。それゆえに二人の純粋な恋情が、ひたひたと伝わってきて、一層人の心を打ったのではないだろうか。さらにもう一点、宮内さんの禅宗への理解の深さや、監修してくださった現役の僧侶の方のご努力で、本当に嘘の少ないドラマになった。このことも、勘の鋭い視聴者からも支持をいただけた一因だと思う。

宮内さんの日常――。

毎日決まった時間に起きて食事をし、抹茶を一服して机の前に座る。決まった筆記用具で、原稿の裏に頭に浮かんだものを書きつけていく。決まった時間に執筆を終え、決まった量のお酒を飲んで、床につく。この繰り返し。書くべきテーマが決まると出来る限りリサーチして、納得がゆくまで筆を下ろさない。サスペンスや殺人事件は扱わず、自分の嫌いな人物は登場させない。自分の普段食べているものや、好物をさりげなく話の中に組み込む。登場人物すべてに愛情がこもっており、人間を皮肉な眼では見ない。これらの決まりごとのすべてが、宮内婦貴子という脚本家とその作品を表していると思う。これらのすべてが、宮内婦貴子さんだと思う。

宮内さん、あなたは常々、自分の作品は自分が生み出したというよりは、天の上の誰かに書かされているように思う、と言われていましたね。

その天の上の誰かにはもう会われましたか?

積もる話をなさっているのでしょうね。

人は皆、いずれ同じところにいくはずです。

そのときはまた、ぜひご一緒させてください。楽しみにしています。

（やまもと・みのる、元毎日放送ディレクター）

命シリーズから「ピュア・ラブ」まで

篠田三郎

命に向き合うドラマ

昼の帯ドラマ「ドラマ30」枠の「命燃えて」（一九九七、毎日放送）が、宮内先生との出会いでした。顔合わせで初めてお目にかかったとき、小柄で、気品がおありだった第一印象を、よく憶えています。

「命燃えて」は、悪性脳腫瘍で余命一年と宣告された十八歳の少年と、亡くなるまで彼を支えた家族を描いた作品で、僕は父親役でした。ノンフィクションの原作（西田英史『ではまた明日』草思社、一九九五）があったので、これは創作ではない、現実の話なんだという緊張感を持ったのを憶えています。幸せだった家族の状況が、息子の病気によって一変していくわけです。がんを告知された父親が涙を見せずに、階段を上がっていくところや、ベッドの脇で息子を励ますシーンは、いまでも思い出します。自分としても思い入れの強い作品ですし、視聴者の反響も大きく、二時間枠で放送された総集編が日本民間放送連盟賞の優秀賞をもらいました。

昼のドラマに出ていると言うと「昼メロやってるんですか」と言われたこともありますが、がんで亡くなった少年の実話を昼ドラマで取り上げることは、珍しかったかもしれません。それ以前にも、宮内先生は同じ「ドラマ30」で、僕は出演していませんがＨＩＶをテーマにした作品もお書きになっていますし（「命ささえて〜ママ、パパはエイズなの？」一九九三、毎日放送）、主演させていただいた「命賭けて　あなたは我が子を守れるか!?」（一九九八〜一九九九、毎日放送）も、けっこうハードなドラマでした。自分の娘が援助交際したり、覚醒剤に手を出すというストーリーで。最後は父親として娘を救うのですが、いま振り返るとそういうドラマがよくできたなあ、と思います。

宮内先生は、ドラマにまさしく命を賭けていたと思います。先生とお話しするなかで、心を込めて台詞を書かれていることが、ひしひしと伝わってきました。骨身を削って書かれた脚本をおろそかにしてはいけない、なまじこの台詞は言えないなどとは言わないで、忖度《そんたく》して演じなくてはならない、ということを先生からおそわった気がします。きっとオンエアも、登場人物と一緒に笑ったり泣いたりしていると思うと、一生懸命演じなくてはいけないんだと、肝に銘じたものです。

ドラマへの愛情

「命燃えて」の小浜ロケには、宮内先生も同行されました。食事シーンの魚の盛り付け方にもこだわりがおありで、「向きが違うでしょ」と指摘していました。宮内先生の脚本には、お総菜はこれこれで、と、ト書きにメニューが書いてあるんですね。食事もすごく美味しかったです。「命賭けて」は接待で多忙な営業課長の父親役でしたが、いつも「とりあえずビール」で、宮内先生はビールがお好きなんだなと思いましたね（笑）。

ぼくは決してうまい役者でもないのに、脚本家では市川森一さんや田向正健さん、そして宮内先生がよく起用してくださいました。宮内先生の作品では、周作先生（「ピュア・ラブ」の父親役）のように、真っ当な人物、理想的過ぎるきらいもあるかもしれないけれど、いい役を演じさせてもらいました。どこにでもいるような一市民としてのお父さん、という役は、いまはあるようでなかなかありません。そういう役を演じたいなと思うときはありますね。

二〇〇九年に、小惑星探査機「はやぶさ」のプラネタリウム映像作品（「HAYABUSA—BACK TO THE EARTH—」）のナレーションをさせていただいたのですが、そのきっかけが「ピュア・ラブ」でした。演出家のご夫人が戸ノ山さん（周作先生宅に通うお手伝いさん）の大ファンだったそうです。

宮内先生にも、自分が出ていない声のシーンで呼んでいただいたことがありました。「ディア・ゴースト」では神様の声を演らせていただいて。いま思えば、もう少し上手にできたのではないかなと思いますけれども。

宮内先生は小柄でニコニコしていながら、べらんめえ口調で作品について熱く語る一面もおありでした。ぼくは作家の家に遊びにいくことはあまりないのですが、宮内先生とはお会いして、純粋に楽しいひとときを過ごせるので、時折おじゃまさせていただきました。

いろんな話をしている中でも、最終的にはドラマの話になりました。「こういう作品を書きたい」と、テーマや構想などを話してくださいました。先生の中で、常に創作意欲がふつふつとわいてくるんですね。ものを生み出す作家としての生命力が、あふれていました。

宮内先生との出会いは、ぼくにとってはすごく幸運なことでした。自分の持っているものを引き出してもらったという思いがあります。

命のはかなさ、大切さ

「ピュア・ラブ」(二〇〇二〜二〇〇三、毎日放送)も、視聴者からの反響がものすごく熱いドラマになりました。感想がファクスで山のように届いて、スタッフがスタジオにも持ってきてくれて、ぼくも読ませてもらいました。感銘を受けました、琴線に触れましたと視聴者に言われることは、俳優としてもいちばんうれしいことです。

「ピュア・ラブ」の放送が終わってもう十年になりますが、DVDを持っています、といまでも言われることがあります。視聴者からの言葉は、何より励みになりますね。映画と違って、テレビドラマはあとに残らないと言われますが、いまはDVDもありますしオンデマンドでも観られる作品があるということは、それだけ視聴者がいる、求められているのだと思います。「ピュア・ラブ」や「命燃えて」は、いまテレビで流しても、昔の視聴者だけではなくて、新しい世代が観てくださるドラマではないでしょうか。古くさくならないドラマがありますね。当時をまったく知らない世代が観ても、共感を呼ぶドラマと言いましょうか。宮内先生は、そういう作品を残されたと思います。

宮内先生のドラマには、どの家族にも、どの人生にも、病気や老いといったテーマがちりばめられています。いのちのはかなさ、人との絆、いのちの大切さ。それらが一貫して先生がお書きになりたかったものなのかな、と思います。先生も病気をなさいましたから、身体の痛みや、病いをした人たちの気持ちがおわかりだったでしょう。ドラマの中の病気は現実とは違いますけれど、宮内先生ご自身の体験が、作品のもつ奥深さの背景に、あるのではないでしょうか。

「ピュア・ラブ」で血液内科医役だった石倉三郎さんの言葉が印象に残っています。「篠田さん、おれ、ドラマに出演して涙が出たことなんてないんだけど、今日初めて台詞を言いながら泣いたよ」と。そのシーンは石倉さんのアップではなかったんです。カメラにさえ映っていませんでした、ぼくの方を向いていましたから（笑）。石倉さんは、本当に心から感動して、自然に涙が出たんです。宮内先生の台詞には、そうした力がありました。

ぼくは、現場で演じるときは楽しくやっていますけれど、命というものに対していつも真摯な宮内先生の思いは、ずっと感じていました。そしていま自分としても、生きていることについて、いのちのはかなさについて、すごく考えるようになりました。時間が限られてくるわけですから。若いときは、まだまだずっと先があるんだと思っていましたが、人生は長いようで短いものでもあります。

宮内先生の短編『おさびし山のさくらの木』（絵・いせひでこ、BL出版、二〇一五）は宮内先生の基調テーマを象徴するお話ですね。生命はめぐりめぐるもの、といういわば輪廻転生がテーマで。

ぼくは近年、藤沢周平さんの小説の朗読をしています。鶴岡市立藤沢周平記念館でも朗読会をさせていただきました。藤沢作品は宮内先生もお好きだったと聞いて、ご縁を感じます。『おさびし山のさくらの木』も、これから機会があるごとに読んでいきたい作品です。宮内先生とのつながりを感じますし、また先生はドラマの中でも子供への温かい視点をお持ちでしたから、『おさびし山』は子供たちにも聞かせたい。これからやってみたいことの一つです。（談）

（しのだ・さぶろう、俳優）

〔参考文献〕

高田敏子「浅草観音」(『高田敏子詩集I』、花神社、一九八六)
新美南吉『ごんぎつね　新美南吉童話集』(偕成社、一九八二)
『白血病と言われたら』(全国骨髄バンク推進連絡協議会、一九九九)
秋山秀樹監修・こまごめの会90編著『生命の贈り物　骨髄移植の現場から』(リヨン社、二〇〇〇)
大谷貴子『霧の中の生命　白血病を骨髄移植で治し、今日を生きる』(リヨン社、一九九一)

日本音楽著作権協会(出)許諾第一六〇〇七三七ー六〇一

宮内婦貴子（みやうち・ふきこ）

一九三三年、静岡県生まれ。脚本家。一九六三年、日活映画「どん底だって平っちゃらさ」でデビュー。代表作に映画「風立ちぬ」、「野菊の墓」、「人間の約束」、テレビドラマ「コメットさん」、NHK連続テレビ小説「いちばん星」、「重役秘書」、「桜　散る日に　出陣学徒の交響楽〝第九〟歓喜の歌」、「ディア・ゴースト」、「ピュア・ラブⅠ〜Ⅲ」他多数。著書に『命ささえて』（読売新聞社）、『ピュア・ラブ　紅絲篇』『ピュア・ラブ　恋情篇』『ピュア・ラブ　飛翔篇』（以上、毎日新聞社）、『おさびし山のさくらの木』（いせひでこ絵、BL出版）。二〇一〇年二月十六日、逝去。

宮内婦貴子シナリオ作品集
桜 散る日に 出陣学徒の交響楽“第九”歓喜の歌

印刷 2016年2月1日
発行 2016年2月16日

著者 宮内婦貴子
装幀 田中久子
編集・発行人 中野葉子
発行所 ミツイパブリッシング
〒078-8237
北海道旭川市豊岡7条4丁目1－7 2F
電話 050-3566-8445
Mail hope@mitsui-creative.com
URL http://www.mitsui-creative.com/publishing
印刷・製本 三松堂株式会社

ISBN978-4-907364-04-5 C0093